ज़ीरो माइल मेरठ

ज़ीरो माइल मेरठ

भुवेन्द्र त्यागी

पहला संस्करण, दिसम्बर 2022

वाम प्रकाशन
2254/2 ए, शादी खामपुर
न्यू रंजीत नगर
नयी दिल्ली – 110008

वाम प्रकाशन और लेफ़्टवर्ड बुक्स नया रास्ता पब्लिशर्स प्रा.लि. की प्रकाशन शाखाएं हैं।

leftword.com

ISBN 978-93-92017-04-9

Visit website

Zero Mile Meerut
By Bhuvendra Tyagi

सूची

3. मेरठ के ढंग

यह किताब उन पूर्ववर्ती, मौजूदा और भावी

मेरठ वालों को समर्पित है

जिन्होंने मेरठ को मेरठ बनाया

और बनाये रखेंगे

भूमिका

वाम प्रकाशन के संपादक संजय कुंदन ने जब *ज़ीरो माइल मेरठ* किताब लिखने का प्रस्ताव दिया, तो शुरू में मुझे समझ ही नहीं आया कि हज़ारों साल के इतिहास और संस्कृति की परंपरा वाले उत्तर भारत के एक महत्त्वपूर्ण शहर के बारे में भला नया क्या लिखा जा सकता है!

मुझे संशय यह था कि जिस शहर का नाम रावण के ससुर के नाम पर पड़ा माना जाता हो, जिस शहर ने रामायण और महाभारत काल को अपनी आंखों से देखा हो, जिसका क़िला एक हज़ार साल से ज़्यादा पुराना हो, जहां प्राचीन मंदिर, मस्जिद और चर्च हों, जहां तीज-त्योहार मनाने की लंबी परंपरा रही हो, जहां का नौचंदी का मेला देश भर में मशहूर हो, जिस शहर में आधुनिक खड़ी बोली हिन्दी का जन्म हुआ हो, जिस शहर से सन् 1857 की क्रांति की शुरुआत हुई हो, जिस शहर ने देश को नामी क्रांतिकारी, नेता, लेखक, खिलाड़ी, वैज्ञानिक और फिल्म कलाकार दिये हों, जहां सभी समुदायों के लोग तमाम उतार-चढ़ाव के बावजूद सौहार्द और सद्भाव के साथ रहते हों, जिस शहर में नया और पुराना शहर साथ-साथ बसता हो और जो शहर पिछले चार दशक में बहुत तेज़ी से बदला हो ... उस पर भला नया क्या लिखा जा सकता है!

मेरे मन की इन तमाम शंकाओं को दूर किया संजय कुंदन के इस वाक्य ने – 'आप बस मेरठ में डूबकर मेरठ पर लिखिये।'

और मैं सचमुच मेरठ में डूब गया। स्मृतियों की लंबी यात्राएं करता रहा, बहुत कुछ खंगालता रहा और निकालता रहा। तीन महीने के श्रम के बाद अंततः संजय कुंदन की 'ज़ीरो माइल' सीरीज का मेरठ साकार हो गया।

यह किताब लिखने के दौरान पत्नी रीना ने कई अमूल्य सुझाव दिये। किताब लिखना शुरू करने से पहले मैंने अपनी मां श्रीमती कमला देवी, बहन मनीषा और भाई अरुण से पुरानी स्मृतियों पर घंटों बातें कीं। बाल सखा पीयूष कांत शर्मा ने कई ऐसी

चीज़ें याद दिलायीं, जिनकी ओर मेरा ध्यान नहीं गया था। पीयूष जैसी स्मृति मैंने और किसी में नहीं देखी। उन्हें चार दशक पुरानी बातें भी पूरी डिटेल में इस तरह याद हैं मानो कल की ही बात हो। पीयूष के चाचा के.के. शर्मा ने शहर के पुराने मोहल्लों की रोचक जानकारियां दीं।

'जनसत्ता' के ब्यूरो चीफ अनिल बंसल, कई अख़बारों के संपादक रहे ओमकार चौधरी और पुष्पेंद्र शर्मा से उस दौर के बारे में बातचीत की। मेरठ के सबसे नामचीन फोटोग्राफर ज्ञान दीक्षित, ग़ज़लकार ओमकार गुलशन और लेखक निर्मल गुप्ता ने कई अनछुए पहलू याद दिलाये। ट्रेड यूनियन नेता-लेखक-पत्रकार मुनेश त्यागी और पत्रकार-एक्टिविस्ट सलीम अख्तर सिद्दीकी ने भी कई अनमोल बातें याद दिलायीं। छोटे भाई समान राजीव मेहरोत्रा की पुराने शहर की वाक़फ़ियत का मैं बरसों से कायल था। उनसे भी कई महत्त्वपूर्ण बातें पता चलीं।

जयहिंद बैंड के महेन्द्र कुमार और पवन, राजू बैंड के राजू मास्टर यानी राजीव ने मेरठ के बैंड-बाजों पर रोशनी डाली। राजू मास्टर के बैंड के साथ युवावस्था में न जाने कितनी बारातों में न जाने कितने नौजवान घंटों नाचे हैं। उनसे बात करके वह सब जीवंत हो गया। यह किताब लिखने की यात्रा में इन सभी सहयात्रियों का मैं हृदय से आभारी हूं।

मेरठ की इस कथा का केंद्र चार दशक पुराना मेरठ है। अन्य प्रसंग साथ-साथ मौजूद हैं। एक तरह से यह मेरठ की समाजशास्त्रीय प्रस्तुति है। एक दस्तावेज़ के रूप में आपके लिए प्रस्तुत है!

भुवेन्द्र त्यागी

1. मेरठ के रंग

मेरठ अनेक रंगों का शहर है। ये सभी रंग मिलकर इसे अनूठा शहर बनाते हैं। यहां की सुबह, दोपहर और शाम के रूप ख़ास यहीं के हैं। यहां त्योहार मनाने के अनोखे अंदाज हैं और मेलों की लंबी परंपरा है।

दिवाली के अनार

ट्रैक्टर सड़क पर दौड़ा चला जा रहा था। हम बच्चे सीट को कसकर पकड़े बैठे थे। हम हैरान थे कि चारों ओर कितनी रोशनी है, कितनी दुकानें हैं, उनमें कितने सामान हैं और कितने लोग हैं! ट्रैक्टर चला रहे चाचाजी हमें बता रहे थे कि ये कोतवाली है, ये बीएवी इंटर कॉलेज है, ये अशोक की लाट है, ये बुढ़ाना गेट है, ये गोकुल हलवाई की दुकान है, ये जिमखाना मैदान है, ये गौरमैंट इंटर कॉलेज है, ये लायल बुक डिपो है, ये डिस्ट्रिक्ट लाइब्रेरी है, ये आ गया बेगमपुल ... और बेगमपुल के बड़े चौराहे से जब ट्रैक्टर बायीं ओर को मुड़ा, तो हम बच्चे एक साथ चिल्लाए, 'ये है आबू लेन!' चाचाजी ने हमारा साथ दिया, ' ... आबू लेन।' हमारी आंखें चौंधिया गयीं।

वह दिवाली का दिन था। दिन क्या, रात थी। घर पर पूजा के बाद दीये जलाकर और खील-बताशे-खिलौने खाने के बाद गांव से आये हुए चाचाजी ने जब कहा कि चलो बच्चो, रोशनी दिखाकर लाता हूं, तो हम उछलते-कूदते हुए ट्रैक्टर पर बैठ गये। परिवार के ही नहीं, तोपचीवाड़ा मोहल्ले के आसपास के भी कुछ बच्चे आ गये। चाचाजी ने उनसे कहा कि आबू लेन जायेंगे, अपने घर पर पूछकर आ जाओ। यह 1970 के दशक की बात है। तब इस तरह की मौज-मस्ती मोहल्ले के बच्चों की साझी हुआ करती थी। अगर कोई अपने बच्चों को मज़े करा रहा होता, तो पड़ोस के बच्चों का भी ध्यान रखा जाता। उनके माता-पिता को भी इसमें कोई ऐतराज न होता और न ही तब वे ऐसे मौक़े पर आज की तरह कोई हिदायतें देते। इस तरह ट्रैक्टर पर हमारे साथ मोहल्ले के कुछ और बच्चे भी सवार हो गये।

उस समय मेरी उम्र होगी यही कोई पांच-छह साल। उन सब जगहों पर मैं घर के किसी बड़े के साथ पहले भी गया होऊंगा, लेकिन पहली बार उन जगहों को उनके नाम से जान रहा था। मेरे चाचा जहां भी ले जाते, वहां के बारे में इसी तरह जानकारी देते चलते थे। हर जगह वहां की कुछ चीज़ दिलवाते और खिलाते भी थे। दिवाली की उस रात उन्होंने हमें आबू लेन पर कुल्फी खिलायी। मेरी यादों में आबू लेन की वह जगह कुल्फी के ठिये के रूप में दर्ज हो गयी।

जैसे-जैसे मैं बड़ा होता गया, इन सब जगहों से और ज़्यादा परिचित होता गया, लेकिन वह दिवाली मेरी स्मृति में हमेशा बनी रही। वह पहला त्योहार था, जो मुझे घर के बाहर दूर तक घूमने, दिवाली पर बाज़ारों की रोशनी देखने के कारण याद रहा।

दिवाली पर पूरा शहर जगमगाता था। दशहरा जाते ही दिवाली की तैयारियां शुरू हो जाती थीं। बाज़ारों में, गली-मोहल्लों की दुकानों में, यहां तक कि सड़कों के किनारे भी यह तैयारी पूरी त्योहारी धज के साथ धमकती थी। सबसे पहले नज़र आते लिपाई-पुताई के सामान। तय दुकानों के अलावा भी जगह-जगह इनकी बिक्री होती दिखती। चूना, गेरू, चूने में मिलाने का नील, तरह-तरह के रंग, बाल्टी, डिब्बा, कूची और लत्ते (सफ़ाई के लिए पुरानी धोतियां)। फिर आते सजावट के सामान। दिवाली से कोई एक हफ़्ते पहले दिखने शुरू होते दीये और कंदील।

यों तो मेरठ में दीये बनाने वाले कुंभकार कई जगह बसते थे, लेकिन हमारे घर के पास उनके कुछ परिवार रहते थे। गुजरी बाज़ार, जिसे गुदड़ी बाज़ार या गुदरी बाज़ार भी कहा जाता था, में बूरा वालों और एक हलवाई की दुकान के बीच से अंदर की ओर जाने वाली संकरी सी गली अचानक अंदर जाकर फैल जाती थी। उसी में था कुंभकारों का ठिकाना। कई मोहल्लों के लोग घड़े, सुराही, करवे, कुल्हड़ और दिवाली से पहले दीये उन्हीं से लेते थे। मैं हर साल दिवाली से पहले अपने दादाजी की अंगुली पकड़कर दीये लेने जाया करता था।

एक बार मैंने उनसे पूछा था कि दीये तो हमारे घर के पास भी मिलते हैं, फिर हम दो गली पार करके इतनी दूर क्यों आते हैं?

उन्होंने कहा था, 'कोई भी माल अगर सीधे बनाने वाले से ही लिया जाये, तो बनाने वाले को भी उसके मुनासिब दाम मिल जाते हैं। इसलिए इस तरह का सामान

बनने की जगह से ही जाकर लेना चाहिए।'

अब तो मेरठ में भी बहुत से लोग शॉपिंग सेंटर, मॉल या फिर ऑनलाइन शॉपिंग करने लगे हैं। इसीलिए यह किस्सा जब मैं अपने भाई को सुना रहा था, तो उसके बेटे ने पूछा, 'ताउजी, इसका मतलब तो यह हुआ कि अब दीये बनाने वालों को अपने माल की पूरी कीमत नहीं मिलती होगी।'

'हां बेटा, हर प्रॉडक्ट के बिचौलिये हैं बाज़ार में। हर सौदे में असली मुनाफा वही कमाते हैं।' मैंने उसे समझाया।

तो दिवाली के एक हफ़्ते पहले से ही शुरू हो जाती थी पटाखों की बिक्री। सबसे पहले खरीदे जाते थे 'चटपट'। ये पांच पैसे के पांच आते थे। 'चटपट' को ज़मीन पर फेंका जाता था और यह चटाक से फटता था। फिर लाया जाता था एक तमंचा और उसकी लीड। गोल लीड तमंचे को खोलकर उसके अंदर फिट करके अमिताभ बच्चन के स्टाइल में तमंचा चलाया जाता था। दिवाली के कई दिन बाद तक पूरे मेरठ में बच्चे तमंचे से फिटफिट करते घूमते रहते। अगर किसी के तमंचे का कोई पुर्जा ढीला पड़ जाता, तो तमंचे को आजकल के चाइनीज खिलौनों की तरह फेंकना नहीं पड़ता था। साइकल मरम्मत करने वाले, जो ज़्यादातर मुसलमान होते थे, इसे मुफ़्त में ही ठीक कर देते।

दिवाली जैसे-जैसे नजदीक आती, फुलझड़ियों की बिक्री बढ़ती जाती। तब तक बच्चे पड़ोस के किसी दुकानदार से छिटपुट पटाखे लाकर रोज़ चलाते। दिवाली से एक दिन पहले घर के किसी बड़े के साथ जाकर बच्चे थैला भरकर पटाखे लाते। इन्हें संभालकर रख दिया जाता। दिवाली के दिन लक्ष्मी पूजन के बाद घर के भीतर और बाहर दीये जलाकर रखे जाते, खील-बताशे-खिलौने खाये जाते, फिर परिवार के सारे बच्चे, पास-पड़ोस के भी, इकट्ठे होते। किसी बड़े के हाथ में पटाखों का थैला होता। वह पटाखे निकालकर देता जाता और बच्चे चलाते जाते। पहले चकरी और फुलझड़ी। फिर रंगीन रेल। इसे दो खंभों या डंडों के बीच एक रस्सी बांधकर उस पर चलाया जाता और यह उस पर ट्रेन की तरह चलती। फिर सांप की गोली। यह छोटी सी गोली होती काले रंग की। यह दीये की लौ या मोमबत्ती से फक्क से जल जाती और इसकी सलेटी राख फन काढ़े सांप जैसी फैल जाती।

इसके बाद नंबर आता लड़ियों का। दूर तक लड़ी फैलाकर सबसे साहसी बच्चा उसके पलीते में आग लगाता और लड़ी 'चट-चट, फट-फट, चट-फट, फट-चट, धूम-धड़ाम, धड़-धड़, भड़-भड़, शूंSSSSSS, शट-खट, भट-भट-भट' जलते हुए आगे बढ़ती जाती। इसके लिए तीन-चार चौकस बच्चे लड़ी के दोनों ओर खड़े रहकर आने-जाने वालों को सचेत करते रहते कि 'चाचा, ध्यान रखियो', 'बुआ, देख के जइयो, 'अम्मा, आगे ना बढ़ियो ... और वे सब समझ जाते कि लड़ी लगी है। सब एक तरफ़ को खड़े हो जाते। जब पूरी लड़ी आख़िरी सिरे पर 'भट-भट-भट' करके जलना बंद करती, तब थमे हुए कदम हरकत में आते।

यही क्रम दोहराया जाता बम चलाने पर। बम के पलीते को मोमबत्ती दिखाना हरेक के बूते की बात नहीं थी। जैसे ही बम का पलीता आग पकड़ता, बच्चा अपने बचाव के लिए कमान से छूटे तीर की तरह दौड़ता। कई बार बच्चा पलीते के आग पकड़ने से पहले ही दौड़ पड़ता, तो बाकी बच्चे उसे चिढ़ाते, 'डर गया, डर गया।' फिर वह बच्चा दोगुने साहस के साथ जाता और सफल होने तक कोशिश करता रहता। एक कोशिश में बम को धड़ाम करने वाला बच्चा सबका हीरो बन जाता था।

रॉकेट की तो बात ही निराली रही है हमेशा से। मिट्टी में थोड़ा सा गाड़कर या किसी शीशी में रखकर पलीते में आग लगाते ही रॉकेट 'शूंSSSSSS' करके तेज़ी से ऊपर जाता, तो सभी उसकी उड़ान देखते रह जाते। कोई-कोई बच्चा हाथ में ही पकड़कर रॉकेट को मोमबत्ती दिखाकर उड़ा देता। उसकी बहादुरी दूसरे मोहल्ले तक तैर जाती।

सबसे आखिर में नंबर आता अनार का। इसका पलीता भी एकाएक आग नहीं पकड़ता था। कभी-कभी तो कई बार कोशिश करनी पड़ती। लेकिन जब यह आग पकड़ता, तो रंगों की छटा बिखेरते हुए सीधा ऊपर जाता और अंधेरे आसमान में भांति-भांति के इंद्रधनुष खिला देता। इतना ऊपर जाकर फटता और रोशनियों का समंदर लहरा देता कि उसे देखने के लिए नब्बे डिग्री के कोण पर तनी गरदन दुखने लगती। लेकिन रंगों का वह अद्भुत मेला देखने के सामने वह दर्द कभी महसूस नहीं होता।

'मन में अनार फूटना' मुहावरा' सुनकर आज भी आंखों के सामने दिवाली के

वही उड़ते अनार विविध मुद्राओं में नाचने लगते हैं!

उनींदी सुबह

1970 और 1980 के दशकों में मेरठ हर सुबह को उनींदा सा जागता था। ऐसा नहीं था कि चिड़िया देर से चहचहाती थीं या मुर्गे देर से बांग देते थे और इस वजह से सुबह देर से होती थी। सूरज तो अपने तय समय पर ही उगता और छिपता था। सुबह पांच बजे से ही मेरठ वाले भी बिस्तर छोड़ने लगते थे। मगर वे काफ़ी देर तक उनींदे से लगते थे। कोई आंख खुलने पर भी बिस्तर पर कुछ देर लेटा रहता या उठकर भी बैठा रहता, अपने घर की छत पर जा बैठता। कोई सीढ़ियों पर बैठा आंखें मलता दिखता, कोई अंगड़ाई लेते हुए ... गोया जागने के कोई घंटे भर बाद तक मेरठ जागा हुआ सा नहीं लगता था।

घर की औरतें उठते ही झाड़ू संभालतीं और सबसे पहले रसोई बुहारते-बुहारते मर्दों और बच्चों को जगाने का जतन करतीं। कुछ लोग उठते ही मंजन करने लगते। तब टूथपेस्ट और टूथब्रश हर घर में नहीं हुआ करते थे। ज़्यादातर घरों में लाल मंजन होता था। कुछ पुराने लोग दातून करते या सरसों के तेल में नमक मिलाकर उसी से दांत मांज लेते। दातून भी आज की तरह ख़रीदना नहीं पड़ता था। कहीं कीकर का पेड़ दिखता, तो कोई उससे दातून तोड़ लाता। ख़ुद तो इस्तेमाल करता ही, मोहल्ले में जिसको ज़रूरत होती, उसे भी दे देता। कई बार तो देना भी नहीं पड़ता था। कोई पड़ोसी आकर अपनी ज़रूरत भर का दातून ले जाता और जाते-जाते कह जाता, 'चचा, दातून ले लिया है। ख़तम हो जायेगा तो फिर ले जाऊंगा।'

तब कुछ घरों में टूथपेस्ट और टूथब्रश का इस्तेमाल होने लगा था। एक पुराने दुकानदार का कहना है कि 40 साल पहले मंजन और टूथपेस्ट खरीदने वालों का अनुपात 50 और 1 का था, जो आज 1 और 50 का हो गया है। तो इन बरसों में इस तरह बदला है मेरठ!

बात हो रही थी मेरठ की उनींदी सुबह की। मंदिरों में रामचरित मानस की चौपाइयों और हनुमान चालीसा के दोहों, मस्जिदों में फज्र की नमाज़ के लिए अज़ान और गुरुद्वारों में गुरबानी के पाठ सुबह को जागते हुए मेरठ के कान में पड़ते थे। मंदिर

के लाउडस्पीकर पर गूंजती स्वरलहरी 'यह बजरंग बाण जो जापै, तासो भूत प्रेत सब कांपै ॥ धूप देय जो जपै हमेशा, ताके तन नहि रहे कलेशा ॥', मस्जिद के मुअज़्ज़िन की 'अश-हदु अल्ला-इलाहा इल्लल्लाह, अश-हदु अल्ला-इलाहा इल्लल्लाह। अश-हदु अन्ना मुहम्मदर रसूलुल्लाह, अश-हदु अन्ना मुहम्मदर रसूलुल्लाह' की गूंजती आवाज़ और गुरुद्वारे से 'सति नामु करता पुरखु निरभउ निरवैरु अकाल मूरति अजूनी सैभं गुर प्रसादि ॥' का पवित्र गान अहसास कराता था कि विश्राम की रात बीत गयी और काम-धाम का दिन निकल आया है।

तब हर घर से कोई न कोई निकलता था दूध लाने के लिए। दूध और डबलरोटी की दुकानें खुल चुकी होती थीं। तब अमूल या पराग कंपनी का पैकेट वाला दूध बहुत कम लोग लेते थे। दूधियों के जरिये डेयरी पर आया दूध ज़्यादा बिकता था। कुछ लोग सामने का दूध भी लेते थे।

बच्चों को असली मज़ा आता अपने सामने भैंस या गाय का दुहा दूध लेने में। इसे सामने का दूध कहते थे। हमारे मोहल्ले में कनफैक्शनरी की एक दुकान थी। उसके मालिक बिल्लू ने अलाउद्दीन गद्दी की करीब 20 भैंस और गाय लेने में आर्थिक मदद की थी। जिस तरह बटाई की ज़मीन पर खेती होती है, उसी तरह वे सभी भैंस और गाय बिल्लू की थीं, उन्हें दुहने और उनकी देखभाल का काम अलाउद्दीन और उसके बेटे के हाथ में था। वह बड़ी सी जगह भी उनकी थी। बिल्लू एक बाल्टी और पाव-आधा-एक लीटर के नपैने लेकर रोज़ सुबह और शाम को वहां जाता। अलाउद्दीन और उसका बेटा अपनी बाल्टी में दूध दुहकर लाते और बिल्लू की बाल्टी में उंड़ेल देते। बिल्लू लाइन में रखे गये बर्तनों में नापकर दूध डालता। बुज़ुर्ग उससे प्यार भरी तुर्शी से कहते, 'बिल्लू, तू झाग नी मारता। कम नाप्पै दूध। बालक भूक्के रह जा हैं। उनका तो खयाल कर कुछ। तेरे ना हैं क्या बालक?' बिल्लू मुस्कराते हुए ऊपर से और दूध उनके बर्तन में डाल देता। बाद में बिल्लू ने जिमखाना मैदान के सामने रेवड़ी-गजक की दुकान खोली। फिर बेगम पुल पर एक और दुकान खोली। ख़ूब चलती हैं उसकी ये दुकानें। मैं बरसों से उसी की दुकान से अपने दोस्तों-पड़ोसियों और सहयोगियों के लिए हर साल रेवड़ी और गजक लेकर जाता हूं।

मेरठ अभी जाग ही रहा होता था कि नगरपालिका के सफ़ाई कर्मचारी शहर की

सड़कों को चमकाने के लिए पहुंच जाते थे। पहले हर प्रमुख सड़क पर झाड़ू लगायी जाती। फिर छोटे टैंकर से पानी का छिड़काव किया जाता। बहुत बचपन में सक्कों को मशक से छिड़काव करते भी देखा था। वे मुसलमान होते थे। चमड़े से बनी मशक में पानी भरकर, मशक को कंधे पर लटकाकर, उसके मुंह से पानी छिड़कते हुए आगे बढ़ते चले जाते थे। मशक में 50-60 लीटर पानी तो आता ही होगा। लेकिन अपना काम इस मुस्तैदी से करते थे कि देखने वालों को उनके कंधों पर पानी का वजन महसूस ही नहीं होता था।

घरों में दूध आ जाता, उससे चाय और साथ में नाश्ता तैयार हो जाता, बाहर सड़कें साफ़ हो रही होतीं और तरह-तरह की यूनीफॉर्म पहने बच्चे स्कूल जाने के लिए निकलने लगते। उनके उछलते-कूदते कदम जैसे ही अपनी चौखट लांघकर गलियों और सड़कों पर पहुंचते, मेरठ की उनींदी सुबह अंगड़ाई लेकर एकाएक फुर्तीली बन जाती। सड़कों पर सबसे पहले चहल-पहल ये नौनिहाल ही लाते। सर्दियों को छोड़कर ज़्यादातर स्कूल सुबह सात बजे खुलते। पौने सात बजे बच्चे स्कूल के लिए रवाना होते।

उन दिनों ज़्यादातर घरों में बच्चों के लिए स्कूलों का चयन स्कूल के रुतबे, हैसियत या फीस को देखकर नहीं किया जाता था। बस यही देखा जाता था कि स्कूल घर के एकदम पास हो और बच्चा ख़ुद चलकर वहां पहुंच जाये। छोटे बच्चे अपने बड़े भाई-बहन या पड़ोस के किसी बड़े बच्चे का हाथ पकड़कर स्कूल जाते हुए दिखते। कुछ बच्चों को उनके घर का कोई सदस्य स्कूल छोड़ आता। आज की तरह बस से स्कूल जाने की तो उन दिनों कोई कल्पना भी नहीं कर सकता था। हां, सोफिया, सेंट जोंस या सेंट जोसेफ स्कूल के कुछ बच्चे साइकल रिक्शा से ज़रूर जाते थे। कोई बड़े घर का बच्चा होता, तो रिक्शा में अकेले बैठकर बहुत अकड़ से स्कूल जाता। पास-पास रहने वाले जिन बच्चों का स्कूल कुछ दूर होता, उनके लिए साझा रिक्शा लगा दिया जाता। इसी को आज शेयरिंग रिक्शा कहते हैं। हालांकि तब ऐसे बच्चे बहुत कम हुआ करते थे। एक-दो किलोमीटर तक तो बच्चे उछलते-कूदते हुए पैदल ही स्कूल चले जाते थे। रोज़ का यह सफ़र भी उनके लिए किसी पिकनिक से कम नहीं होता था। जीवन को समझने की प्रक्रिया का भी हिस्सा होता था यह सफ़र।

बच्चों के स्कूल जाने के बाद लोग नाश्ता करके और दोपहर के भोजन का टिफिन

लेकर काम पर जाने के लिए घरों से निकलने लगते। बहुत से लोग तो पैदल ही जाते। उन दिनों दो-चार किलोमीटर चलना तो बहुत आम बात हुआ करती थी। कुछ लोग रिक्शा से जाते। पैदल और रिक्शा वाले दोपहर के खाने का टिफन साथ में लिये रहते। जिनका दफ़्तर या दुकान पास में ही होती, वे दोपहर को घर आकर ही खा लेते। कुछ लोग साइकलों पर सवार होकर निकलते। दूर जाने वाले टिफन ले जाते। पास वाले लोग लंच में घर आ जाते। स्कूटर या मोटसाइकल तब बहुत कम लोगों के पास होते थे। कार वाले तो एकदम गिने-चुने हुआ करते थे। मिलिट्री से रिटायर या अच्छी खेती-बाड़ी वाले शहर में रहने वाले चंद लोग जीप भी रखते थे। मगर ज़्यादातर लोग पैदल, साइकल या रिक्शा से ही काम पर जाते हुए नज़र आते थे।

सुबह की भाग-दौड़ के बीच बड़े परिवारों के सामने एक समस्या होती थी। ज़्यादातर घरों में एक ही बाथरूम और टॉइलेट होता था। कई जगह तो कई परिवारों के लिए यह साझा हुआ करता था। ऐसे में जिन घरों में छोटे-बड़े कई लोगों को एक साथ तैयार होना होता था, वहां बहुत मुश्किल हो जाती थी। छोटी बस्तियों में ही नहीं, पुराने शहर के मोहल्लों के अच्छे-ख़ासे घरों के भी कई बच्चे अकसर गली में नाली पर बैठे दिख जाया करते थे।

सभी घरों के टॉइलेट में फ्लश सिस्टम नहीं था। टॉइलेट के नाम पर बस कोठड़ीनुमा एक छोटा सा कमरा होता था। करीब नौ बजे तक जब सब लोग निपट चुके होते, तो 'कमानेवाली' आती। वाल्मीकि समुदाय की औरतें यह काम करती थीं। वे एक तसला, झाड़ू और पंजा लेकर चलती थीं। हर घर के टॉइलेट में जाकर पंजे से मल को तसले में रखतीं। इसी को 'कमाना' कहते थे। फिर घर वालों से कहकर बाल्टी से पानी डलवातीं और झाड़ू से सफ़ाई करतीं। उसके बाद सिर पर तसला लेकर चली जातीं। जब तसला भर जाता, तो उसे किसी बड़ी नाली, नाले या कूड़े के ढेर पर ख़ाली कर देतीं। इस काम के लिए उन्हें हर महीने एक घर से तीन रुपये मिलते थे। यानी महज 10 पैसे रोज़। इसी दस पैसे रोज़ के लिए वे न केवल घर-घर जाकर मल उठातीं, बल्कि सिर पर ढोकर भी ले जातीं। वे इसे मैला कमाना कहती थीं। बरसों बाद उच्चतम न्यायालय ने सिर पर मैला ढोने को इंसानियत के नाम पर कलंक बताते हुए इसे बंद करने का आदेश दिया। 'कमाने' का यह मैला मंजर अब नहीं दिखता।

बच्चों के स्कूल जाने और लोगों के दफ़्तर-दुकान रवाना होने के बाद महिलाएं बचा-खुचा काम निपटाने में जुट जाती थीं। उस समय न तो 24 घंटे टीवी चलता था, न ही सोशल मीडिया था। मोबाइल फोन और इंटरनेट तब तक दूर की बात थे। इसीलिए काम ख़त्म होने पर फुरसत के बहुत पल होते थे।

इस तरह मेरठ की उनींदी सुबह धीरे-धीरे दोपहर की ओर बढ़ती थी!

दोपहर की हलचल

मेरठ की उनींदी सुबह जब चहल-पहल से भर जाती थी, तो वह धीरे-धीरे दोपहर की ओर बढ़ने लगती थी। दोपहर अलग-अलग जगह पर अलग-अलग तरह से उतरती थी। कहीं सुस्ती दिखती, तो कहीं चुस्ती नज़र आती। कहीं सन्नाटा होता, तो कहीं शोर-शराबा गूंज रहा होता। कहीं आराम के पल होते, तो कहीं गहमागहमी की धमक होती।

शहर भर में सुबह को सभी घरों में एक उदास सी शुरुआत धीरे-धीरे काम की चुस्ती-फुर्ती में तब्दील होती और सब व्यस्त होने लगते। बच्चों के स्कूल और पुरुषों के काम पर चले जाने के बाद महिलाएं फैली हुई सुबह को समेटने में जुट जातीं। इस भाग-दौड़ में वे दोपहर की आमद को कभी जान ही नहीं पातीं। किसी भी शहर की, किसी भी काल की, किसी भी सुबह की तरह हर सुबह महिलाओं के लिए तो एक जंग जैसी ही होती थी। उनके लिए एक साथ न जाने कितने मोर्चे खुले होते। जब वे बच्चों और पुरुषों के जाने के बाद छोटे बच्चों और बुज़ुर्गों के साथ घर में अकेली रह जातीं, तो उनके लिए सबसे मेहनत का मोर्चा खुलता। यह मोर्चा होता बर्तन और कपड़े धोने का। तब घर में कामवाली लगाने का चलन नहीं था। ऐसा नहीं है कि काम वाली होती ही नहीं थीं। साकेत और डिफेंस कॉलोनी जैसी पॉश कॉलोनियों के समृद्ध घरों में ही काम वाली लगायी जाती थीं। या पुराने शहर के मोहल्लों के कुछ रईस घरों में। यहां तक कि बहुत से खानदानी रईसों के घरों में भी महिलाएं ही काम में भिड़ी रहतीं।

बर्तन धोते समय हर घर से बर्तनों के घिसने और टकराने की आवाज़ आती। कपड़े धोते समय थपकियों की आवाज़ एक लय में गूंजती। नालियों में बढ़े हुए पानी और बर्तनों-थपकियों की आवाज़ से किसी भी मोहल्ले में घुसते ही पता चल जाता कि

सभी महिलाएं दिन भर के सबसे मेहनत वाले काम में मशगूल हैं। वह काम निपटते-निपटते कब सिर पर दोपहर चढ़ जाती, पता ही न चलता। इस दौरान छोटे बच्चे अपनी नन्ही दुनिया में डूबे होते। बुज़ुर्ग आराम करने लगते या घर के बाहर पत्थरों और घर की बैठकों में गपशप में मशगूल होते। महिलाएं सब को खाना खिलाकर, ख़ुद भी खाकर, बर्तनों और कपड़ों से निपटकर अपने लिए आराम के कुछ लम्हे तलाश रही होतीं।

पुराने शहर के मोहल्लों में किसी एक घर में पास-पड़ोस की कुछ महिलाएं जुट जातीं और फिर मौसम के अनुसार उनकी बैठकी जम जाती। गर्मियों में पंखे के सामने (तब ज़्यादातर घरों में टेबल फैन होता था, जिसे अपनी सुविधा के अनुसार कहीं भी रख सकते थे)। फिर शुरू होती पंखे के सामने बैठी महिलाओं की बतकही। इस बैठकी का कोई एजेंडा नहीं होता। यह मौसम से लेकर आलू-टमाटर की सब्ज़ी, पंडिताइन की बेटी की शादी से लेकर अग्रवाल साहब के बेटे की नई साइकल, गुप्ताइन की सोने की अंगूठी से लेकर शंकर की दादी के पैर के गठिया, सरधने वाली मामी से लेकर दौराले वाली बुआ तक के किस्सों से सराबोर होती। बरसात में चूंकि बाहर आंगन में बैठा नहीं जा सकता था, इसलिए तब महिलाओं की पंचायत कमरे के भीतर ही लग जाती।

सबसे ज़्यादा घनीभूत होती थीं सर्दियों की दोपहरियां। दोपहर को कामकाज से निपटकर महिलाएं अपने-अपने घर की छत पर जा बैठतीं। कुछ एकमंजिला घरों में छत नीची और चारों ओर से खुली होती, तो महिलाएं ऊंची और दीवारों से घिरी किसी दोमंजिला घर की छत पर चली जातीं। बड़ी और बैठने के लिए सुविधाजनक छत पर पास-पड़ोस की कई महिलाएं इकट्ठा हो जातीं। दोपहर को 12 से 3 बजे तक का वह समय उनका अपना होता। न किसी का दख़ल, न कोई रोक-टोक। धूप सेंकते-सेंकते बालों में तेल लगा लिया जाता। शरीर पर भी तेल की मालिश कर ली जाती। महिलाएं चटाई बिछाकर उस पर एकदम अनौपचारिक रूप से जम जाती थीं। छत पर बैठे-बैठे बातों के पंखों पर सवार होकर पूरे मोहल्ले की सैर कर आतीं। पास में ही छोटे बच्चे लड़ते-खेलते रहते। स्कूल से लौटकर कुछ बच्चे जल्दी-जल्दी खाना खाकर आसमान में पतंग चढ़ा देते।

स्कूलों की दोपहर ख़ूब शोर-शराबे वाली होती थी। छुट्टी के समय स्कूलों के बाहर का हंगामा देखने लायक होता। शहर के बाहर की नयी बस्तियों में दोपहर बहुत उदासी और सुस्ती से आकर गुजर जाती। बाज़ारों में ख़ूब रौनक होती थी। दोपहर को सुभाष बाज़ार, वैली बाज़ार, लालकुर्ती और सदर बाज़ार में गहमागहमी रहती। खरीदारों की भीड़ के बीच यह दुकानदारों का सबसे व्यस्त समय हुआ करता था। वैली बाज़ार में तो दोपहर को सड़क पर चलना मुश्किल हो जाता। ख़ासकर त्योहारों के सीजन में न जाने कहां-कहां से लोग उमड़ पड़ते बाज़ार में। पैदल, साइकल और रिक्शा वालों की भीड़ लग जाती। ख़रीदार उस भीड़ के बीच से रास्ता बनाते हुए धीरे-धीरे मनचाही दुकानों की ओर बढ़ते रहते।

आज मेरठ में जगह-जगह ट्रैफिक जाम लगता है, लेकिन उन दिनों दोपहर के समय घंटाघर, वैली बाज़ार, बुढ़ाना गेट, सोतीगंज, लालकुर्ती, सदर बाज़ार, रोडवेज और हापुड़ अड्डे जैसी जगहों पर ही जाम लगा करता था। वह जाम भी अकसर ट्रैफिक के बीच आड़े-तिरछे फंसे किसी रिक्शा के कारण लगता। रिक्शा वाला जब रिक्शा को किसी तरह से निकाल लेता, तो जाम खुल जाता था। ट्रैफिक पुलिस वाले की सीटी बजती, तो लोग ख़ुद जाम खोलने की जद्दोजहद में लग जाते। आजकल तो हालत यह हो गयी है कि पूरे शहर की हर सड़क पर जाम नज़र आता है। वाहनों के हॉर्न से कान बहरे हो जाते हैं। ट्रैफिक पुलिस की सीटी का तो मानो कोई असर ही नहीं होता।

सबसे ठहरी हुई दोपहर होती थी धर्मस्थलों की। मंदिर, मस्जिद, गुरुद्वारे और चर्च सुबह को श्रद्धालुओं की आमदरफ्त के बाद सुस्ता रहे होते। शाम को फिर और श्रद्धालुओं के आने का इंतज़ार कर रहे होते। स्कूल गर्मियों में साढ़े बारह बजे और सर्दियों में साढ़े तीन बजे बंद हुआ करते थे। इसीलिए स्कूलों से घर लौटते बच्चों की चहल-पहल का दोपहर का रंग मौसम के अनुसार बदलता रहता था।

रोडवेज, हापुड़ अड्डा, मवाना अड्डा और सरधना अड्डा जैसे बस अड्डों पर सुबह और शाम की हलचल के बाद दोपहर कुछ आलसी हो जाती। इन जगहों पर दोपहर को तभी शोर-शराबा होता, जब कोई बस रवाना हो रही होती और कंडक्टर सवारियों के लिए आवाज़ लगा रहा होता या कोई बस बाहर से आकर ख़ाली हो रही होती।

पॉश कॉलोनियों में दोपहर कुछ सोयी हुई सी लगती। लंच के बाद सब कुछ थम

जाता। घर पर मौजूद सभी लोग आराम कर रहे होते या वीसीपी में कैसेट लगाकर कोई फिल्म देख रहे होते। उन दिनों 24 घंटे के सैटलाइट चैनल या ओटीटी प्लैटफॉर्म तो थे नहीं। केवल रेडियो और ट्रांजिस्टर थे, जो घरों और बाज़ारों में – ख़ासकर सैलूनों और पान की दुकानों पर बजते रहते थे। बहुत से लोगों के लिए तो ये घड़ी का काम भी करते थे। रेडियो पर बजते प्रोग्राम से लोग अंदाज लगा लेते थे कि कितने बजे हैं।

जगह-जगह काम करने वाले मज़दूर सुबह के काम से आराम मिलने पर कपड़े में बांधकर लायी गयी रोटियां खाकर दोपहर को कमर सीधी करने के लिए लेट जाते। वे साइट पर, किसी घर या दुकान के बाहर पत्थर पर, किसी पेड़ के नीचे या किसी हाथ ठेले पर ही थोड़ी देर सुस्ता लेते। गर्मी या सर्दी की भरी दोपहर में उन्हें इस तरह सोते देखकर जब बच्चे घर पर आकर बताते कि वहां ठेले पर एक चाचा क्या मज़े में सो रहे हैं, तो उनकी दादी कहतीं, 'यह सुख की नींद है बेटा। हाड़-तोड़ मेहनत करके ही मिलती है।' जिस तरह नगरपालिका के कर्मचारी सुबह को मोहल्ले-मोहल्ले जाकर अपने औजार से पाइपलाइन का पानी खोलते, उसी तरह दोपहर को आकर बंद कर देते। शाम को फिर आकर पानी चालू करते और रात को बंद कर देते।

दोपहर को व्यस्त बाज़ारों के अलावा सबसे ज़्यादा चहल-पहल हुआ करती थी कचहरी में। अदालतों में लंच होते ही जज अपने चैंबर की ओर बढ़ जाते और वकील तथा उनके मुवक्किल दौड़ते वकीलों के दफ़्तर की ओर। चैंबर में जज शांति से लंच करते। वकीलों के दफ़्तरों की गहमागहमी इस समय देखने लायक होती। शहर के नामी वकील, जिनके साथ उनके परिवार के और भी कई सदस्य वकालत करते थे, अपने केबिन में बैठकर घर से आया टिफिन घर की तरह ही खा रहे होते। मझोले स्तर के वकील अपने मुवक्किलों से घिरे रहते और घर से आया टिफिन साफ करते या किसी दुकान से मंगवाया हुआ खाना खाते। नये वकील किसी दुकान पर ही चले जाते। वहां पहले से ही मुवक्किलों की भीड़ होती। सबको जल्दी-जल्दी खाना होता, क्योंकि लंच टाइम ख़त्म होने से पहले ही अदालत में हाजिर होना ज़रूरी था। दुकान वाले सबको खाना खिलाते, सबका हिसाब याद रखते और फिर पेमेंट लेते – उनका वह तमाम प्रबंधन देखने लायक होता। उनका 'छोटू' 30-40 लोगों को खिलाया गया सामान याद रखता था। लंच टाइम ख़त्म होने से पहले ही सब उसी तरह अदालतों

की ओर लपकते दिखते, जैसे लंच टाइम होने पर अदालतों से बाहर आते हुए नज़र आते थे। अदालतों की दोपहर के उस आधे-पौने घंटे की चहल-पहल का कोई सानी नहीं होता था।

मेरठ की दोपहर की यह हलचल कहीं मद्धम और कहीं तेज होते हुए शाम की ओर बढ़ जाती थी!

हौले-हौले उतरती शाम

शाम बहुत हौले-हौले उतरती थी मेरठ पर। गर्मियों की शाम तो एकदम स्लो मोशन में आती थी। स्कूल से लौटकर बच्चे आराम करके होमवर्क पूरा कर चुके होते। शाम को उनके खेलने का सबसे मुफ़ीद वक़्त होता। दफ़्तर से लौटे लोग चाय पीकर पड़ोस की दुकानों से घर का सामान लेने चले जाते। थैला उठाकर बाहर जाते हुए बोलते, 'अभी आया आधे घंटे में। सौदा ले आऊं जरा।' तब ज़्यादातर लोगों के लिए साबुन से लेकर दाल और मंजन से लेकर फल-सब्ज़ी तक सौदा ही हुआ करता था।

यही वह समय होता, जब घरों के बाहर अंगीठी जलाकर रखी जाती। रसोई गैस यानी एलपीजी सिलेंडर का होना तब बहुत ख़ास बात हुआ करती थी। पूरे मोहल्ले में गिने-चुने घरों में ही सिलेंडर की गैस से खाना बनता था। कुछ घरों में स्टोव भी थे, लेकिन उनमें जलने वाला मिट्टी का तेल या केरोसिन राशन की दुकान पर मिलता था। एक राशन कार्ड पर एक महीने में केवल पांच लीटर। बाज़ार से केरोसिन ख़रीदना महंगा पड़ता था। इसीलिए ज़्यादातर घरों में खाना अंगीठी पर बनता था। सुबह की भागम-भाग के बीच बेशक स्टोव से काम चलाया जाता था। दोपहर को भी अंगीठी जलती थी, लेकिन तब मोहल्लों में कम लोग होने के कारण इस पर शायद ही किसी का ध्यान जाता था। मगर शाम की बात ही अलग थी। हर मोहल्ला लोगों से भरा होता। अंगीठी जलाकर घर के बाहर रखी जाती, तो सबको नज़र आती।

इस तरह उन दिनों अंगीठी से निकलते हुए धुएं की पृष्ठभूमि में शाम हौले-हौले उतरती थी। जैसे-जैसे अंगीठी से धुआं उठता, दिन की रोशनी वैसे-वैसे शाम के धूसर में बदलती चली जाती। आसमान की सुनहरी आभा पर सलेटी परत जमने लगती। इधर अंगीठियां दहकते ही धुआं निकलना बंद होता और अंगीठियां खाना बनाने के

लिए रसोई में रखी जातीं, उधर आसमान सलेटी से गहरा सलेटी होता हुआ एक बड़ी सी काली चादर में बदल जाता। ढलते हुए दिन के समय आसमान का बदलता रंग देखना भी बच्चों का एक प्यारा शगल हुआ करता था। उस छटा को कैमरे में कैद करने के लिए मोबाइल फोन तो तब थे नहीं। इसीलिए बच्चे अपनी स्मृति के कैमरे में ही उन्हें संजो लेते। आसमान को सलेटी से काला होते हुए देखने के लिए सबकी आंखें उसी पर टिकी रहतीं। उन कुछ मिनट में गर्दन दुखने लगती, लेकिन बच्चे नज़र नहीं हटाते। कहते, 'देख-देख, आज आसमान में कालिमा कल से जल्दी उतर रही है। कितना जल्दी बदल रहा है रंग।'

फिर एक कोने में चांद नज़र आता। तिथि के हिसाब से अलग-अलग आकार का। उसके बाद तारे दिखते। उस नजारे को देखने के बाद बच्चों को याद आता कि वे तो खेल रहे थे... और उनका खेल फिर शुरू हो जाता।

शाम के वक़्त, जिसे बुजुर्ग सांझ बेला या संध्या वेला कहते थे, सभी मोहल्लों के बाज़ार गुलजार रहते। कुछ बाज़ार बंद होने को होते। कोयले और लकड़ी की टाल, स्टेशनरी, कपड़ों, जूतों और हार्डवेयर आदि की दुकानें रात आठ बजते-बजते बढ़ने लगतीं। साढ़े बजे तक इलेक्ट्रॉनिक्स और सुनारों की दुकानें और ऑटोमोबाइल स्टोर बंद होने लगते। फिर अपना सामान अंदर रखकर हलवाई दुकान को बढ़ाते। उनके यहां आने वाले आख़िरी ग्राहक होते गरमा-गरम दूध पीने वाले। डिनर करके घूमने निकले कुछ लोगों का शौक हुआ करता था तब रात को हलवाई की दुकान पर जाकर दूध पीना। हलवाई कुल्हड़ में उबलता हुआ दूध भरकर उसमें चार बताशे डालता और दूध को दूसरे कुल्हड़ में ख़ूब ऊपर से डालता। कई बार इस तरह दूध को उछालने से ख़ूब झाग उठ जाते। फिर वह दूध की कढ़ाई में से ग़लटे से मलाई काटकर कुल्हड़ में डालता और ग्राहक को पीने के लिए दे देता। कुछ ख़ास ग्राहकों के दूध में केसर भी मिलाया जाता था। हलवाई की दुकान पर लोग खड़े-खड़े गपशप करते जाते और दूध पीते जाते। कुछ लोग इस वक़्त खुरचन खाने के लिए भी आते थे।

रात को नौ बजते-बजते किराने की दुकानें भी बढ़ने लगतीं। सबसे आख़िर में उठते थे पान की दुकान वाले। गर्मियों में तो रात को दस-साढ़े दस बजे तक वे पान लगाते रहते थे। तब उनकी छटा देखते ही बनती। बर्फ़ की सिल्ली पर पान के पत्ते

रखे होते। ग्राहक मनचाही मिकदार के साथ लगाया गया पान मुंह में रखता, तो कड़ी गर्मी में भी उसके पूरे शरीर में ठंडक उतरती चली जाती। सर्दियों में रात को नौ-साढ़े नौ बजे तक मूंगफली बेचने वाले घूमते रहते। वे कड़क आवाज़ लगाते, 'मूंगफली ले लो, गरमा-गरम मूंगफली।'

सर्दियों की शाम बहुत तेज़ी से रात की ओर भागती थी, जबकि गर्मियों की शाम धीरे-धीरे रात तक का सफ़र तय करती थी। सर्दियों में बच्चे खेल-कूदकर, ठंड से ठिठुरते हुए जल्दी घर लौट आते थे। गर्मियों में खाना बन जाता और बच्चों की मां आवाज़ देती रहती, लेकिन बच्चों का खेल ख़त्म होने का नाम नहीं लेता था। तब हर घर से कोई बड़ा निकलता अपने बच्चों को आवाज़ देता हुआ। चार-पांच आवाज़ सुनकर तो बच्चा यही कहता रहता, 'बस अभी आया।' पर यह अभी आया कम से कम आधे घंटे बाद आता।

एक बार बाहर खेलते बच्चे घरों के भीतर गए नहीं कि सड़क एकदम सूनी नज़र आने लगती। शोरगुल थम जाता। दिन भर मेहनत करके रिक्शा वाले अपने घरों की ओर लौट रहे होते। यही वह समय होता था, जब वे शहर के दूसरी तरफ़ जाने वाली सवारी को मना कर देते थे। वरना तो दिन-भर इधर से उधर रिक्शा खींचते रहते। बस दोपहर को खाने के लिए कुछ समय के लिए घर आते थे। रात को घर पहुंचकर खाना खाने के बाद सोने के लिए उनका समय तय होता था। आख़िर सुबह को जल्दी उठकर फिर मशक़्क़त में लगना जो होता था उन्हें।

पान वालों की दुकान बढ़ते ही सड़कों पर चहल-पहल एकदम गायब हो जाती। किसी दूर के मोहल्ले में किसी से मिलने गए इक्का-दुक्का लोग ही लौटते हुए नज़र आते। अपने घर की ओर आते आख़िरी लोग होते सिनेमाघर से फिल्म का आख़िरी शो देखकर लौटने वाले। आजकल तो अकसर आख़िरी शो भी हाउसफुल होता है, लेकिन उन दिनों रात को नौ से बारह बजे के शो में बहुत कम लोग पहुंचते थे। शहर के भीतर के सिनेमाघरों में तो फिर भी कुछ लोग टिकट लेकर फिल्म देखने चले जाते, मगर शहर से बाहर के सिनेमाघरों में रात का शो लगभग ख़ाली रहता। फिल्म का नाइट शो देखकर आ रहे लोगों को अपना टिकट जेब में संभालकर रखना पड़ता था। पुलिस की रोक-टोक पर फिल्म का यही टिकट उनके बचने का टिकट बन जाता था।

रात नौ बजे के बाद गलियों में चौकीदार आने लगते। वे बिजली के खंभों पर डंडा मारते हुए चलते थे। फिल्मों में अकसर चौकीदार को 'जागते रहो' कहते देखकर लोग हंसते थे कि जब जनता को भी जागते रहना है, तो फिर चौकीदार का भला क्या काम! लेकिन असली चौकीदार 'जागते रहो' न कहकर 'होशियार ... खबरदार' कहते थे। रात को साइकल पर गश्त करते सिपाही सीटी बजाते हुए गुजरते थे। उनकी सीटी की आवाज़ सुनकर चौकीदार और जोर से, और जोश से खंभे पर डंडा मारने लगता था।

आधी रात के बाद सड़कें एकदम वीरान हो जातीं। अगर कोई ट्रेन या बस किसी वजह से बहुत लेट हो जाती, तो कुछ रिक्शा वाले रेलवे स्टेशन या बस अड्डे के बाहर ही सो जाते। देरी से आई ट्रेन या बस की सवारियों को उनके घर तक पहुंचाने का साधन आखिर वही तो थे। इस तरह की स्थिति में यह करना रिक्शा वालों के लिए महज 'दो पैसे और कमाने' का ज़रिया नहीं होता था, बल्कि इसे वे अपनी ज़िम्मेदारी भी समझते थे। उनका मानना था कि वे अगर अपने घर जाकर सो गये, तो देर से शहर में आये लोग अपने घर कैसे पहुंचेंगे! अमूमन रात को सबसे देर से घर से बाहर यही लोग नजर आते थे।

इस तरह चौकीदारों के डंडों और सिपाहियों की सीटियों की आवाजों के बीच उंघता-जागता मेरठ धीरे-धीरे नींद के आगोश में समा जाता था। अगली सुबह सुस्ती के साथ फिर उठने के लिए!

सब समुदाय

प्राचीन शहर होने के कारण मेरठ में इस इलाक़े के लगभग सभी समुदाय रहते हैं। शहर में करीब 61 प्रतिशत हिंदू और 36 प्रतिशत मुसलमान हैं। जैन, बौद्ध, सिख और ईसाई एक-एक प्रतिशत से भी कम हैं। हिंदुओं की सभी जातियों के लोग हैं। उनमें ब्राह्मण, वैश्य, त्यागी, जाट, अनुसूचित जाति/जनजाति और दलित प्रमुख हैं। अधिकांश परिवार सदियों से यहां के बाशिंदे हैं। आर्थिक उदारीकरण के बाद रोज़गार के अवसर बढ़ने पर दूसरी जगहों से भी बहुत से लोग यहां आकर रहने लगे। भारत के अन्य हिस्सों के लोग भी समय-समय पर यहां आकर बसे। कृषि प्रधान क्षेत्र होने के कारण बहुत से निवासियों का संबंध गांव से भी है। इन सभी समुदायों में हर तरह

के काम करने वाले लोग हैं। शिक्षा का बड़ा केंद्र होने के कारण यहां साक्षरता दर 76 प्रतिशत है। शहर में 81 प्रतिशत पुरुष और 70 प्रतिशत महिलाएं साक्षर हैं।

मेरठ में जैन समुदाय के लोगों की संख्या अधिक नहीं है, लेकिन व्यवसाय में उनका काफ़ी नाम है। यहां जैन समुदाय का पुराना इतिहास रहा है। जैन आरंभ में तीरगरान मोहल्ले में आकर बसे थे। वहीं पर उनका सबसे पुराना मंदिर है। उनका एक और पुराना मंदिर सदर की कालीबाड़ी में भी है। मेरठ की सबसे पुरानी जैन धर्मशाला भी इसी समुदाय के लोगों ने बनवायी थी। इसमें 125 लोग ठहर सकते हैं और उनसे कोई शुल्क नहीं लिया जाता।

सिख समुदाय का भी मेरठ से शुरू से ही नाता रहा है। गुरु नानक देव जी के बड़े पुत्र बाबा श्री चंद जी धार्मिक यात्रा के साथ यहां आये थे। उन्होंने सूरजकुंड पर डेरा लगाकर धर्म समागम आयोजित किये थे। इसी जगह पर मेरठ का सबसे पुराना गुरुद्वारा है। मेरठ के सैदपुर गांव के किसान धर्म सिंह सन् 1699 में गुरु गोविंद सिंह द्वारा आनंदपुर में आयोजित बैसाखी मेले में शामिल हुए थे। गुरु गोविंद सिंह के पंज प्यारों में उनका भी नाम है। उनकी स्मृति में सैदपुर में एक गुरुद्वारा है। आज़ादी के बाद पाकिस्तान से आये बहुत से सिख और पंजाबी मेरठ में बसे। सन् 1920 में मेरठ में सिखों की संख्या 28 थी, जो आज करीब 50,000 हो गयी है। शहर का सबसे बड़ा गुरुद्वारा थापर नगर में है, जो सन् 1946 में बनाया गया था।

मेरठ में बंगालियों के असर का अंदाजा इसी से लगाया जा सकता है कि आबू लेन के पास उनका एक मोहल्ला दुर्गा बाड़ी है। अश्विनी कुमार मुखोपाध्याय ने बंगाल के हुगली से मेरठ आकर सन् 1862 में बैंक ऑफ इंडिया लिमिटेड की स्थापना की थी। कुछ ही साल में इसकी शाखाएं शिमला तक खुल गयी थीं। कालीपद बसु वकालत करने के लिए सन् 1885 में मेरठ आये थे। टाउन हॉल में जुबली क्लब की स्थापना करने और स्कूली शिक्षा के प्रसार में उनका बहुत योगदान है। उन्होंने सन् 1888 में सदर बाज़ार के कई छोटे स्कूलों को मिलाकर डीएवी स्कूल बनवाया था। शहर के सबसे बड़े शिक्षा संस्थान मेरठ कॉलेज को शुरू करने में भी उनका हाथ था। वह मेरठ बार एसोसिएशन के अध्यक्ष रहे। डॉक्टर त्रिलोक नाथ बोस मेरठ सदर डिस्पेंसरी के प्रभारी बनकर सन् 1868 में आये थे। वह एक विख्यात सर्जन थे। उनके

भतीजे नरेंद्र नाथ घोष शहर के नामी होम्योपैथ थे। सन् 1926 में दुर्गाबाड़ी सोसाइटी की स्थापना की गयी। यह आज भी बहुत धूमधाम से दुर्गा पूजा मनाती है।

मेरठ में खत्रियों की भी काफ़ी संख्या है। वे शुरू में शहर के पुराने मोहल्लों डालमपाड़ा, स्वामीपाड़ा और खत्रियों के चौक में बसे थे। आज मेरठ में करीब 18 हज़ार खत्री रहते हैं। शहर की शैक्षिक और सांस्कृतिक गतिविधियों में कायस्थ समाज हमेशा बढ़-चढ़कर भाग लेता रहा है। शास्त्री नगर के कायस्थ भवन में उनके बड़े कार्यक्रम आयोजित किये जाते हैं। शहर में लगभग 23 हज़ार कायस्थ रहते हैं। मेरठ कायस्थ सभा की स्थापना 1870 में हुई थी।

मेरठ में ईसाई धर्म का प्रचार करने के लिए सबसे पहले हेनरी फिशर आये थे। उनके सहयोगी बहादुर मसीह और आनंद मसीह थे। ईसाई शुरू में कैंटोनमेंट चैपल में प्रार्थना करते थे। यह चैपल सरधना की बेगम समरू ने बनवाया था। सेंट थॉमस चर्च सन् 1869 में बनवाया गया था। मेरठ में करीब 15 हज़ार ईसाई रहते हैं।

1980 के दशक तक मेरठ में मुसलमानों की आर्थिक स्थिति अच्छी नहीं थी। समुदाय में शिक्षा के प्रति जागरूकता नहीं थी। गरीबी के कारण बच्चों को पढ़ाने के साधन भी नहीं थे। हालांकि पुराने शहर के मोहल्लों में हिंदू-मुस्लिम समुदाय मिल-जुलकर रहा करते थे, लेकिन तब भी इस्लामाबाद, इस्माइल नगर, खैर नगर और जली कोठी जैसे मुस्लिम मोहल्ले भी थे। सन् 1987 के दंगों और 1991 में आर्थिक उदारीकरण के बाद आय के साधन बढ़ने से सभी समुदायों के परिवारों में सामाजिक स्तर पर कई बदलाव आये। उनमें एक बड़ा बदलाव था संयुक्त परिवारों की जगह एकल परिवारों का चलन। पुराने शहर के बाहर नई कॉलोनियां इफ़रात में बन रही थीं। इसका नतीजा यह हुआ कि पुराने शहर के संकरे और तंग गलियों वाले मोहल्लों से निकलकर लोग नयी बस्तियों में जाकर रहने लगे। बसावट का यह बदलाव हिंदुओं में ज़्यादा देखा गया। इससे जिन पुराने मोहल्लों में मिश्रित आबादी हुआ करती थी, उनमें से अब कई मोहल्लों में मुस्लिमों की आबादी ज़्यादा हो गयी है।

कोतवाली और कृष्णपाड़ा मोहल्लों के बीच में कोतवाली के पास एक हज़ार साल पुरानी जामा मस्जिद तब बहुत सादी हुआ करती थी। अब यह शानदार मस्जिद है।

इस्लामाबाद में मीनारा मस्जिद और पीएल शर्मा अस्पताल के सामने अख्तर मस्जिद का भी काफ़ी नाम था।

मुस्लिम समुदाय में नौकरीपेशा लोग बहुत कम दिखायी देते थे। इसलिए ज़्यादातर मुस्लिम नौजवान कोई हुनर सीखकर कारीगर के रूप में काम करने लगते थे। शहर के ज़्यादातर बढ़ई, दर्जी, लोहार, पावरलूम और हैंडलूम के मज़दूर, इलेक्ट्रिशियन, प्लंबर, ऑटोमोबाइल मैकेनिक, आढ़त के मज़दूर और साइकल रिक्शा चलाने वाले मुस्लिम ही हुआ करते थे। जब समुदाय में पढ़ाई का चलन बढ़ा, तो डॉक्टर और इंजीनियर भी बनने लगे। शहर में 1980 के दशक में कोई बड़ा एमबीबीएस मुस्लिम डॉक्टर नहीं था। अब तो दर्जनों एमबीबीएस और एमडी डॉक्टर हैं। इलेक्ट्रॉनिक्स और कंप्यूटर के काम में भी मुस्लिम नौजवान नज़र आते हैं। कारोबार में भी मुसलमान आगे आये हैं। होलसेल का काम करने लगे हैं। पुराने मैकेनिकों और कारीगरों ने काम करने के आधुनिक तरीकों को अपना लिया है। साइकल रिक्शा चलाने वाले अब ई-रिक्शा चलाने लगे हैं। समुदाय की आर्थिक स्थिति सुधरने का असर बच्चों की पढ़ाई पर पड़ा और उच्च शिक्षा का असर रोज़मर्रा की जिंदगी पर साफ़ नज़र आता है।

एक बड़ा बदलाव यह हुआ कि हापुड़ रोड पर अब कमेला नहीं रहा। उस जमाने में यहां एक बहुत बड़ा कमेला हुआ करता था, जिसमें जानवरों का कत्ल किया जाता था। उनका मांस देशभर में ही नहीं, विदेश तक भेजा जाता था। बस्ती के बीच में आने के कारण इस कमेले का अकसर विरोध होता रहता था। आखिर इसे बंद करके इसकी जगह एक कन्या इंटर कॉलेज बना दिया गया। उस समय मेरठ में जामा मस्जिद के मदरसे सहित कई मदरसे हुआ करते थे। इनमें देवबंद की मजहबी शिक्षा दी जाती थी। इन मदरसों का आज भी वही हाल है। देश के बाकी हिस्सों की तरह यहां मदरसों में आधुनिक शिक्षा अभी नहीं पहुंची है।

जीवन में मगन

बहुत छोटा था मैं तब। अपनी दादी के साथ जिमखाना मैदान में एक मेले में गया। वहां एक फकीर बैठे हुए गा रहे थे – 'जीवन में मगन जनम लगन गमन'। मुझे

इसका मतलब तो समझ में नहीं आया, लेकिन जिस मस्ती भरे अंदाज में वह एकतारा बजाते हुए यह गा रहे थे, उसने मुझे सम्मोहित कर लिया। इसके आगे की लाइनें मुझे याद नहीं। अभी क्या, शायद तब भी याद नहीं रही होगी। दरअसल इसकी लय के आगे का कोई शब्द मेरा मन पकड़ ही नहीं पाया। वह गा रहे थे और मैं बस यही लाइन दोहरा रहा था। दादी मेरा हाथ पकड़कर झूले की तरफ़ ले जा रही थीं, लेकिन मेरे पैर वहीं जम गये। उन्होंने कुछ पल तक मुझे सुनने दिया। फिर पूछा कि इतना मगन होकर मैं क्या सुन रहा हूं। मैंने यह लाइन दोहरा दी। दादी ने इसका मतलब पूछा। तब ये शब्द मेरे लिए बहुत गूढ़ थे। मैंने सिर हिलाकर कहा कि मतलब तो पता नहीं, बस अच्छा लग रहा है।

तब दादी ने इसका मतलब समझाया कि किसी का जन्म होता है, बड़ा होने पर उसकी शादी होती है, फिर वह बहुत सारे काम करके चला जाता है। यही सबके जीवन का सफ़र होता है। जनम, लगन और गमन के इस सफ़र में सब मगन रहते हैं।

तो मेरठ में जनम, लगन और गमन की भी रीत हुआ करती थीं।

जनम

हमारे घर के सामने वाली गली में सुबह-सुबह थाली बजाने की आवाज़ आयी। सुनते ही सब लोग अपने दरवाजों से बाहर निकल आये और एक-दूसरे से कहने लगे, 'साबुन वालों के यहां लड़का हुआ है लड़का।' कई लोग तो बधाई देने भी पहुंच गये। उनके घर की बैठक में टोकरी भरकर बताशे रखे थे। जो भी बधाई देने आया, उसे मुट्ठी भर बताशे दिये गये। पूरे मोहल्ले में नवजात का जश्न इसी तरह मनाया जाता था।

उन दिनों शहर में गिने-चुने मेटरनिटी होम हुआ करते थे। इसीलिए महिलाएं प्रसव से पहले की देख-रेख घर के पास की किसी डिस्पेंसरी में कराया करती थीं। कोतवाली के पास डिस्पेंसरी में गर्भवती महिलाएं पहुंचती थीं। वहां ज़्यादा सुविधाएं नहीं थीं। ज़्यादातर प्रसव घर पर होते थे। कभी-कभी डिस्पेंसरी से डॉक्टर या कंपाउंडर को बुला लिया जाता। अकसर दाई ही प्रसव कराने आती थी।

कोतवाली रोड के ढलान पर बशीरन दाई रहती थी। उसका ज़्यादातर समय आस-पास के कई मोहल्लों की गर्भवती महिलाओं को देखने, उन्हें प्रसव का दिन

बताकर तैयारी करने और प्रसव कराने में ही बीतता था। कई बार उसे आधी रात को भी बुलाया जाता था। अगर किसी के पास वाहन होता, तो वह बशीरन को वाहन में बैठाकर ले आता। बिना वाहन वाले उसे लाने के लिए रिक्शा करके ले जाते थे। पास में होता, तो वह पैदल ही दौड़ी चली आती। वह हमेशा सफेद सलवार-कुर्ता और दुपट्टा पहनती और पान चबाती रहती। भारी-भरकम काया की गोरी-चिट्टी बशीरन जब प्रसव के लिए छटपटाती औरत के माथे पर हाथ रखती और उसके घरवालों से गरम पानी लाने को कहती, तो सब के मुंह से यही निकलता, 'बशीरन आ गयी है। अब फ़िक्र की कोई बात ना है। रामजी सब भला करेंगे।'

प्रसव के बाद भी बशीरन कई दिन तक जच्चा-बच्चा को देखने के लिए आती रहती। जच्चा को खान-पान की ताकीदें देती। अपना मेहनताना वह कभी अपने मुंह से नहीं मांगती थी। लोग अपनी हैसियत के अनुसार उसे 5 से 25 रुपये तक दे देते, जिन्हें वह माथे से लगाकर अपने दुपट्टे के कोने में बांध लेती। उनमें से वह एक रुपये से नवजात की वार-फेर करती और वह रुपया किसी हिजड़े को दे देती। किस घर में बच्चे का जन्म हुआ है, इलाक़े के हिजड़ों को इसका पता बशीरन से ही लगता था। कुछ घरों से बशीरन को नया सलवार-कुर्ता भी मिलता था। उसे पहनकर वह बच्चे की छठी में आती थी। मोहल्ले भर की औरतें उसका अहसान जताती थीं। वह हाथ ऊपर उठाकर कहती, 'खुदा ने मुझे नयी जिंदगी को धरती पर लाने का जिम्मा दिया है। अब तक हज़ारों जचगी करा चुकी हूं। ऊपर वाले की मेहरबानी बनी रहे।' उसका कहना सही था। कोतवाली से पिल्लोखड़ी तक कई मोहल्लों की दो पीढ़ियों का जन्म बशीरन के हाथों ही हुआ था।

प्रसव के बाद जच्चा उसी कमरे में रहती थी। जचगी होते ही उसे गुड़ की चाय पीने को दी जाती। अगले पांच दिन तक वह दाल का पानी या चाय-बिस्कुट ही खाती थी, क्योंकि बशीरन का कहना था कि नवजात को शुरू में बहुत सादे खान-पान से बना दूध मिलना चाहिए। शरीर में ताक़त और कैलरी के लिए उसे गुड़ का बना पाथ रोज़ खिलाया जाता था। बच्चे की छठी के दिन से जच्चा को पूरा खाना दिया जाता था।

बच्चे के जन्म से ही घर में गाना-बजाना शुरू हो जाता था। छठी को एक उत्सव की तरह मनाया जाता था। इसके लिए रिश्तेदार और पड़ोसी बुलाए जाते। सतिये

रखकर उनकी पूजा की जाती। सभी महिला रिश्तेदारों को साड़ी मिलती। जच्चा के मायके से छूछक आता। बच्चे के शगुन के लिए गुड़ की एक भेली तो बच्चे के जन्म के अगले दिन ही पहुंच जाती थी। नवजात के जन्म के तीसरे दिन जसूटन होता था। इसमें जच्चा अपने परिवार और मोहल्ले की महिलाओं के साथ कुआं पूजने जाती थी। बैंड वाले आगे-आगे बाजा बजाते हुए चलते थे और जच्चा को घेरकर चलती महिलाएं लोकगीत गाती थीं। जच्चा सिर पर जल का लोटा रखकर जाती थी। नवजात की बुआ को नेग दिया जाता, क्योंकि अकसर जचगी कराने के लिए वही मायके आती थी।

कुआं पूजने के लिए जाती जच्चा को देखने के लिए पूरा मोहल्ला उमड़ पड़ता था। शादी के बाद नवविवाहिता से भी इसी तरह कुआं पुजवाया जाता था। शायद यह परंपरा खुशियों के मौकों पर जलस्रोत के प्रति आभार जताने और जलस्रोत के अक्षुण्ण बने रहने की कामना से बनी होगी! ऐसा माना जाता होगा कि नवविवाहिता और नवप्रसूता अगर कुआं पूजे, तो वह कभी सूखेगा नहीं और उसमें जल के रूप में जीवन-रस हमेशा मौजूद रहेगा।

बच्चा जब छह महीने का हो जाता, तो उसका अन्नप्राशन संस्कार होता। इसमें घर पर ही छोटी सी पूजा कराकर बच्चे को दाल या चावल का पानी पिलाया जाता। फिर धीरे-धीरे उसे थोड़ा-थोड़ा ऊपर का भोजन देना शुरू कर दिया जाता। बच्चे के छह महीने से एक साल की उम्र के बीच उसका मुंडन भी कराया जाता था। कुछ लोग गढ़मुक्तेश्वर जाकर बच्चे का मुंडन कराते और वहीं गंगा नदी में उसके बाल प्रवाहित करके लौट आते। जो ऐसा न कर पाते, वे घर पर ही बच्चे का मुंडन कराकर उसके बाल सहेजकर रख लेते। उन्हें जब भी गढ़मुक्तेश्वर या हरिद्वार जाने का मौका मिलता, नदी में बाल प्रवाहित कर देते। कुछ लोग अपने कुल देवता या कुलदेवी के सामने बच्चे का मुंडन कराते थे।

बच्चे के तीन, पांच या सात साल का होने पर उसके कान छिदवाये जाते थे। इसे 'कान पिरोज़न' कहा जाता था। यह भी एक बड़ा समारोह होता। इसमें नाते-रिश्तेदार बुलाये जाते। उस समय लड़का और लड़की, दोनों के लिए कान छिदवाने का चलन था। अब तो केवल लड़कियों के कान छिदवाये जाते हैं। यज्ञोपवीत संस्कार आठवें से बारहवें साल में होता था।

लगन

1980 के दशक तक ज़्यादातर रिश्ते बिचौलिए ही तय कराते थे। आज के कॉमन फ्रेंड या कॉमन रिलेटिव को ही तब बिचौलिया कहा जाता था। वह कोई ऐसा व्यक्ति होता था, जो वर और वधू, दोनों परिवारों को जानता होता। उसे इसका भी अनुमान होता कि किस लड़के के लिए कौन सी लड़की या किस लड़की के लिए कौन सा लड़का उपयुक्त होगा। बिचौलिया पहले एक पक्ष से बात करता और उसकी सहमति मिलने के बाद दूसरे पक्ष को संदेश देता। दूसरे पक्ष के सहमत होने पर वह दोनों पक्षों की मुलाकात कराता। तब लड़की देखने की औपचारिकता होती। लड़का अपने माता-पिता, भाई-भाभी, बहन-बहनोई के साथ लड़की देखने आता था। आमतौर पर यह काम चाय-नाश्ते के समय किया जाता था। इसके लिए लड़की वाले घर की साफ़-सफ़ाई कराते। नयी क्रॉकरी निकाली जाती। उन दिनों इस तरह के मौक़े पर पड़ोसियों से कप-प्लेट, बेडशीट, टेबल क्लॉथ और मेज-कुर्सी जैसी चीज़ें मांगने में कोई भी किसी तरह का संकोच नहीं करता था। न ही कोई देने को मना करता। नाश्ते में ख़ूब सामान बनाया जाता। भाग-दौड़ के काम करने के लिए रिश्तेदारी से एक-दो लड़कों को भी बुलवा लिया जाता।

लड़के वाले जैसे ही लड़की देखने के लिए मोहल्ले में पहुंचते, पूरे मोहल्ले को इसका पता चल जाता। इससे बचने के लिए कुछ लोग किसी मंदिर, गार्डन, पार्क या सिनेमाघर में भी लड़की दिखाते थे। लड़की दिखाने का काम फिल्मी दृश्य जैसा हुआ करता था। लड़की को साड़ी पहनायी जाती, मेकअप किया जाता। सजी-धजी लड़की चाय की ट्रे लेकर बैठक में आती। ट्रे रखकर वह सकुचाती हुई सी एक कोने में बैठ जाती। लड़के के पूरे परिवार की नज़रें उसी पर टिकी होतीं। सवाल भी बहुत औपचारिक पूछे जाते थे। बचपन में हम मोहल्ले की बड़ी लड़कियों से मजाक में कहते, 'दीदी, ये पांच सवाल पूछे जायेंगे, बस इनकी तैयारी कर लेना – कितना पढ़ी हो? अभी क्या करती हो? खाना बनाना आता है? सिलाई-कढ़ाई-बुनाई जानती हो? और क्या रुचि है?'

लड़के वालों को अगर लड़की पसंद आ जाती और लड़की वाले भी सहमति दे देते, तो शादी तय कर दी कर दी। फिर लड़की के परिवार के कुछ बुजुर्ग लड़के के घर

जाकर उसे चांदी का एक सिक्का देते, जिसे रोकना कहा जाता था। इसके कुछ दिन बाद वहीं पर सगाई और शादी की तारीख तय कर ली जाती। लड़की वाले सगाई लेकर लड़की के घर पर आते थे। उस दिन शादी जैसा ही माहौल होता। घर पर हलवाई की भट्टी चढ़ती। सभी मेहमानों को दावत दी जाती। इसी दौरान शादी की तारीख़ तय कर ली जाती और दोनों पक्ष शादी की तैयारियों में जुट जाते।

शादी से तीन, पांच या सात दिन पहले घर में संगीत शुरू हो जाता था। रोज़ रात को पड़ोस की महिलाएं जुटतीं और ढोलक की थाप पर लोकगीत गाये जाते। इसे महिला संगीत कहते थे। संगीत के बाद हर महिला को गुड़ या बताशे दिये जाते थे। शादी से पहले घर में बान लगाया जाता। यह दीवार पर कुलदेवता का चित्र लगाने की परंपरा थी। माना जाता था कि इससे विवाह समारोह बिना किसी बाधा के संपन्न होगा। शादी से एक दिन पहले हल्दी की रस्म होती। लड़के और लड़की को हल्दी डालकर तेल लगाया जाता। शादी से एक दिन पहले मढ़े की रस्म होती थी।

शादी से 15 दिन पहले लड़के और लड़की की मां अपने भाई को भात नौतने के लिए जाती थी। वह भाई के परिवार के बच्चों के लिए कपड़े और मिठाई साथ में ले जाती और भाई को उसके भांजे या भांजी की शादी में भात देने का न्योता देती। शादी वाले दिन मामा भात देने आते थे। यह वर या वधू को उनके मामा की तरफ़ से दिया जाने वाला उपहार होता था, जो लोकगीत गाते हुए पूरी रस्मों के साथ दिया जाता था। इस अवसर पर पूजा भी होती थी। शुभ के लिए घर के दरवाजे पर दीये जैसे मिट्टी के चार सतिये और दूब बांधी जाती थी। शादी के बाद इन्हें उतारकर किसी नदी या नहर में विसर्जित कर दिया जाता।

शादी वाले दिन घुड़चढ़ी से पहले वर की भाभी उसकी आंखों में काजल लगाती। इसके लिए भाभी को नेग दिया जाता था। वर घुड़चढ़ी के बाद मंदिर में जाकर पूजा करता और फिर लौटकर पड़ोस के किसी घर में रुक जाता। इस मौक़े पर उसकी मां और बहन उसे यह ताने देते हुए कुएं में डूबने को चलतीं कि अब तो तेरी बहू आ जायेगी, फिर तू हमें भूल जायेगा। वर उन्हें मनाकर वापस लाता। इन परंपराओं में सामाजिक शिक्षाएं थीं।

बारात बस में सवार होकर जाती थी। शहर में तो एक दिन की बारात होती थी,

लेकिन मैंने बचपन में गांवों में तीन दिन की बारातें भी देखी थीं। मेरठ में बारात की चढ़त देखने के लिए सभी अपने घर के बाहर आ जाते थे। जिस मोहल्ले में ज़्यादा भीड़ दिखती, वहां रुककर बाराती बहुत देर तक नाचते। भीड़ के सामने बैंड वालों का जोश भी बढ़ जाता। बारात जब दुलहन के द्वार पर पहुंचती, तो बाराती नाच-नाच कर सर्दियों में भी पसीने से नहा जाते, लेकिन रुकने का नाम नहीं लेते। आखिर वर पक्ष के बुज़ुर्गों को आगे आकर उन्हें अंदर की ओर ठेलना पड़ता।

वरमाला के समय दोनों पक्षों के नौजवानों में ख़ूब हंसी-मज़ाक़ होता। फेरों के समय सालियों की वर के जूते चुराने और वर के दोस्तों की जूते बचाने की जद्दोजहद शादी में मनोरंजन का आयाम जोड़ देती। यह दृश्य कितनी ही फिल्मों में दिखाया जा चुका है। ज़्यादातर शादियां रात में होती थीं। फेरों के समय तक मंडप में केवल नजदीकी रिश्तेदार बचते थे। बाकी मेहमान या तो लौट जाते, या सो जाते।

सुबह होने पर वधू को विदा किया जाता। उस समय पूरे माहौल में करुण रस घुल जाता। वधू विदा होकर अपनी ससुराल आती, तो परंपरा के अनुसार उसका गृह प्रवेश होता। ननद उसकी आरती करती और वधू चावलों से भरा करवा पैर से गिराकर घर में प्रवेश करती। उस समय घर में मौजूद बुज़ुर्ग मेहमान लोकगीत गाकर उसका स्वागत किया करती थीं। कई दिन तक नयी बहू को देखने के लिए पड़ोसी और रिश्तेदार आते रहते। वे बहू को मुंह दिखायी देते। शादी के बाद कंगना खेलने की रस्म होती थी। इस रस्म की शुरूआत वर और वधू को एक-दूसरे को समझने और वधू को अपनी ससुराल की सभी महिलाओं से परिचित होने के लिए की गयी होगी, लेकिन कालांतर में यह एक खेल के रूप में रह गयी। इस तरह नवदंपती अपने नये जीवन की शुरुआत करता था।

गमन

बहुत आयु होने के बाद जब कोई सामान्य स्थिति में मृत्यु शैया पर होता था, तो उसके नजदीकी रिश्तेदारों को बुला लिया जाता था। उसके आसपास वैदिक मंत्रों और गीता का पाठ किया जाता था। उसे गंगाजल पिलाया जाता। मृत्यु होने पर बिस्तर सहित ज़मीन पर उतार दिया जाता। उसके होठों पर तुलसी के पत्ते रखकर आसपास

के घरों में सूचना दी जाती। आनन-फानन में लोग इकट्ठे हो जाते। वे देखते ही देखते सारी तैयारियां कर डालते। अर्थी तैयार हो जाती और फिर अंतिम यात्रा शुरू होती। ज़्यादातर अंतिम संस्कार शहर में ही, ख़ासकर सूरजकुंड श्मशान गृह में किये जाते थे।

कुछ लोग दाह संस्कार करने गढ़मुक्तेश्वर भी जाते थे। वहां गंगा नदी के किनारे अंतिम संस्कार होता था। श्मशान में पूजा कराकर पंडित अंतिम संस्कार की विधि संपन्न कराते थे। अगर किसी की मृत्यु उम्र पूरी होने के बाद स्वाभाविक रूप से होती, तो उसकी शवयात्रा बहुत धूमधाम से निकाली जाती थी। अर्थी को गुब्बारों से सजाया जाता और अर्थी के आगे बैंड बजता हुआ चलता।

मुस्लिमों को कब्रिस्तान में दफ़नाया जाता था। बाले मियां का कब्रिस्तान तो एक हज़ार साल पुराना था। ईसाइयों को दफ़नाने के लिए सेंट लुक्स चर्च के कब्रिस्तान में ले जाया जाता था। मृतक किसी भी धर्म, जाति या संप्रदाय का होता, अंतिम यात्रा में उसे कंधा देने के लिए हर समुदाय के लोग आगे आते।

चिता जलने के बाद लोग लौट आते। तीसरे दिन अस्थियां चुनकर गढ़मुक्तेश्वर या हरिद्वार में विसर्जित की जातीं। जो लोग उस दिन विसर्जन न कर पाते, वे अपनी सुविधा से बाद में कभी जाकर यह विधि कर लेते। अस्थि विसर्जन के बाद घर पर पूजा की जाती और हवन होता। तेरहवीं पर सभी रिश्तेदारों और मित्रों को बुलाया जाता। इस अवसर पर मृतक की आत्मा की शांति की प्रार्थना करके लोग श्रद्धांजलि अर्पित करते। मृतक के उत्तराधिकारी की पगड़ी की रस्म होती। उसे उसके मामा पगड़ी पहनाते। इस रस्म के बाद यह मान लिया जाता कि अब मृतक की सभी जिम्मेदारियां उसका उत्तराधिकारी पूरी करेगा।

तेरहवीं में ब्राह्मणों को भोज कराने के बाद आये हुए सभी लोगों को भोजन कराया जाता। एक साल बाद बरसी होती, जिसमें दान-पुण्य करने का चलन था। इस मौक़े पर 11 ब्राह्मणों को भोज कराकर उन्हें दक्षिणा के साथ ज़रूरत के अन्य सामान भी दिये जाते थे। बरसी के बाद हर साल मृतक का श्राद्ध किया जाता था।

दादी ने मेले से लौटते हुए यह भी बताया था कि सब इतना सफ़र तय करने के बाद ही जनम, लगन और गमन के चक्र से बाहर निकलकर मुक्त हो पाते हैं!

बैंड बाजा बारात

मेरठ के बैंड-बाजों के ठाठ निराले थे। शादियों के सीजन में शहर के नामी बैंड-बाजों की बुकिंग एडवांस में हुआ करती थी। जिन घरों में शादी होती, वहां बहुत गर्व के साथ पहले से ही ऐलान कर दिया जाता कि बारात की चढ़त बहुत जमेगी, क्योंकि हमने राजू बैंड बुक कर लिया है। उस समय राजू बैंड, रवि बैंड, जय हिंद बैंड और आशा बैंड की धूम थी मेरठ में। जिस शादी में इनमें से कोई भी बैंड होता, उसकी बारात की चढ़त तीन घंटे से कम में पूरी होने का नाम नहीं लेती थी। रात की शादी में जब रोशनी के हंडे और बाद में जनरेटर से जलने वाली ट्यूबलाइट के डंडे लेकर चलने वालों के बीच ये बैंड वाले बारात की चढ़त की शुरुआत करते, तो बारातियों से लेकर चढ़त देखने वाले तक रोमांचित हो उठते थे। हैरत की बात यह थी कि ज़्यादातर बैंड वालों की ड्रेस एक जैसी हुआ करती थी – चटख लाल रंग की। बैंड मास्टर ठेले पर सवार होता। ठेले पर ड्रम सेट या कैसियो रखा रहता। बैंड मास्टर हाथ में माइक लेकर बहुत स्टाइल से 'हेलो हेलो हेलो, माइक टेस्टिंग वन टू थ्री हेलो' कहकर अपने बैंड वालों को चौकस कर देता कि बस, अब हमारा काम शुरू होने वाला है। वह कैसियो पर कोई धुन निकालना शुरू करता। बाजे वाले उस धुन को उठा लेते। बैंड मास्टर मौक़े के अनुसार गाना शुरू करता।

शादी में अकसर पहला गाना हुआ करता 'आज मेरे यार की शादी है'। बारात की चढ़त जब पूरे जोश में होती, तो गाना बजता 'ये देश है वीर जवानों का, अलबेलों का मस्तानों का'। दुल्हन की विदाई के समय बैंड वाले बहुत गंभीरता से और कारुणिक धुन बजाते 'बाबुल की दुआएं लेती जा, जा तुझको सुखी संसार मिले'। जब दुल्हन को विदा कराकर बारात दूल्हे के घर लौट रही होती, तो बाजे वाले गाना बजाते 'दो सितारों का जमीं पर है मिलन आज की रात'।

शादियों के अलावा बैंड वालों की बुकिंग धार्मिक बारातों में भी होती थी। ये वास्तव में शोभायात्राएं हुआ करती थीं, लेकिन इन्हें कहा बारात ही जाता था। जैसे राम बारात या शिव बारात। इसी तरह सिखों के नगर कीर्तन में भी बैंड समां बांध देते थे। महावीर जयंती के जुलूस में भी उनकी छटा देखते ही बनती थी। इन बारातों में शहर के सभी ख़ास बैंड शामिल हुआ करते थे। एक बैंड निकलता, उसके पीछे कुछ

झांकियां होतीं, कुछ लोग चलते हुए आते, फिर दूसरा बैंड आ जाता... इस तरह यह सिलसिला चलता रहता। कई बार तो एक ही जगह खड़े होकर पूरी बारात देखने में दो-ढाई घंटे लग जाते थे। यह शोभा यात्रा बहुत धीमे-धीमे आगे बढ़ती थी, लेकिन पूरे शहर में जश्न मनाती हुई निकलती थी।

आम तौर पर एक बैंड में करीब 15 हुनरमंदों की पार्टी चला करती थी। इसमें बैंड मास्टर के अलावा चार ट्रंपेट वाले, छह ब्रास वाले, दो बेस वाले और दो गाने वाले हुआ करते थे। अकसर बैंड मास्टर लीड सॉन्ग ख़ुद गाता, ट्रंपेट भी बजाता और ड्रम सेट भी। वह पूरे बैंड का स्टार हुआ करता था। बैंड उसके इशारों पर ही उरूज पर आता था।

उस समय शहर के नौजवानों में राजू बैंड का बहुत क्रेज था। यह बैंड राजकुमार ठाकुर यानी राजू मास्टर ने सन् 1965 में शुरू किया था। करीब छह फुट लंबे, आकर्षक व्यक्तित्व के, घुंघराले बालों वाले राजू जब कूदकर बैंड के ठेले पर चढ़ते और कोई गाना पकड़ते, तो सभी बाराती झूम उठते। बड़ी बारातों की चढ़त में राजू का निराला अंदाज हुआ करता था। वह पलक झपकते ही ठेले पर चढ़ते, ड्रम सेट बजाते हुए एक गाना गाते, उसी तेज़ी से ठेले से नीचे आकर ट्रंपेट बजाने लगते। फिर ट्रंपेट को सिर पर रखकर नाचने लगते। यही चढ़त का सबसे रोमांचक क्षण हुआ करता था। ट्रंपेट को सिर पर साधे हुए, पैरों और हाथों को बहुत ही स्टाइल से आगे-पीछे करते हुए राजू का डांस शुरू होता और बारात के सभी डांसर जोश में आ जाते। पूरे शहर में कहा जाता था कि अगर बारात के लिए राजू बैंड बुक कर लिया है, तो चढ़त में चार चांद लगने से कोई नहीं रोक सकता। सर्दियों में भी राजू गाते-बजाते-नाचते हुए पसीने से नहा जाते, लेकिन उनके चेहरे की ख़ुशी देखते ही बनती थी।

करीब 75 साल के हो चुके राजू मास्टर आज भी उतने ही खुशमिजाज हैं। फ़र्क़ केवल इतना है कि अब राजू बैंड उनके बेटे राजीव चलाते हैं। राजू मास्टर ने यह बैंड वैली बाज़ार में मुल्तानी रोड के पास शुरू किया था। अब यह मोहनपुरी में शिफ्ट हो गया है।

मेरठ में आज भी मौजूद शायद सबसे पुराना बैंड जय हिंद बैंड है। इसकी शुरुआत सन् 1885 में स्वतंत्रता सेनानी बदन सिंह धानक ने की थी। उनके बाद

उनके बेटे जगदीश प्रसाद और पोते महेंद्र कुमार ने उनकी परंपरा को आगे बढ़ाया। इस परिवार की चौथी पीढ़ी के पवन धानक अब यह बैंड चलाते हैं। इस बैंड के साथ आज़ादी की लड़ाई का इतिहास भी जुड़ा है। इसके संस्थापक बदन सिंह कांग्रेस के नेता थे। उन्हें इस बात का गर्व था कि जिस साल मुंबई में कांग्रेस पार्टी की स्थापना हुई थी, उसी साल मेरठ में उन्होंने जय हिंद बैंड शुरू किया था। इसका नाम भी उन्होंने आज़ादी की भावना से ओतप्रोत होकर रखा था। बदन सिंह आज़ादी की लड़ाई में जेल भी गये थे। उन्होंने 15 अगस्त 1947 को आज़ादी के दिन मेरठ की सड़कों पर कई घंटों तक देशभक्ति के गीत अपने बैंड पर बजाये थे। पहले जय हिंद बैंक रेलवे रोड पर हुआ करता था। फिर कबाड़ी बाज़ार में गया। अब शारदा रोड पर है।

महेंद्र कुमार जय हिंद बैंड को लेकर मेरठ से बाहर दूर-दूर तक जा चुके हैं। उन्होंने मुंबई, पुणे, बेंगलुरु, मैसूर और चेन्नै तक बैंड बजाया है। धार्मिक उत्सवों और समारोहों में तो जय हिंद बैंड कई दशकों से धूम मचाता आ रहा है। शादी की बारात में यह बैंड 15-20 लोगों की पार्टी के साथ चलता था, लेकिन राम बारात और शिव बारात में 50 लोगों की पार्टी पूरी भक्ति से बैंड बजाया करती थी। पुराने बैंड वाले बताते हैं कि 1950 के आसपास मेरठ में चार-पांच बड़े बैंड हुआ करते थे। ये 1980 तक आते-आते 30-35 हो गये। आज मेरठ में छोटे-बड़े करीब 350 बैंड हैं।

त्योहारों के रंग

मेरठ में त्योहार सामुदायिक उत्सव की तरह मनाये जाते थे। नये साल से क्रिसमस तक साल भर त्योहार चलते रहते। नये साल का जश्न पहले बहुत सादा होता था। आज की तरह पार्टियां नहीं होती थीं। लोहड़ी, मकर संक्रांति, वसंत पंचमी, होली, हरियाली तीज, रक्षा बंधन, कृष्ण जन्माष्टमी, नवरात्र, दशहरा, दिवाली, ईद और क्रिसमस पर शहर उत्सवी हो जाता था। त्योहारों में तब तक बाज़ार की घुसपैठ नहीं हुई थी। भव्यता में भी सादगी हुआ करती थी। वसंत के बाद होली आती, तो पूरा शहर रंग जाता। तीज, रक्षाबंधन और कृष्ण जन्माष्टमी बरसात के दिनों में आते। शारदीय नवरात्र में व्रत रखे जाते और दशहरा बहुत धूमधाम से मनाया जाता। दिवाली, गोवर्धन पूजा और भाई दूज के साथ त्योहारों का मौसम ख़त्म होकर साल भी अपने आख़िरी पड़ाव

की ओर बढ़ जाता। नया साल शुरू होने से पहले जाते हुए साल का आख़िरी त्योहार क्रिसमस होता।

लोहड़ी और मकर संक्रांति

लोहड़ी तब केवल पंजाबी बहुल इलाक़ों में ही मनायी जाती थी। लोग सुबह से ही एक-दूसरे के घर जाकर लोहड़ी की बधाई के साथ रेवड़ी, मूंगफली और मक्का की खील देते। रात को थापर नगर, सदर, प्रहलाद नगर, पंजाबी पुरा और शास्त्रीनगर में सामूहिक रूप से लोहड़ी जलाकर उसमें रेवड़ी और मक्का की खील डाली जाती। भांगड़ा और गिद्दा होता। 'बैबे सुंदरी मुंदरी होए, तेरा कोन विचारा होए, दुल्ला भंट्टी वाला होए' और 'काला डोरा कुंडे नाल अडियायी यो के छोटा देवरा भाभी नाल लड़यायी यो' जैसे गीत गूंजते। नये जोड़े लोहड़ी में जलती हुई लकड़ी के सामने अपने वैवाहिक जीवन को सुखमय बनाने की कामना करते।

लोहड़ी के अगले दिन आती मकर संक्रांति। इस पर्व पर दान करने की परंपरा थी। एक महीने चले खर मास के बाद इसी दिन से शुभ कार्य आरंभ होते हैं। गढ़मुक्तेश्वर पर गंगा नदी और गंग नहर पर जगह-जगह मेले लगते थे। बच्चों को इस दिन तिल-गुड़, तिलबुग्गा और रेवड़ी मिलने का इंतज़ार रहता था। दिन में खिचड़ी खायी जाती। बच्चे पतंग उड़ाते।

वसंत पंचमी

होली और दिवाली की तरह बच्चों, ख़ासकर लड़कों को जिस त्योहार का इंतज़ार रहता था, वह था वसंत। लोहड़ी और मकर संक्रांति के बाद वसंत आने पर सभी झूम उठते थे। यह उतरती सर्दियों में आता और वसंत पंचमी के रूप में मनाया जाता था। सुबह को सरस्वती देवी की पूजा की जाती। दोपहर को चावल और मटर की तहरी बनती, जिसे पुदीने की चटनी, अचार, पापड़, रायते और गुड़ के साथ खाया जाता।

वसंत पंचमी के दिन जमकर पतंगबाजी होती। यों तो मेरठ में पतंगबाजी के शौकीन हर मोहल्ले में थे, लेकिन वसंत पंचमी के दिन हर छत पर चढ़े बच्चे आसमान में अपनी पतंग चढ़ाते नज़र आते थे। मेरठ में बरसात ख़त्म होते ही पतंगबाजी का

सीजन शुरू हो जाता था। सर्दियों में छत पर धूप सेंकते हुए पतंग उड़ाने का मजा ही कुछ और होता था। मकर संक्रांति के दिन भी ख़ूब पतंगबाजी की जाती, लेकिन वसंत पंचमी पर तो पूरे शहर का आसमान रंग-बिरंगी पतंगों से भर जाता।

होली की मस्ती

बच्चों को पूरे साल होली का इंतज़ार रहता था। होली की तैयारी कम से कम 15 दिन पहले ही शुरू कर दी जाती थी। हर मोहल्ले में होलिका दहन के लिए पुरानी लकड़ियां और चंदा इकट्ठा करने के लिए लड़के घूमते थे। बच्चे अपनी पुरानी पिचकारी और फव्वारे निकालकर परखने लगते थे कि इनसे काम चल जायेगा या इस बार नये लेने पड़ेंगे। फव्वारे का क्रेज तो बच्चों से लेकर बड़ों तक को रहता था। यह बिल्कुल वैसा ही होता है, जैसा सैलून में बाल काटते समय बालों में पानी छिड़कने के लिए इस्तेमाल किया जाता है। कांच की एक बड़ी बोतल में पानी भरकर फव्वारे को उसमें फिट किया जाता और फिर उसे पिस्टन की तरह चलाकर उससे दूर तक रंग का पानी फेंका जा सकता था। होली से पहले ही तरह-तरह के रंग और गुलाल लाकर रख लिये जाते।

इसके साथ ही तैयारी होती होली के ख़ास व्यंजनों की। गुजिया और मूंग की दाल की पकौड़ी बनाने का सामान ले आया जाता। होली से पहले ही गुजिया बनाकर रख ली जाती। होली के दिन मूंग की दाल की पकौड़ियां बनतीं। जो भी आता, उसे खिलायी जातीं। होली खेलते-खेलते किसी को भूख लगती, तो वह घर आकर थोड़ी पकौड़ी खाता और फिर होली खेलने में रम जाता।

बनियापाड़ा मोहल्ले के कम से कम 100 लड़के ठेलों पर पानी के पीपे रखकर गुलाल, रंग और फव्वारों के जखीरे के साथ बुढ़ाना गेट तक होली खेलते हुए जाते थे। रास्ते में पड़ने वाले हर मोहल्ले के लड़कों को वे फव्वारे की लड़ाई में हराते हुए चलते। इस तरह बुढ़ाना गेट तक जीत हासिल करके वे नाचते हुए अपने मोहल्ले में लौटते।

होली के दिन सुबह से ही हर मोहल्ले के नुक्कड़ पर लाउडस्पीकर लगा दिया जाता था। उस पर होली के गाने बजते रहते। 'डारो रे रंग डारो रे रसिया', 'होली आई रे कन्हाई', 'अरे जा रे हट नटखट', 'तन रंग लो जी अजी मन रंग लो', 'आज ना

छोड़ेंगे बस हमजोली खेलेंगे हम होली', 'होली के दिन दिल खिल जाते हैं', 'होली आई रे मस्तानों की टोली' और 'रंग बरसे भीगे चुनर वाली रंग बरसे' गानों पर छोटे-बड़े सब झूम-झूम कर नाचते थे। अब इन गानों की जगह 'होली खेलें रघुवीरा' 'लेट्स प्ले होली' और 'बलम पिचकारी' ने ले ली है।

हर मोहल्ले में होली की रात होलिका दहन होता। सुबह को वहीं भट्टी जलाकर बड़े से कढ़ाव में टेसू के फूल उबाले जाते। इससे तैयार सुगंधित रंगीन पानी, जिसे टेसू का रंग कहते थे, मोहल्ले का कोई भी बच्चा लेकर जा सकता था। जब यह रंग किसी पर डाला जाता, तो वह आंखें बंद करके खड़ा हो जाता और कहता, 'डाल बे डाल। और डाल। रुक क्यू रा है? डालता क्यू नईं?' मजे की बात यह होती कि जो ख़ुशी से रंग डालने देता, होलियारों को उस पर रंग डालने में कोई मजा नहीं आता। तब वे किसी और की ओर बढ़ जाते। रंग डालने या गुलाल लगाने का मजा तो तब आता, जब कोई इससे बचने की कोशिश करता।

सुबह सात बजे से दोपहर बारह बजे तक होली खेली जाती। दूसरे मोहल्लों में गये लोग भी होली खेलकर दो बजे तक घर लौट आते। नहाते समय केरोसिन तेल लगाकर रंग साफ किये जाते। फिर भी कई हफ़्तों तक रंग पूरी तरह नहीं उतरते थे। नहाकर ख़ूब जोर से भूख लगती। भरपेट खाकर लोग सो जाते। शाम चार बजे से शहर में जगह-जगह होली मिलन के समारोह आयोजित किये जाते थे। इनमें आम जनता से लेकर शहर के गणमान्य लोग तक आते। वे एक-दूसरे को गुलाल का तिलक करते और गले मिलकर 'होली मुबारक' कहते। इस मौक़े पर जिमखाना मैदान में हज़ारों लोग जुटते थे।

हरियाली तीज

हरियाली तीज बरसात के मौसम में महिलाओं का खनकता हुआ त्योहार होता है। हर उम्र की महिलाएं इस दिन कपड़े, गहने, हरी चूड़ियां, बिंदी और सिंगार का सामान खरीदती हैं। इस ख़रीदारी की चहल-पहल पूरे शहर में कई दिन पहले शुरू हो जाती थी। मां-बेटी, सास-बहू और ननद-भाभी साथ में तीज की ख़रीदारी करने निकलतीं। शादी के बाद बेटियों को ससुराल में सिंधारा भेजा जाता। इसमें उसके लिए

कपड़े, गुजिया, घेवर, नमकीन और फल होते। लड़कियां और महिलाएं हाथों और पैरों पर मेहंदी लगातीं। यह काम वे या तो ख़ुद कर लेतीं या आपस में एक-दूसरी को लगा देतीं। अब तो इसके लिए ब्यूटी पार्लर पर भीड़ जुटती है।

लड़कियां तीज पर झूला झूलती थीं। गांवों में सावन में अमराइयों में झूले पड़ते थे। शहर में बाग़ तो थे नहीं। कुछ घरों में आंगन के ऊपर जाल बिछा होता, तो उसी पर झूला डाल लिया जाता। जिमखाना मैदान के पास लेडीज पार्क में झूला झूलने के लिए महिलाएं अपने बच्चों को लेकर जातीं। पार्क के बाहर मेला लगता।

शिवरात्रि

शिवरात्रि के दिन शहर के सभी शिव मंदिरों में शिवलिंग का जलाभिषेक किया जाता था। शहर के ज़्यादातर लोग घर के जल से ही यह अभिषेक करते। कुछ गिने-चुने लोग अभिषेक करने के लिए हरिद्वार जाकर गंगा नदी का जल लाते। शिवरात्रि से कुछ दिन पहले से सड़कों पर इक्का-दुक्का कांवड़िये जाते हुए दिखते, जो अनुष्ठानपूर्वक जल लाकर जलाभिषेक करते। बाद में इसका चलन बढ़ता चला गया। अब तो शिवरात्रि से एक हफ़्ते पहले से दिल्ली-रुड़की हाईवे बंद कर दिया जाता है। सड़कों पर केवल कांवड़िये नज़र आते हैं। पहले कांवड़िये जिस सादगी से गंगा जल लाते थे, वह चलन भी अब ख़त्म हो चला है। अब ट्रक पर भारी-भरकम म्यूजिक सिस्टम के साथ एक-दो या पांच-दस नहीं, बल्कि सौ-सौ लोगों तक के समूह जल लाने के लिए हरिद्वार जाते हैं। इस दौरान पूरे रास्ते उनकी आवभगत होती है। पंडाल और शामियाने लगाकर उनके खाने-पीने और आराम करने का इंतजाम किया जाता है। पहले ऐसा नहीं होता था।

रक्षाबंधन

रक्षाबंधन से कई दिन पहले शहर में चहल-पहल शुरू हो जाती थी। जगह-जगह राखियों के स्टॉल लगते थे। स्टेशनरी और किराने की दुकानों पर भी राखियां मिलती थीं। कुछ लोग दुकानों के सामने जरा सी जगह में या बाज़ार के किसी नुक्कड़ पर भी स्टॉल लगा लेते। तब इन्हें स्टॉल नहीं, बल्कि ठिया या ठिकाना कहा जाता था। तरह-

तरह की रंग-बिरंगी राखियां खरीदने के लिए महिलाओं का उत्साह देखते ही बनता था। हर बार पिछले साल से अलग डिजाइन या रंग की राखी खरीदने की कोशिश की जाती।

रक्षाबंधन के दिन बहनें सज-धज कर अपने भाई को राखी बांधने जाया करती थीं। शहर में ही बसी विवाहित लड़कियां तो इस दिन मायके आती ही थीं, आसपास के गांवों या शहरों में रहने वाली भी आ जाती थीं। छोटे बच्चों में इस त्योहार का बहुत चाव होता। बहन अपने भाई का तिलक और आरती करके उसके हाथ पर राखी बांध रही होती, तो पूरा परिवार बहुत ख़ुशी से उस दृश्य को देखता था। फिर बहन मिठाई खिलाती और भाई अपने माता-पिता से मिला हुआ 1, 2, 5 या 10 रुपये का नोट अपनी बहन को दे देता। वह दौड़कर उसे अपनी गुल्लक में डाल देती। रक्षाबंधन के दिन रेडियो पर आने वाले इस मौक़े के गाने पूरा परिवार बहुत शौक से सुनते थे। यूट्यूब तो तब था नहीं।

जन्माष्टमी

रक्षाबंधन के एक हफ़्ते बाद आती कृष्ण जन्माष्टमी। इस दिन लोग व्रत रखते थे। व्रत में फलाहार किया जाता। शाम को कुट्टू के आटे की पकौड़ी और दही के साथ व्रत खोला जाता। साथ में लौकी की लौज और खरबूजे के बीज की बर्फी भी मिलती। बच्चों को सबसे ज़्यादा इंतज़ार रहता था कृष्ण की झांकियों का। लाला का बाज़ार, शीश महल, बजाजा, बनियापाड़ा, कृष्णपाड़ा, मोरीपाड़ा, स्वामीपाड़ा और बीरू कुआं में बहुत से घरों में कृष्ण की झांकियां लगायी जाती थीं। ख़ूब लाइटिंग की जाती और कृष्ण-जन्म के विभिन्न दृश्य प्रस्तुत किये जाते। सनातन धर्मशाला के मंदिर की झांकी देखने के लिए लोग दूर-दूर से आते थे। बच्चे और महिलाएं इन झांकियों पर चढ़ावा भी चढ़ाते। इस चढ़ावे में फूल, फल, मिठाई और पैसे होते। हर जगह से दर्शकों को प्रसाद भी मिलता। झांकियों के साथ आज की तरह फिल्मी गाने बजाने का चलन नहीं था। इस मौक़े पर घर की महिलाएं और बच्चे कृष्ण से संबंधित भजन गाते थे या उनके कैसेट बजा दिये जाते थे।

गणेश चतुर्थी

गणेश चतुर्थी के मौक़े पर गणेश प्रतिमा की स्थापना और अनंत चतुर्दशी पर विसर्जन सामुदायिक त्योहार के रूप में मेरठ में पहले नहीं हुआ करता था। महाराष्ट्र का यह सबसे बड़ा त्योहार मेरठ के लोगों के मुंबई और पुणे जैसे शहरों में आने-जाने और सिनेमा के प्रभाव से शुरू हुआ। यही हाल शारदीय नवरात्र का भी है। मेरठ में 1980 के दशक में नवरात्र को केवल उपवास और पूजा-पाठ का पर्व माना जाता था। गणेश चतुर्थी पर कुछ लोग जाकर मंदिर में जाकर पूजा कर लेते थे। तब कुछ मराठी परिवार व्यक्तिगत स्तर पर गणेशोत्सव मनाते थे। अब तो गणेशोत्सव पर गणेश प्रतिमा की स्थापना और विसर्जन और नवरात्र पर गरबा भी धूमधाम से किया जाता है। ये दोनों त्योहार मेरठ में सामुदायिक उत्सव के रूप में स्थापित हो चुके हैं।

विशाल भगवती जागरण

नवरात्र में ही एक रात को होता था विशाल भगवती जागरण। लगभग हर मोहल्ले में होने वाले इस आयोजन को जगराता भी कहा जाता था। माता की आराधना के इस जागरण की शुरुआत पंजाबी प्रभाव से हुई थी। पहले, दूसरे, तीसरे ... दसवें विशाल भगवती जागरण के पोस्टर और बैनर करीब आठ-दस दिन पहले से लगा दिये जाते। पोस्टर में भगवती मां का चित्र, जागरण की तारीख़, समय और जागरण पार्टी की जानकारी होती। जगराते में सहयोग देने वालों के नाम भी होते। यह शहर में प्रायोजित कार्यक्रमों की शुरुआत थी। मेरठ में ये 1970 के दशक में शुरू हुए थे। देखते-देखते इन्होंने अखंड रामायण और सुंदरकांड के पाठ की जगह ले ली।

शाम सात बजे से लाउडस्पीकर पर माता के भजन बजने लगते। आठ बजे श्रद्धालु आकर बैठने लगते। नौ-साढ़े नौ बजे तक महिलाएं भी घर का काम निपटाकर आ जातीं। तब मंडली पूरे उत्साह से माता के गीत गाने शुरू करती। पहले फिल्मी गीतों की लाउड पैरोडियां गायी जाती थीं। बाद में 'सबसे बड़ा तेरा नाम शेरावालिए', 'तूने मुझे बुलाया शेरावालिए' और 'चलो बुलावा आया है माता ने बुलाया है' जैसे गीत गाये जाने लगे।

जागरण रात भर चलता। भोर होने तक गिने-चुने भक्त ही रह जाते। सुबह को अरदास की जाती। आधी रात तक जागरण में बैठने के बाद घर आकर सोये बच्चे सुबह को 'एक रुपय्ये दी अरदास', 'मेरी मां मेरी अरदास यही है', 'मुन्नू दी मम्मी दी अरदास, 'चुन्नू दे पप्पा दी अरदास' सुनकर उठते। रात को भोग के बाद और सुबह को आरती के बाद प्रसाद मिलता था। आधुनिकता से आये बदलावों ने विशाल भगवती जागरणों को अतीत बना दिया है। अब तो किसी शुभ अवसर पर कुछ लोग घरों में ही माता की चौकी रखकर जगराता कर लेते हैं। दुर्गादेवी के मंदिरों में भी जगराता होता है। मगर विशाल भगवती जागरण नहीं होते।

बुद्ध पूर्णिमा

पुरानी मोहनपुरी के भीम ज्योति बौद्ध विहार में बुद्ध पूर्णिमा का पर्व श्रद्धा और उल्लास से मनाया जाता था। बौद्ध भिक्षु विशेष पूजा करके भगवान बुद्ध के जीवन पर प्रकाश डालते थे। द बुद्धिस्ट सोसायटी ऑफ इंडिया शहर में कई कार्यक्रम कराती थी। इनमें सबको मैत्री, करुणा और शांति का संदेश दिया जाता था। मंगल सुत पठन होता और सब्बे सत्ता सुखी होन्तु की मंगल भावना का प्रसार किया जाता। बैंड बाजे और झांकियों के साथ शोभायात्रा निकलती।

महावीर जयंती

महावीर जयंती पर जैन समाज के लोग णमोकार मंत्र का जाप करते। तीरगरान और दुर्गाबाड़ी के जैन मंदिरों से शोभायात्रा निकाली जाती। सदर ढोलकी मोहल्ले के 1008 श्री ऋषभदेव दिगंबर जैन मंदिर में सुबह को भगवान महावीर की शांति धारा और अभिषेक होता। भगवान के जन्म कल्याणक महोत्सव की पूजा की जाती। रेलवे रोड पर आनंदपुरी के दिगंबर जैन मंदिर में 24 दीपों से आरती होती। फिर भगवान को बाल्यावस्था में पालने पर झुलाया जाता। महावीर के पांच सिद्धांतों सत्य, अहिंसा, अचोर्य, ब्रह्मचर्य और अपरिग्रह का पालन करने का संदेश दिया जाता। अंत में सभी जीवों के कल्याण की प्रार्थना की जाती।

ईद

रमज़ान के मुक़द्दस महीने के बाद आने वाली ईद-उल-फ़ितर पर मेरठ की रौनक़ देखते ही बनती थी। रमज़ान के पूरे महीने के दौरान शहर में ख़ासी चहल-पहल नज़र आती थी। सहरी लोग भले ही सुबह को अपने-अपने घर पर करते थे, लेकिन इफ़्तारी एक सामूहिक आयोजन की तरह होती थी। रमज़ान की सहरी में लोगों को जगाने के पुराने तरीके चलन में थे। रोज़ेदारों को जगाने के लिए सड़कों पर काफ़िले निकलते थे, कव्वाली गाई जाती थी, हम्द और नात-ए-शरीफ़ पढ़ी जाती थी। मस्जिदों में नगाड़ा बाजाया जाता था और एलान किया जाता था – 'नींद से बेदार हो जाओ रोज़ेदारों, सहरी के लिए जाग जाओ।' सहरी का वक़्त ख़त्म होने पर मस्जिदों में फिर नगाड़ा बजता था। इसी तरह शाम को इफ़्तारी के लिए भी नगाड़ा बजाया जाता। फलों, खजूर और रूहअफजा के शरबत से रोज़ा खोला जाता था। शहर की सड़कों पर रात तक चहल-पहल रहती। फल, शरबत और फालूदे के ठेलों पर मजमा जमा रहता।

ईद का चांद दिखते ही शहर की मस्जिदों से नगाड़ा बजाकर ईद का एलान किया जाता था। बच्चे-बूढ़े, सभी सुबह-सुबह नहाकर तैयार होते, नये कपड़े पहनते, सुगंधित इत्र लगाते और खजूर खाकर ईद की नमाज़ के लिए ईदगाह जाते। ग़रीबों को अनाज की तय मात्रा का फ़ितर देते। इमाम ईदगाह में ईद की ख़ास इबादत और दो रकत नमाज़ अदा कराते। ईदगाह पर मेला भी लगता था। इसमें ख़र्च करने के लिए बच्चों को ईदी मिलती। मेले में गुब्बारों, खिलौनों और मिठाइयों की दुकानें लगतीं। बचपन में हम जब भी अपने मुस्लिम दोस्तों को गले लगकर 'ईद मुबारक' कहते, तो प्रेमचंद की कहानी 'ईदगाह' का हामिद याद आ जाता।

क्रिसमस

ईसाई समुदाय के लोग क्रिसमस की तैयारियां कई दिन पहले ही शुरू कर देते। घर पर केक बनाये जाते। मिशन कंपाउंड, कैंट और साकेत में रहने वाले ईसाई परिवार यीशु के स्वागत की तैयारी करते। कुछ घरों में क्रिसमस ट्री सजाया जाता, जिसे देखने के लिए हम भी जाते। सेंट जोसेफ चर्च में यीशू के लिए झोपड़ी बनायी जाती। चर्च परिसर में आकर्षक झांकियां सजतीं। शहर के सभी चर्च रोशनी जगमगाते। सुंदर

सजावट की जाती। देर रात और अगली सुबह हर चर्च में विशेष प्रार्थना की जाती। कैरल सॉन्ग गूंजते।

सेंटाक्लॉज तब केवल ईसाई बहुल इलाक़ों में ही आता था। स्कूल में जब बच्चे बताते कि सेंटा ने बॉल दी या पेंसिल दी या कलर्स दिये, तो बाकी बच्चे बहुत अचरज से सुनते। अब तो क्रिसमस भी ज़्यादा बड़े स्तर पर मनाया जाता है और सेंटा भी पहले से कहीं ज़्यादा मोहल्लों में आता है।

ये तब की बात है, जब त्योहार सबके साझा हुआ करते थे। तब बुज़ुर्ग एक जुमला बहुत कहते थे – मनाओ त्योहार, सबकी हो जीत, न हो किसी की हार!

रामलीला की शोभा

मेरठ के हर बड़े मोहल्ले में रामलीला हुआ करती थी। ज़्यादातर स्थानों पर स्थानीय कलाकार ही कुछ दिन अभ्यास करके रामलीला का मंचन कर लेते थे। झंडा पीर, भैंसाली मैदान, जिमखाना मैदान, रजबन, सूरजकुंड और जेल चुंगी की रामलीला शहर भर में मशहूर थीं। झंडा पीर, भैंसाली मैदान और जिमखाना मैदान की रामलीला में बाहर से कलाकार आते थे। छोटे मोहल्लों की रामलीला एकदम स्थानीय स्तर की होती थी। मगर बच्चे और बड़े-बूढ़े रामलीला का इंतज़ार पूरे साल किया करते थे।

सबसे मशहूर रामलीला थी झंडा पीर की। इसका मंचन देखने के लिए शहर भर से ही नहीं, बल्कि आसपास के गांवों से भी लोग भैंसा-बुग्गी और ट्रैक्टर-ट्रॉली में भरकर आते थे। यहां के दशहरे के मेले का तो दूर-दूर तक नाम था। यहां रामलीला मंचन का स्तर बेहतरीन होता था। इस रामलीला का रावण शहर में सबसे ऊंचा और आकर्षक हुआ करता था। दशहरे के दिन जब रावण दहन होता, तो हज़ारों लोग उसे देखने के लिए उमड़ पड़ते। वह बहुत देर तक जलता रहता। उसके अंदर रखे पटाखों के जलने की आवाज़ दूर तक जाती। रावण दहन देखने आये लोग बुराई पर अच्छाई की जीत होते देखकर ख़ुशी से झूम उठते।

मेरठ कैंट के भैंसाली मैदान में श्री रामलीला कमेटी, मेरठ छावनी की ओर से रामलीला का मंचन किया जाता था। इसके कलाकार दिल्ली के होते थे। यहां रावण का करीब 80 फुट ऊंचा पुतला जलाया जाता था। रावण दहन से कई दिन पहले से

ही लोग दूर-दूर से इस पुतले को देखने आते थे। कुंभकरण का पुतला 70 फुट का और मेघनाद का पुतला 60 फुट का होता था। शहर में सबसे ऊंचा 100 फुट का रावण का पुतला झंडा पीर की रामलीला का होता था। श्री रामलीला कमेटी, रजबन बाज़ार अपने इलाक़े के फुटबॉल मैदान में रामलीला कराती थी। इसमें राम-रावण युद्ध की सवारी पूरे रजबन बाज़ार से होकर निकलती थी। बाज़ार के चौक में पहुंचकर आतिशबाजी के बीच राम और रावण के बीच महायुद्ध होता था। रावण के मरने के बाद रावण, कुंभकरण और मेघनाद के पुतले जलाये जाते थे। श्री रामलीला कमेटी, रजिस्टर्ड मेरठ शहर पुराने शहर के बीच में स्थित जिमखाना मैदान में रामलीला का आयोजन करती थी। रामलीला शुरू होने से पहले शिव का डोला या शिवजी की बारात निकलती थी। यह जिमखाना मैदान से शुरू होकर सुभाष बाज़ार, तहसील, गुजरी बाज़ार, बजाजा, सर्राफा, वैली बाज़ार, लाला का बाज़ार और बीरू कुआं होते हुए वापस जिमखाना मैदान में लौटती थी।

जिमखाना मैदान की रामलीला मथुरा से आये कलाकार किया करते थे। उन दिनों मथुरा की घनश्याम शर्मा मंडली का दूर-दूर तक नाम था। वही मंडली मेरठ के जिमखाना मैदान में रामलीला का मंचन करती थी। नवरात्र के दिनों में जिमखाना मैदान में रोज़ रात को रामलीला के अलग-अलग प्रसंग के मंचन होते थे, लेकिन रावण का पुतला दिल्ली रोड स्थित झंडा पीर के रामलीला मैदान में जलाया जाता था।

कंकरखेड़ा व्यापार संघ और मित्र मंडल कंकरखेड़ा में दशहरे का पर्व मनाते थे। इस मौक़े पर मेला लगता और दशहरे के दिन रावण, कुंभकरण और मेघनाद के पुतले जलाये जाते थे। इस दौरान रंग-बिरंगी आतिशबाजी और लाइटिंग बच्चों के लिए आकर्षण का केंद्र होती। इन सभी स्थानों पर रामलीला के दौरान मेले जैसा माहौल रहता। रामलीला देखने से पहले बच्चे झूलों में झूलते। बहुत से स्टॉल उन्हें अपनी ओर बुला रहे होते। कहीं खिलौने मिल रहे होते, तो कहीं मिठाई। छोटे बच्चों के लिए हर स्थान पर सबसे बड़ा आकर्षण होते थे गुब्बारे और फिरकनी। बच्चे पूरी रामलीला में हाथ में गुब्बारा लिए बैठे रहते या हाथ इधर-उधर करके अपनी अपनी अपनी फिरकनी चला रहे होते।

जेल चुंगी रामलीला कमेटी की ओर से जेल चुंगी चौराहे पर स्थित शिव मंदिर

के प्रांगण में भी रामलीला का आयोजन हुआ करता था। दशहरे से एक दिन पहले साकेत, मंगल पांडे नगर, जेल चुंगी, किला रोड और प्रभात नगर से होते हुए राम बारात निकाली जाती थी। दशहरे पर मेला भी लगता था। सूरजकुंड रामलीला समिति की ओर से सूरजकुंड स्थित बाबा मनोहर नाथ मंदिर में रामलीला होती थी। दशहरे पर सूरजकुंड मैदान में मेला लगता था। यहां भी रावण, कुंभकरण और मेघनाद के पुतलों का दहन आतिशबाजी के साथ किया जाता था।

रामलीला का शुभारंभ शिव-पार्वती विवाह के प्रसंग से होता था। उसके बाद शिवजी की बारात बैंड-बाजों के साथ पूरे शहर में निकाली जाती थी। रामलीला में यों तो सभी कलाकारों द्वारा निभाये गये पात्र दर्शकों को अच्छे लगते थे, लेकिन राम के मंच पर आते ही सभी दर्शक 'जय सियाराम' कहते हुए हाथ जोड़कर सिर झुका लेते थे। हर रामलीला में नारद का पात्र भी लोगों को बहुत भाता था, क्योंकि कहानी को वही तो आगे बढ़ाता था। राम बारात की कल्पना अयोध्यापुरी से जनकपुरी तक की शोभायात्रा के रूप में होती थी। बाजे-गाजे के साथ राम बारात शहर में निकलती और श्रद्धालु जगह-जगह जयघोष और फूल बरसाकर उनका स्वागत करते। भैंसाली मैदान में बनी अयोध्यापुरी से निकली बारात देर रात तक चलती। इस दौरान पुराने शहर के लोग जागकर अपने मोहल्लों में मेला सा लगाये रखते।

राम बारात में दर्जनों झांकियां होती थीं। पहले कोई बैंड आता संगीत के स्वर फैलाता हुआ। उसके पीछे कुछ झांकियां होतीं। फिर दूसरा बैंड होता। बैंड पहले विशुद्ध भक्ति गीत बजाता, फिर फिल्मी पैरोडी का कोई भक्ति गीत। ज़्यादा भीड़ इकट्ठा होने पर फिल्मी गीत भी बजाये जाते थे। झांकियों में शिव-पार्वती-गणेश-कार्तिकेय, राधा कृष्ण और विष्णु-लक्ष्मी विशेष रूप से लोगों का ध्यान खींचती थीं। हवा में उड़ते हनुमान की झांकी तो देखते ही बनती थी। भारत माता की झांकी भी शामिल होती। रामभक्त जगह-जगह राम बारात का फूलों से स्वागत करते और प्रसाद वितरित किया जाता। महिलाएं बारात लेकर जा रहे श्रीराम की जगह-जगह आरती उतारतीं। भरत, लक्ष्मण और शत्रुघ्न की भी आरती उतारी जाती। रामलीला मंचन के दौरान सीता की विदाई के समय महिला दर्शकों की आंखें नम हो जातीं। विदा होती सीता मैया उनके लिए बेटी सरीखी हो जाती। राम के राजतिलक में शहर भर में

जश्न का माहौल होता। कैकेई और मंथरा संवाद को लोग लानत-मलामत भेजते हुए सुनते। राम के वनवास के समय कितने ही दर्शक जारों-जार रोने लगते। केवट जब श्रीराम को नाव पार कराता और शबरी उन्हें झूठा बेर खिलाती, तो दर्शक हाथ जोड़कर कहते, 'राम की महिमा अपरंपार। सदा सबके मन बसें।' सीता-हरण देखकर लोग गुस्से से भर उठते। बड़े-बुजुर्ग कहते, 'सीता मैया का अपहरण किया कुकर्मी रावण! अब श्रीराम के हाथों तेरा सर्वनाश निश्चित है।'

राम और रावण की सेना युद्ध करते-करते अकसर दर्शकों के बीच में कूद पड़ती। जब वानर सेना का कोई योद्धा पास से गुजरता, तो बच्चे-बूढ़े सभी हाथ जोड़कर 'जय हनुमान' का घोष करते। जब रावण की सेना का कोई योद्धा पास से गुजरता, तो छोटे बच्चों को महिलाएं अपनी साड़ी के आंचल में छुपा लेतीं। उन्हें लगता कि बच्चों को राक्षसों की नज़र से बचाकर रखना चाहिए।

जिमखाना मैदान चूंकि शहर के बीचों-बीच है, इसलिए वहां रामलीला देखने के लिए काफ़ी भीड़ होती। बच्चे और बड़े पहले से आकर जम जाते और महिलाएं घर का काम निपटाकर आती रहतीं। मैदान पर एक बड़ा सा स्टेज बनाया जाता। यह करीब 10 फुट ऊंचा होता। स्टेज पर कलाकारों के चढ़ने-उतरने के लिए सीढ़ियां बनायी जातीं। स्टेज रोशनी से नहाया हुआ रहता। शहर के गणमान्य नागरिकों, अतिथियों और रामलीला कमेटी के सदस्यों के लिए सबसे आगे की ओर एक तरफ़ सोफे लगाये जाते थे। फिर कुछ लाइन कुर्सियों की होती थीं। ज़्यादातर दर्शक दरी पर या ज़मीन पर ही बैठकर रामलीला देखते। सोफे और कुर्सियों पर बैठने के लिए कमेटी पास देती थी। जिसे यह पास मिल जाता, वह अपने परिवार के साथ बहुत ठसक के साथ रामलीला देखने के लिए जाता और सोफे या कुर्सी पर तनकर बैठता। हालांकि न तो सोफे और कुर्सी पर बैठे दर्शकों के मन में ख़ास होने का कोई भाव आता और न ही दरी या ज़मीन पर बैठे दर्शकों के मन में कमतरी का कोई एहसास होता। सबसे आगे की लाइनों के सोफों पर बैठे अति विशिष्ट दर्शकों को आयोजकों की ओर से चाय या कॉफी पिलाई जाती। आम जनता वहीं घूमते हॉकरों से मूंगफली खरीदकर टूंगती रहती। रामलीला देखने के लिए मैदान में आने से पहले ही बाहर लगे मेले से छोटे बच्चों को मीठी गोलियां या लैमनचूस दिला दिये जाते। वे मंच पर चल रहे नाटक से

ज़्यादा उन्हीं में रमे रहते।

किंवदंती है कि मेरठ में रावण की पत्नी मंदोदरी का मायका था। मंदोदरी के पिता राजा मय थे, जिनके नाम पर इस क्षेत्र को मयराष्ट्र कहा जाता था। बाद में मयराष्ट्र ही बिगड़कर मेरठ हो गया। यही एकमात्र स्थान है, जहां दामाद का वध करके उसके पुतले को जलाया जाता है। जब कोई बुज़ुर्ग अपने परिवार के बच्चों को यह कथा सुनाता और बच्चे पूछते कि दामाद को क्यों मारते हैं, तो उन्हें जवाब मिलता, 'बुरे काम का नतीजा हमेशा बुरा ही होता है। इसीलिए कभी अधर्म की राह पर नहीं चलना चाहिए। प्रभु राम की राह पर चलो, सदा उनका सुमिरन करो, तो वे सबके दुख हर लेते हैं।' इस तरह रामलीला ही नहीं, अन्य त्योहारों और मेलों-ठेलों में भी बच्चों को नैतिक शिक्षा दी जाती थी। अब तकनीकी और आधुनिकता से जीवन भर गया है, लेकिन इस तरह की नैतिक सीख देने का समय और स्पेस नहीं बचा!

यों तो हर मोहल्ले की रामलीला के दौरान छोट-मोटा मेला लगता ही था, लेकिन झंडा पीर, भैंसाली मैदान, जिमखाना मैदान और रजबन में इस मौक़े पर मेले का बच्चों को बेताबी से इंतज़ार रहता था। यह मेला रामलीला के मंचन के साथ-साथ चलता रहता था। दशहरे के मेले की बात ही कुछ और होती। बच्चे पूरे साल एक-एक दिन गिनते थे इस मेले के लिए। मेले में जाने के लिए वे नये कपड़े पहनते। उन्हें परिवार के बड़ों से मेला देखने के लिए पैसे मिलते थे। बच्चे जेब से निकालकर बार-बार पैसों को गिनते रहते और मन ही मन हिसाब लगाते रहते कि वे क्या-क्या खरीद सकते हैं। बच्चे सबसे पहले खाने की कुछ चीज़ लेते। चना-चबैना, मूंगफली, रेवड़ी, जलेबी, पकौड़ी या गुड़-गट्टा। बुढ़िया के बाल भी उन्हें बहुत प्रिय होते थे। फिर गुब्बारा या पीपनी ली जाती। अगर पैसे बचे होते, तो कुछ बच्चे बांसुरी भी खरीद लेते थे। एक सामान्य सी बांसुरी तब आठ आने की मिलती थी। फिर बच्चे हिंडोला झूलते। महिलाएं पहले चकला-बेलन, तवा, चिमटा, बाल्टी और लोटा जैसा ज़रूरत का सामान लेतीं। फिर अपने लिए काजल, लकड़ी की कंघी, महावर, माला, कड़ा, चूड़ियां, बिंदी और नकली गहने जैसी चीज़ें ख़रीदतीं। इसी मेले में एक सामाजिक काम को भी अंजाम दिया जाता था। विवाह योग्य लड़कियां चुपके से वर पक्ष की महिलाओं को दिखा दी जातीं।

उन दिनों एक अच्छी बात यह थी कि इस तरह के आयोजनों और उनके बाद होने

वाले मेलों में न तो किसी की जेब कटती और न ही किसी महिला से छेड़छाड़ होती।

भव्य शोभायात्राएं

धार्मिक शोभायात्रा और झांकियों को देखने के लिए हर मोहल्ले में भारी भीड़ जमा हुआ करती थी। ये शोभायात्राएं, जिन्हें शहर के लोग सवारी कहते थे, बहुत भव्य हुआ करती थीं। देव-स्वरूपों की झांकियों को देखकर लोग सिर झुकाकर हाथ जोड़ लेते। दुर्गा विसर्जन के लिए भाटवाड़ा के दुर्गा मंदिर से मूर्तियों की शोभायात्रा शुरू होती थी। बैंड-बाजे के साथ यह शोभायात्रा गुजरी बाज़ार, बजाजा, सर्राफा, वैली बाज़ार, लाला का बाज़ार, बाबा खाकी, शीश महल और फूटा कुआं होते हुए बुढ़ाना गेट आती थी। यह पूरा इलाक़ा घनी आबादी वाला था। शोभायात्रा बाज़ार से होते हुए संकरी गलियों में से निकलती, तो कई गलियों तक ट्रैफिक जाम हो जाता। हर बाज़ार और मोहल्ले मे शोभायात्रा पहुंचने पर जयकारे लगते। बुढ़ाना गेट से इन प्रतिमाओं को सूरजकुंड ले जाया जाता। फिर पूरे शहर की प्रतिमाएं नौचंदी के मैदान में ले जायी जातीं। उन्हें गढ़मुक्तेश्वर में ले जाकर विसर्जित किया जाता था। दुर्गाबाड़ी की प्रतिमाओं की शोभायात्रा दशहरे के दिन निकलती थी। इन प्रतिमाओं को नानू में गंगनहर में विसर्जित किया जाता था।

शहर में बंगालियों की काफ़ी तादाद थी। वे बढ़-चढ़कर दुर्गा पूजा में भाग लेते। लोगों को सबसे ज़्यादा मज़ा आता इस मौक़े पर होने वाले 'सिंदूर खेला' में। होली पर गुलाल की तरह इस अवसर पर महिलाएं एक-दूसरे को सिंदूर लगाती थीं। अब तो इसमें गैर बंगाली महिलाएं भी शामिल होती हैं।

शिव बारात के अगले दिन शहर में कई स्थानों पर रामलीला शुरू हो जाती थी। भरत मिलाप के अगले दिन शहर की प्रमुख रामलीला के प्रमुख पात्रों की शोभायात्रा निकलती थी। उन्हें स्वरूप कहा जाता था। शहर के कई नामी घरों में इन स्वरूपों को आमंत्रित करके उन्हें पूजा जाता था। तोपचीवाड़ा में हमारे घर के सामने लकड़ी की टाल वाले दयानंद का घर था। वहां हर साल ये स्वरूप आते, तो पूरे मोहल्ले में उत्सव जैसा माहौल बन जाता। सबसे आकर्षक दृश्य होता था हनुमान का रथ से उतरकर राम और सीता को अपने कंधों पर बैठाकर घर के अंदर ले जाने का। उन्हें ऐसा करते

देखकर लोग जयकारा लगाते – 'जय बजरंगबली'। अंदर पहुंचने पर राम-सीता, भरत, लक्ष्मण, शत्रुघ्न और हनुमान के स्वरूपों की आरती की जाती। फिर उनकी पूजा होती और उन्हें जलपान कराया जाता। आयोजक उन्हें जलपान कराकर मंदिर में भोग लगाने जैसा अनुभव करते थे। स्वरूपों के साथ आये दर्जनों लोग जलपान करते।

शहर के कई घरों में इसी तरह स्वरूपों को बुलाया जाता था। इसकी तैयारी शादी की तरह होती थी। हलवाई को बुलाकर तरह-तरह के पकवान बनाये जाते। राम और सीता के लिए सिंहासन् लगाया जाता। रिश्तेदारों और ख़ास परिचितों को बुलाया जाता। तब मोबाइल फोन नहीं थे, वरना स्वरूपों के साथ सेल्फी लेकर लोग सोशल मीडिया पर ख़ूब वायरल करते।

जितनी देर स्वरूप अंदर होते, उतनी देर उस घर के बाहर भीड़ जमा रहती। बाजा बजता रहता। लोग स्वरूपों के बाहर आने के इंतज़ार में खड़े रहते। हनुमान उसी तरह राम और सीता को अपने कंधों पर बैठाकर घर से बाहर निकलते और उन्हें रथ पर चढ़ाकर ख़ुद छलांग लगाकर उनके चरणों में बैठ जाते। 'सियावर रामचंद्र की जय' के घोष के साथ शोभायात्रा आगे बढ़ जाती।

शरद पूर्णिमा पर वाल्मीकि जयंती के दिन पूरे शहर में एक विशाल शोभायात्रा निकाली जाती थी। इसमें विभिन्न रथों पर शिव-पार्वती, गणेश, हनुमान और वाल्मीकि के स्वरूप होते थे। भाई दूज के दिन गोवर्धन की शोभायात्रा निकालने की परंपरा थी। इसका आयोजन सनातन धर्म रामलीला कमेटी करती थी। यह शोभायात्रा बुढ़ाना गेट की सनातन धर्मशाला से शुरू होकर सर्राफा बाज़ार होते हुए शहर के कई मोहल्लों से होकर गुजरती थी। वसंत पंचमी के दिन सरस्वती की सवारी निकाली जाती थी। उसके साथ भी कई बैंड चलते थे। यह सवारी जिमखाना मैदान से शुरू होती थी। हनुमान जयंती पर भी भव्य शोभायात्रा निकाली जाती थी।

दशहरे के बाद चतुर्दशी पर भुमिया के पुल से देवी भुमिया की शोभायात्रा धूमधाम से निकलती थी। यह प्राचीन मंदिर से आरंभ होती थी। इसका संयोजन सैनी समाज करता था। इसमें देवी के मुख्य डोले के अलावा भगवान शंकर की बारात की झांकी और बैंड-बाजे होते थे। तलवारबाजी और लठ्ठबाजी के करतब दिखाये जाते थे।

महावीर जयंती पर जैन समुदाय की रथयात्रा में करुणा, दया और प्रेम की अविरल

धारा बहती। यह रथयात्रा श्री दिगम्बर जैन मंदिर, तीरगरान से शुरू होती थी। हाथी और घोड़े वाले अलग-अलग स्वर्ण रथ पर सारथी, श्रीजी को रथ में लेकर बैठने और कुबेर का सौभाग्य जैन समाज के अग्रणी लोगों को मिलता था। रथयात्रा तीरगरान मंदिर से शुरू होकर बजाजा, सर्राफा, अनाज मंडी और कबाड़ी बाज़ार से होती हुई शारदा रोड स्थित श्री महावीर जयंती भवन पहुंचती थी। जगह-जगह पुष्पवर्षा और आरती से श्रीजी का स्वागत होता था, प्रसाद वितरण भी होता। अभिषेक के बाद रथयात्रा वापस तीरगरान मंदिर पहुंचती, जहां श्रीजी का अभिषेक और पूजा करके वेदी में विराजमान किया जाता था।

डॉक्टर भीमराव आंबेडकर जयंती पर शहर में रंगारंग कार्यक्रम होते थे। बैंडबाजों और झांकियों के साथ शोभायात्रा निकलती। यह भैंसाली मैदान से शुरू होकर जली कोठी, छतरी वाला पीर, घंटाघर, रेलवे रोड चौराहा, दिल्ली रोड, भुमिया का पुल, गोला कुआं, हापुड़ अड्डा और ईव्ज होते हुई कचहरी स्थित आंबेडकर की प्रतिमा पर देर रात संपन्न होती।

सिखों के पहले गुरु नानक देव जी के प्रकाश पर्व पर मेरठ में सुबह के समय 'वाहे गुरु, वाहे गुरु' जपते हुए प्रभात फेरी निकलती थी। शहर के गुरुद्वारों में सुबह से ही संगत का आना शुरू हो जाता। थापर नगर स्थित गुरुद्वारा गुरु सिंह सभा में विशेष कीर्तन दरबार का आयोजन होता। अखंड पाठ होता। भोग अर्पित करके 'आसा की वार' का पाठ होता। स्कूली बच्चे गुरु नानक देव की महिमा का गान करते थे। प्रकाश पर्व पर सिख समाज नगर कीर्तन निकालता था। गुरु ग्रंथ साहिब की पालकी के आगे श्रद्धालु 'चलो चलकर दर्शन करिए, सद्गुरु नानक आए हैं' गाते हुए सड़क पर झाड़ू लगाते और फूल बिछाते थे।

सिखों के दसवें गुरु श्री गुरु गोविंद सिंह के प्रकाश पर्व पर भी इसी तरह के आयोजन होते थे। नगर कीर्तन निकाला जाता। घोड़े पर सवार गुरु गोविंद सिंह और पंज प्यारों की छटा देखते ही बनती। पटबाज तलवारबाजी और अन्य साहसिक प्रदर्शन करते।

मुस्लिम समुदाय मोहर्रम पर मातमी जुलूस निकालता था। इस्लामी कैलेंडर के पहले महीने मोहर्रम के दसवें दिन इस्लाम की रक्षा के लिए हजरत इमाम हुसैन ने

अपने प्राणों का त्याग किया था। इसे आशूरा भी कहा जाता है। इस दिन शिया मुसलमान ताजिया निकालते हैं और इमामबारगाह में जाकर मातम मनाते हैं। मेरठ के प्रसिद्ध इमामबारगाहों में मोहर्रम के दौरान मरसिया पढ़ा जाता था। उसमें मोहर्रम के बारे में बताया जाता था। काले लिबास में महिलाएं छाती पीट-पीटकर रोतीं और पुरुष ख़ुद को पीट-पीटकर खून से लथपथ कर लेते। मोहर्रम के लिए शहर में दो महीने पहले से ताजिए बनाने का काम शुरू हो जाता। लोग घरों में तो ताजिए रखते ही थे, जुलूस में भी उनके परिवार के बनाये हुए ताजिए दिखाई देते थे। मोहर्रम का जुलूस पुराने मेरठ से शुरू होकर बड़े इमामबारगाह तक जाता था।

चौड़ा कुआं, घंटाघर पर छोटी करबला से ताजिये और जुलजुनाह का बड़ा जुलूस निकलता था। यह वक्फ मनसबिया, घंटाघर, रेलवे रोड चौराहा और ईदगाह चौराहा होते हुए रेलवे रोड पर करबला मनसबिया पहुंचता था। काले लिबास पहले हज़ारों हुसैनी सोगवार जुलूस में शामिल होते थे। घंटाघर पर नौहा पढ़ा जाता था – 'या अब्बास या अब्बास, आ गया भारत में अलम अब्बास का, हिंदू-मुस्लिम-सिख-ईसाई आपस में हैं भाई-भाई, सब के सीने में है गम अब्बास का, देता मुरादें सब को अलम अब्बास का'। करबला पहुंचकर अलविदाई नौहे पढ़ने के बाद ताजिये और तबर्रुकात दफन किए जाते थे। लालकुर्ती से रात में सुन्नी समुदाय की ओर से चौकियों का जुलूस निकाला जाता था। यह जुलूस बेगमपुल, सोतीगंज, जली कोठी चौराहा, केसरगंज और रेलवे रोड चौराहा से गुजरते हुए देर रात ईदगाह चौराहा पहुंचता था। वहां से सभी चौकियां वापस लालकुर्ती लायी जाती थीं। ताजिये के जुलूस में सोगवार छुरियों से मातम करते थे। पटेबाजी का अखाड़ा भी निकाला जाता था।

आज़ादी की लड़ाई के नायक नेताजी सुभाष चंद्र बोस की भव्य शोभायात्रा मेरठ की सड़कों पर निकलती थी। हर साल 23 जनवरी को नेताजी के जन्मदिन पर निकलने वाली इस शोभायात्रा में सफेद घोड़े पर सवार सेना की वर्दी में सुभाष चंद्र बोस की धज देखते ही बनती थी। नेताजी के ख़ास सहयोगी रहे मेजर शाहनवाज खान और कर्नल ढिल्लो भी इस शोभायात्रा में शामिल हुआ करते थे। मेजर शाहनवाज खान तो मेरठ से सांसद भी रहे थे। बैंड इस शोभायात्रा में देशभक्ति के गीत बजाते हुए चला करते थे।

स्कूलों के विद्यार्थी 15 अगस्त और 26 जनवरी का बहुत बेताबी से इंतज़ार करते थे। इन दो दिन स्कूलों में ध्वजारोहण होता था। ध्वजारोहण के बाद बच्चे देशभक्ति के गीत, कविताएं और आज़ादी की लड़ाई की कहानियां प्रस्तुत करते थे। प्रधानाचार्य देशभक्ति का भाषण देते थे। अंत में हर विद्यार्थी को एक गुलाबी लिफाफा मिलता था, जिसमें बूंदी के चार लड्डू होते थे। बच्चे ये लड्डू खाते हुए घर लौटते थे।

सुभाष जयंती के तीन दिन बाद 26 जनवरी को बच्चों, किशोरों और युवाओं में देशभक्ति की भावना जगाने और नागरिकों को गणतंत्र का महत्त्व समझाने के लिए एक शानदार परेड निकाली जाती थी। यह परेड राजकीय इंटर कॉलेज यानी जीआईसी से शुरू होती थी और बेगम पुल, आबू लेन, फव्वारा चौक तथा बीआरसी स्टूडियो होते हुए भैंसाली मैदान पहुंचती थी। परेड में स्कूलों की झांकियां और विद्यार्थियों के अनेक तरह के प्रदर्शन भी होते थे। भैंसाली मैदान में विद्यार्थियों के सांस्कृतिक कार्यक्रम हुआ करते थे। परेड के निर्णायक बेगम पुल पर क्वींस बार और आबू लेन पर नवीन होटल के पास बैठते थे। उनके निर्णय के आधार पर ही भैंसाली मैदान के सांस्कृतिक समारोह में विजेताओं को प्रशस्ति पत्र दिए जाते थे।

कन्या-सम्मान

हर साल फाल्गुन माह की द्वितीया को फुलेरा दूज का त्योहार मनाया जाता है। मथुरा और वृंदावन में इस दिन कृष्ण मंदिरों को फूलों से सजाया जाता है और फूलों की होली खेली जाती है। मेरठ में फुलेरा दूज इस तरह तो नहीं मनाया जाता था, लेकिन इस दिन एक ख़ास आयोजन ज़रूर हुआ करता था। हर घर की कुंवारी लड़की एक डलिया में फूल भरकर मोहल्ले के हर घर में जाती और वहां आंगन में कुछ फूल बिखेर देती। फिर बहुत अधिकार से कहती – 'ताई जी, आपके आंगन में फूल डाल दिये है मैंने' या 'चाची, देखो कितने सुंदर फूल बिखेरे हैं आपके आंगन में' या 'दीदी, कहां छिपी बैठी हो, बाहर आकर अपना आंगन तो देखो कैसा सजा दिया है फूलों से' या 'बुआ, अंदर ही बैठी रहती हो, बाहर तो निकलती नहीं, देखो आपके आंगन में कितनी सुंदर फुलकारी की है मैंने'।

यह सुनकर घर के अंदर से कोई महिला निकलकर बाहर आती। आंगन में बिखरे

फूलों को देखते ही उसका मन खिल उठता और उसकी आंखों में ख़ुशी के दीप जल उठते। फुलैरा दूज के रोज़ कुंवारी कन्या द्वारा आंगन में फूल बिखेरना बहुत शुभ माना जाता था। इसीलिए वह महिला फूल बिखेरने वाली लड़की के सिर पर हाथ रखकर उसे पुचकारती। ख़ूब आशीष देती उसे। घर में मौजूद बाकी लोग उस लड़की की ओर हाथ जोड़ देते और घर की कोई महिला अंदर से कुछ सामान लाकर उस लड़की को देती। यह उसे घर के आंगन में फूल डालने के बदले आशीर्वाद के रूप में दिया जाता। यह 50 पैसे का सिक्का, एक रुपये का नोट, पेंसिल, रुमाल, बालों में बांधने का रिबन या इसी तरह की कोई चीज़ होती। लड़की अपनी डलिया उस घर की किसी महिला को थमाती और भेंट में मिली हुई वस्तु अपने पर्स में रख लेती। फिर अपनी डलिया लेकर हंसती-कूदती-चहकती दूसरे घर की ओर बढ़ जाती।

कुछ ऐसा ही नज़ारा हुआ करता था नवरात्र के दौरान। चैत्र और आश्विन – दोनों मास के नवरात्र में अष्टमी के दिन घर-घर कन्याएं जिमायी जातीं। हर घर से कोई बच्चा नौ घरों में जाकर एक-एक कुंवारी कन्या को जीमने का न्योता पहले ही दे आता था। छोटी लड़कियों को इस दिन का बेताबी से इंतज़ार हुआ करता था। अष्टमी के दिन वे सज-धज कर अपने-अपने घर से निकलतीं और दूसरी लड़कियों को अपने साथ लेते हुए बुलाये गए घर में चली जातीं। वहां उनका स्वागत हाथ जोड़कर किया जाता। उन्हें ज़मीन पर चटाई या दरी बिछाकर बहुत प्यार से बिठाया जाता। उनके हाथ धुलवाये जाते और फिर उनके सामने भोजन परोसा जाता। लड़कियां आपस में हंसी-मज़ाक करते हुए और उस घर की महिलाओं से तरह-तरह की बातें करते हुए एक-एक व्यंजन स्वाद ले-ले कर खातीं। इन नौ कन्याओं के साथ एक लड़का भी हुआ करता था, जिसे लंकड़ कहते थे। वह भी इन लड़कियों के साथ ही जीमता था। खाना ख़त्म होने के बाद दोबारा इन नौ कन्याओं के सामने घर के सदस्य हाथ जोड़ते। दोबारा उनके हाथ धुलवाये जाते। घर की कोई बड़ी महिला हर लड़की को एक रुपये की भेंट देती देती। इन कन्याओं को घर के सभी लोग हाथ जोड़कर विदा करते।

उस समय यह सब एक धार्मिक और सांस्कृतिक अनुष्ठान या रीत ही लगता था। साल-दर साल एक परंपरा की तरह दोहराया जाता हुआ आयोजन ही समझते थे सब उसे। यह तो निर्भया जैसे अनेक जघन्य कांड होने के बाद एहसास हुआ कि दरअसल

इस अनुष्ठान के पीछे भी पूरे समाज को लड़कियों के प्रति सम्मानजनक दृष्टि रखने का प्रशिक्षण देने की भावना थी।

फुलेरा दूज पर आंगन में फूल बिखेरने के बाद और नवरात्र की अष्टमी पर नौ कन्याओं को जीमने आने पर और जाते समय हाथ जोड़ने की परंपरा उस घर के और आसपास के मौजूद सभी लड़कों को शायद यह बताने के लिए रही होगी कि कुंवारी कन्याओं का इस तरह सम्मान किया जाना चाहिए। अष्टमी पर कन्याओं के साथ जीमने वाला लंकड़ भी यह सब देखता था। पूरे मोहल्ले के सभी लड़के बचपन से ही यह सब देखते आते थे। इसीलिए उनके मन में यह भावना भर जाती थी कि मोहल्ले की जिन लड़कियों के सामने कई साल से ऐसे मौकों पर हाथ जोड़े जाते रहे हैं, उनसे कभी कोई अभद्रता नहीं करनी चाहिए। यह एक सतत प्रक्रिया हुआ करती थी।

कुंवारी लड़कियों को फुलैरा दूज और नवरात्र की अष्टमी पर जो कन्या-सम्मान मिलता था, उससे समाज में उन्हें सचमुच वह सम्मान देने की दृष्टि मिलती थी। फुलैरा दूज पर लड़कियों के मोहल्ले में घर-घर जाकर फूल बिखेरने की परंपरा ख़त्म हो गयी। नवरात्र की अष्टमी पर कन्याओं को अब भी जिमाया जाता है, लेकिन उन्हीं कन्याओं के बड़ी होने पर न जाने वह सम्मान कहां चला जाता है!

मेलों में मेला नौचंदी का मेला

होली का त्योहार जाते ही दो चीजों का इंतज़ार शुरू हो जाता था – नौचंदी और परीक्षाएं। बोर्ड की 10वीं और 12वीं की परीक्षाएं अकसर नौचंदी के मेले के दौरान होतीं। ये परीक्षाएं देने वाले बच्चे सोचते थे कि नौचंदी का मेला परीक्षाओं के बीच में क्यों लगता है। वे उस रात का हिसाब लगाते रहते, जब मेले में जा सकें। ऐसा तभी संभव होता जब या तो अगले दिन परीक्षा न हो या किसी हल्के विषय की परीक्षा हो।

नौचंदी के मेले में जाना किसी त्योहार से कम नहीं हुआ करता था। बच्चे सुबह से ही पूरे मोहल्ले में ढिंढोरा पीट देते कि आज हम नौचंदी जायेंगे। वे शाम होने से पहले ही मेले में जाने की तैयारी शुरू कर देते। पिता काम से आकर सुस्ता रहे होते, मां जल्दी-जल्दी घर का काम निपटा रही होती और बच्चे नये कपड़े पहनकर ठुमकते-इतराते पूरे मोहल्ले में कई चक्कर लगा चुके होते कि हम नौचंदी जा रहे हैं। सूर्यास्त

होते ही परिवार नौचंदी की ओर चल पड़ता। शहर के हर मोहल्ले से इसी तरह कई परिवार नौचंदी की ओर जाते दिखायी देते। जिनके पास अपना वाहन होता, वे उसमें लद-फदकर जाते। मेले के पास में रहने वाले तो पैदल ही पहुंच जाते। अगर घर मेले से दूर होता, तो रिक्शा से जाते। मेले के बाहर पार्किंग की बहुत जगह थी।

नौचंदी का मेला देशभर में मेरठ की पहचान बन चुका है। नौचंदी मेले के नाम से मेरठ से लखनऊ तक एक ट्रेन भी चलती है- नौचंदी एक्सप्रेस। इस मेले की शुरुआत सन् 1672 में हुई थी। आज़ादी की लड़ाई के दौरान सन् 1858 और कोरोना महामारी के दौरान सन् 2020 और 2021 में इस मेले का आयोजन नहीं हुआ। इन तीन साल को छोड़कर यह मेला लगातार लगता रहा है। यह होली से 15 दिन के बाद शुरू होता है और करीब डेढ़ महीने तक चलता है। पहले यह मेला केवल एक रात का होता था। सन् 1858 से दो रात का और सन् 1883 से एक सप्ताह का होने लगा।

मेला शहर से बाहर एक बड़े मैदान पर लगता है। इस मैदान में नवचंडी देवी का एक मंदिर है और उसके पास ही बाले मियां की मज़ार है। कहा जाता है कि नवचंडी देवी के नाम पर ही इस मेले का नाम नौचंदी पड़ा था। यहां एक ओर मंदिर में नवचंडी देवी के जयकारे गूंजते हैं, तो दूसरी तरफ़ मज़ार पर बाले शाह की शान में कव्वाली गाई जाती है। इसीलिए यह मेला सदियों से देश भर में सांप्रदायिक सौहार्द की एक मिसाल रहा है। शुरू में मेला मंदिर और मज़ार के आसपास ही लगता था, लेकिन धीरे-धीरे इसका विस्तार होता गया। नवचंडी मंदिर का उल्लेख सन् 1194 के दस्तावेज़ में भी मिलता है।

इस मेले में देशभर के दुकानदार आते हैं। मेला प्रशासन् सबको दुकानें आवंटित करता है। देखते ही देखते पूरे इलाक़े में कई बाज़ार सज जाते हैं। सन् 1857 की क्रांति का जब-जब ज़िक्र आता है, मेरठ का नाम सबसे पहले आता है। क्रांति की शुरुआत तो यहां से हुई ही थी, क्रांति की योजना बनाने में नौचंदी का मेला भी काम आया था। नाना साहब पेशवा और अजीमुल्ला खान सन् 1857 में अप्रैल के महीने में यहां इस मकसद से आये थे। ब्रिटिश जासूसों की रिपोर्ट के अनुसार, मेरठ कैंट से बहुत से हिंदुस्तानी सिपाही नाना साहब से नौचंदी के मेले में मिले थे।

पहले यह मेला केवल ख़रीदारी, खानपान और मनोरंजन तक सीमित था। सन्

1884 में मेरठ के कलेक्टर प्राइस एन. राइट ने इस मेले में कई प्रदर्शनियां शुरू कीं। उन्होंने घोड़ों, पशुधन और कृषि यंत्रों, फूल-सब्ज़ी तथा औद्योगिक और कुटीर उत्पादों की प्रदर्शनियां लगवायीं। कालांतर में घोड़ों की प्रदर्शनी बंद हो गयी, लेकिन बाकी तीन प्रदर्शनी अब भी लगती हैं। पुराने दस्तावेज़ से पता चलता है सन् 1892 में नौचंदी मेले की प्रदर्शनी में अफ़ग़ानिस्तान, ढाका, राजस्थान, पंजाब और उत्तर भारत से दो हज़ार से ज़्यादा घोड़े लाये गये थे। सेना की आरवीसी, पुलिस, रजवाड़े और रईस लोग इन घोड़ों को ख़रीदते थे। उस ज़माने में नौचंदी का मेला 145 बीघा ज़मीन पर लगता था, जो अब सिकुड़ते-सिकुड़ते आधा भी नहीं बचा।

आज़ादी के बाद नौचंदी के मेले का स्वरूप और व्यापक किया गया। यहां एक ऑडिटोरियम बनाया गया – पटेल मंडप। इसमें हज़ारों लोग बैठ सकते हैं। इसमें लोक नाटक, लोक कलाएं, कवि सम्मेलन, मुशायरा, फैशन शो, महिला सम्मेलन, लोक संगीत, कव्वाली, शास्त्रीय संगीत और शास्त्रीय नृत्य के कार्यक्रम होने लगे। नादिर अली बैंड वालों ने पटेल मंडप सन् 1950 में बनवाना शुरू किया था। पहले यहां सिर्फ़ द्वार और मंच था। वे इसका नाम नादिर अली रखना चाहते थे, लेकिन सरदार वल्लभ भाई पटेल की स्मृति में इसका नाम पटेल मंडप रखा गया। इसमें 1951 में पहली बार स्कूलों के सांस्कृतिक कार्यक्रम हुए थे। पटेल मंडप में लता मंगेशकर, पंडित भीमसेन जोशी, वैजयंती माला, जितेंद्र, हेमामालिनी और दारा सिंह प्रस्तुति दे चुके हैं।

मेले के दौरान इन कार्यक्रमों को देखने के लिए भारी भीड़ जुटती है। बचपन में हमें यहां नाटक देखने में ही मज़ा आता था, लेकिन किशोरावस्था तक कवि सम्मेलन और मुशायरा भाने लगा। उस रात दिन हमारी मित्र मंडली अपने घर वालों के बिना, अकेले ही मेले में जाती थी ताकि जल्दी घर लौटने का दबाव न रहे। आधी रात के बाद मेला सूना हो जाता था, लेकिन कई बार कवि सम्मेलन और मुशायरा लगभग सुबह तक चलता था। इसी ऑडिटोरियम में हमने हरिवंशराय बच्चन, नीरज, भारत भूषण, फिल्म गीतकार राम भारद्वाज (निर्माता-निर्देशक विशाल भारद्वाज के पिता), बशीर बद्र, हफीज मेरठी, शमीम जयपुरी, कुंअर बेचैन और हरिओम पंवार को सुना था। गीतकार नीरज को तो श्रोता बैठने नहीं देते थे। कई बार कोई कवि या शायर अपनी रचनाएं सुनाकर बैठ जाता, संचालक अगले रचनाकार को बुला लेता, लेकिन

श्रोता खड़े हो जाते और तब तक नहीं बैठते जब तक कि पिछले रचनाकार को दोबारा न बुला लिया जाये। एक बार गीतकार संतोष आनंद ने 'शोर' फिल्म का अपना गीत 'एक प्यार का नगमा है' गाया, तो सारे श्रोता खड़े हो गये। जैसे ही संतोष आनंद गाते 'जिंदगी कुछ भी नहीं', सभी श्रोता एक साथ उनका साथ देते, 'तेरी मेरी कहानी है।' जनता की मांग पर उन्हें यह गीत तीन बार गाना पड़ा। संतोष आनंद इतने भावुक हो गये कि कई मिनट तक हाथ जोड़े खड़े रहे और रुंधे गले से बोले, 'इतना प्यार मुझे कहीं नहीं मिला। मेरठ वालों की मोहब्बत को सिर-माथे लेकर जाऊंगा।'

मेले के परिसर में महात्मा गांधी, डॉक्टर भीमराव आंबेडकर, अशोक स्तंभ और जय जवान जय किसान की मूर्तियां लगी हुई हैं। मेले में रोज़ 60 हज़ार से ज़्यादा लोग आते हैं। छुट्टी के दिन तो यह संख्या एक लाख से भी ज़्यादा हो जाती है।

मेले में तीन तरफ़ से प्रवेश किया जा सकता है। हापुड़ अड्डे के पास शंभू गेट, गढ़ रोड पर बैंक कॉलोनी के पास विजय द्वार और हापुड़ रोड पर जय जवान जय किसान द्वार से। विजय द्वार सन् 1971 में बांग्लादेश युद्ध में पाकिस्तान पर भारत की जीत के बाद बनाया गया था। इस पर शहीदों के नाम लिखे हैं, इसलिए इसे शहीद द्वार भी कहा जाता है। पुराने शहर से आने वाले ज़्यादातर लोग शंभू गेट से ही मेले में प्रवेश करते हैं। यही रास्ता सबसे पुराना है। अंदर जाते समय ज़्यादा चहल-पहल नज़र नहीं आती। थोड़ी दूर चलने पर दायीं ओर एक बड़ा प्याऊ है। सेवक वहां लोगों को पानी पिलाते रहते हैं। प्याऊ के अंदर एक बड़ा कमरा था, जिसे लोग धर्मशाला भी कहते थे। उसमें कुर्सियां रखी रहतीं। वहां बैठकर कोई भी आराम कर सकता था। अकसर लोग मेला घूमते घूमते थक जाते, तो थोड़ी देर के लिए वहां बैठकर थकान उतारते। कुछ परिवार अपने साथ पूरी और सब्ज़ी भी घर से बनाकर लाते थे। वे ऐसे परिवार होते थे, जो एक-एक पैसा जोड़कर अपने बच्चों को कपड़े, खिलौने और घरेलू ज़रूरत के सामान खरीदने के लिए मेले में आते थे। खाने-पीने पर कुछ ख़र्च करना वे फ़िज़ूलख़र्ची समझते थे। पूरी-सब्ज़ी खाकर वे प्याऊ पर पानी पीते और हाथ पोंछकर मेले में आगे बढ़ जाते।

बच्चों का पहला पड़ाव होता था गुब्बारे फोड़ने का स्टॉल। उसमें एक दीवार पर बहुत सारे गुब्बारे चिपके होते। स्टॉल पर चार-पांच लोग एयरगन लेकर खड़े रहते।

जिस बच्चे के भी कदम स्टॉल के सामने थमते, वे मुस्कुराकर उससे कहते, 'आओ बेटा आओ। गुब्बारे पर निशाना लगाओ।' वे 25 पैसे लेकर पांच गोलियां चलाने का मौका देते थे। हर गोली चलाने के बाद एयरगन में नयी गोली भर दी जाती। बाद में बच्चे कई दिन तक शान से कहते फिरते कि मैंने तो पांचों के पांचों गुब्बारे फोड़ दिये थे। बच्चे ही नहीं, कई बड़े लोग भी गुब्बारे फोड़ने के लिए खड़े हो जाते थे।

गुब्बारे फोड़ने के बाद बच्चे 'हंसी के गोलगप्पे' देखने के लिए दौड़ लगाते। वहां तंबू के बाहर खड़ा एक लड़का लाउडस्पीकर पर कह रहा होता, 'आइए आइए आइए, देखिए देखिए देखिए, हंसिए हंसिए हंसिए और हंसी ना आए, पेट में बल ना पड़ जाए, तो पैसे वापस पाइए पाइए पाइए।' जो भी 50 पैसे का टिकट लेकर अंदर घुसता, ठहाके लगाने शुरू कर देता। तंबू में चारों तरफ़ आईने लगे होते। ऊपर छत पर भी आईने लटके होते। कोई आईना बहुत लंबा होता, तो कोई बहुत चौड़ा। कोई चौकोर होता, तो कोई गोल। इन उत्तल और अवतल यानी कॉन्वेक्स और कॉनक्लेव दर्पणों में अपनी छवि बहुत अजीबोगरीब दिखायी देती थी। किसी आईने में अपनी छवि बहुत लंबी और गन्ने जैसी पतली दिखती, तो किसी में बहुत छोटी और लंबाई से कई गुना चौड़ी नज़र आती। किसी में तिरछी तस्वीर दिखती, तो किसी में लेटी हुई तस्वीर नज़र आती है। तंबू में जितने भी लोग होते, सब ठहाके लगाते रहते। हालत यह होती कि सबको अपना पेट पकड़ना पड़ जाता। बाहर आकर भी बहुत देर तक हंसी आती रहती कि हम कैसे दिख रहे थे।

'हंसी के गोलगप्पे' से थोड़ा आगे बढ़ते ही नौटंकी का बहुत बड़ा तंबू लगा होता था। उसमें लाउडस्पीकर पर लगातार अनाउंसमेंट और गाना चलता रहता। उस पर नौटंकी के हिट गाने बारी-बारी से बजाये जाते। शो शुरू होने से 15 मिनट पहले से उनका अनाउंसर बहुत नाटकीय अंदाज में जनता को आकर्षित करने की कोशिश करता। वह कहता, 'ये नौटंकी जो ना देक्खी, तो देक्खा क्या! इसमें मोहब्बत है हकीकत वाली, जो बिना देक्खे रैह गये तो नहीं तुम्हारी खैर, लोग कहेंगे ख़ुद से ही है तुम्हारा बैर।'

यह सब सुनकर मेला देखने के लिए गांव से आए हुए लोग बरबस ही एक, दो या तीन रुपये का टिकट लेकर नौटंकी के तंबू में घुस जाते। वहां स्टेज पर नाच चल रहा

होता। जब तक तंबू भर नहीं जाता, तब तक नौटंकी की डांसर लोकगीतों पर नाचती रहतीं। तंबू खचाखच भर जाने पर सूत्रधार मंच पर आता और हाथ जोड़कर माथे पर लगाते हुए कहता, 'बड़े भाग हमारे जो आप देक्खन कू आये, हम आपके मनोरंजन की खात्तर आये।' फिर वह संक्षेप में नौटंकी की कथा बताता और साजिंदों की ओर इशारा करके कहता, 'बजाओ बे बजाओ, ऐसा बजाओ अक आसमान तक झूम्मै, जो देख कै जाए आसपास ई घूम्मै।' उसके बाद में सूत्रधार मंच से हट जाता और कलाकार आ जाते। वे संगीत की धुनों के साथ नौटंकी की कथा को अपने अभिनय से आगे बढ़ाते।

आमतौर पर नौटंकी में भड़कीली प्रेम कथा हुआ करती थी, लेकिन कई बार इस कथा में सामाजिक मुद्दे भी जुड़े होते। छुआछूत, बाल विवाह, विधवा विवाह और दहेज जैसे मुद्दों पर भी नौटंकी होती थी। कहानी में मिट्टी से प्यार का छौंक भी डाला जाता था। कहा जाता है कि आज़ादी की लड़ाई के दौरान देशप्रेम को जगाने वाली नौटंकी भी नौचंदी के मेले में बहुत हुईं। तब मेले में अंग्रेजों के जासूस घूमते रहते थे। नौटंकी वालों को जब मंच के पास आकर ध्यान से नौटंकी देखते किसी शख़्स पर जासूस होने का शक होता, तो वे साधारण सी कुछ और ही कथा शुरू कर देते हैं। इस पर दर्शक चिल्लाते, 'ओ भैया, यू कौण सी कहाणी कहैण लग्गया। अभी तो कुछ और बतावै था।' सूत्रधार मंच पर आकर कहता, 'शांति से कहानी देक्खो। आसमान के सात रंग सै म्हारी कहाणी में, हर रंग का मजा लेल्लो।'

नौटंकी के बाद शुरू होती थीं दुकानें। मेले में बाज़ार को बहुत करीने से सजाया जाता। सारी दुकानें एक लाइन में होती थीं। कोई भी आगे या पीछे को निकली हुई नहीं। दुकानों की हर लाइन के सामने चलने के लिए चौड़ा रास्ता होता। हर जगह मोड़ 90 डिग्री के कोण पर ही आता। इस तरह पूरा मेला बहुत व्यवस्थित ढंग से बसे हुए बाज़ार जैसा नज़र आता। शाम जैसे-जैसे रात की ओर बढ़ती जाती, मेले में लोगों की संख्या में भी बढ़ोतरी होती जाती। ज़्यादा लोगों को देखकर सभी दुकानदार जोश में आ जाते। चारों तरफ़ से इतना शोर गूंजने लगता कि मेले में साथ चलने वाले क्या कह रहे हैं, यह सुनना मुश्किल हो जाता। अगर कुछ ज़रूरी बात करनी होती, तो थोड़ी दूर जाकर करनी पड़ती।

महिलाओं की ज़्यादा रुचि रोज़मर्रा के घरेलू सामान ख़रीदने में होती थी। यह सामान मेले में अच्छी क्वॉलिटी के और कम दाम में मिलते थे। बर्तन, कैंची, चाकू, चकला-बेलन, आईना, कंघा, सिंगारदान, चूड़ियां, चप्पल और जूते वे बहुत चाव से देखतीं और अपनी ज़रूरत के हिसाब से ख़रीद लेतीं। पुरुषों की रुचि कपड़ों और जूतों में ज़्यादा होती। बच्चों के लिए तो खिलौनों से आधा मेला पटा रहता। खिलौनों की हर दुकान के सामने बच्चे मचलते कि यहां से लेंगे, यहां से लेंगे। उनके माता-पिता उन्हें आगे की ओर ठेल देते कि पहले देख तो लो पूरे मेले में, क्या पता आगे किसी दुकान पर और अच्छे खिलौने मिल जायें! बचपन में हमारे सारे खिलौने नौचंदी के मेले में ही ख़रीदे हुए होते थे।

इसीलिए खिलौनों की दुकानों में सबसे ज़्यादा भीड़ हुआ करती थी। सभी खिलौनों के एक ही फिक्स रेट वाली दुकानों पर बाहर बोर्ड लगे रहते और सेल्समैन चिल्लाते रहते, 'हर सामान दो रुपये का ... कुछ भी ले लो दो रुपये का ... पूरा मजा ले लो दो रुपये का ... बच्चों की ख़ुशियां ले लो दो रुपये की ... ।' दो, तीन, पांच और 10 रुपये में हर खिलौने की दुकानें भी होती थीं।

जब लोग मेले में घूमते-घूमते थक जाते, तो खानपान के स्टॉल पर जा बैठते। सत्कार, रसराज और हरि चाट भंडार तो मेरठ वालों के लिए जाने-पहचाने स्टॉल थे। हरि चाट भंडार पर सबसे ज़्यादा लोग जुटते थे। नौचंदी में जाने वाला हर शख़्स कम से कम एक बार हलवा-पराठा ज़रूर खाता था। करीब चार फुट की परिधि के बड़े से तवे पर पराठा बना हुआ रखा रहता और उसके ऊपर होता हलवा। यह तोलकर मिलता था। खोमचों पर दोने या पत्ते में और दुकान पर प्लेट में रखकर दिया जाता। बहुत से लोग खोमचे से लेकर इसे खाते-खाते मेले में घूमते रहते थे। हलवा-पराठा खाने के थोड़ी देर बाद प्यास लगनी शुरू होती। तब जूस की दुकान की ओर कदम बढ़ते। बच्चों को सॉफ्टी खाने का सबसे ज़्यादा मन करता। सॉफ्टी की दुकानें तो मेले में हर तरफ़ दिख जाती थीं। मेले से लौटते समय भी बच्चे सॉफ्टी ज़रूर लेते। घर आते समय रास्ते में खाने के लिए। कभी होली जल्दी आ जाती और नौचंदी का मेला भी जल्दी शुरू होता, तो रात को थोड़ी ठंडक हो जाती। तब कॉफी की मशीन से गरम-गरम कॉफी लेकर लोग ठंडक को दूर करते।

बच्चों के लिए मेले में जगह-जगह झूले लगे होते थे। छोटे झूलों पर 25-30 बच्चे आराम से आ जाते। छोटे बच्चों के लिए चकरी होती। इसमें आठ से 12 बच्चों के बैठने के लिए सीट होती थीं। चकरी वाला बच्चों को सीटों पर बैठाकर हाथ से चकरी को घुमाता रहता। चकरी पर बैठे बच्चे शोर मचाते, 'चाचा और जोर से, बाबा और जोर से।' मेले में हर कोने से नज़र आता था जय जवान जय किसान गेट के पास विशाल हिंडोला। इस पर करीब 200 लोग एक साथ बैठ सकते थे।

मौत के कुएं का रोमांच बच्चों और बड़ों को समान रूप से अपने पास बुलाता था। लोहे की चादरों और लकड़ी से एक बहुत चौड़ा और ऊंचा गोल ढांचा खड़ा किया जाता था। इसी को मौत का कुआं कहते थे। टिकट लेकर जनता सीढ़ियों से ऊपर चढ़ती, जहां खड़े होने की जगह होती। जब वह जगह भर जाती, तो टिकट देना बंद कर दिया जाता। पहले कुछ संगीत बजता। फिर एनाउंसर बहुत नाटकीय अंदाज में कहता, 'भाइयो और बहनो, आंखों के तारे बच्चो, आपके सामने शुरू होने वाला है मौत का हैरतंगेज खेल। इसमें हमारे जांबाज दिखायेंगे ऐसे करतब, जिन्हें देखकर आपका दिल ख़ुश हो जाएगा। बस एक इल्तजा है। कमजोर दिल वाले आंखें बंद कर लें।'

मौत के कुएं में नीचे दो मोटरसाइकल और एक कार खड़ी रहती थी। दर्शकों को थोड़ा इंतज़ार कराने के बाद एक कलाकार मोटरसाइकल स्टार्ट करके कुएं में गोल-गोल घुमाते हुए ऊपर की ओर चलानी शुरू करता। जब वह नीचे उतर रहा होता, तो नीचे से दूसरा कलाकार दूसरी मोटरसाइकल ऊपर की ओर चलाने लगता। बीच में वे एक-दूसरे को छूते हुए क्रॉस करते। दोनों नीचे उतरकर ज़मीन पर ही कुछ चक्कर लगाते। इस दौरान मोटरसाइकल के इंजिन की आवाज़ पूरे खेल में अनूठा रोमांच पैदा करती रहती। अगली बार दोनों मोटरसाइकलों पर एक-एक लड़की भी बैठती। वही करतब दोहराया जाता। आखिर में मोटरसाइकलों की तरह ही एक कार ऊपर तक लाकर नीचे ले जायी जाती। उसमें सवार एक लड़की कार की खिड़की से बाहर सिर निकालकर हाथ हिलाते हुए दर्शकों का अभिवादन करती। रोमांच का यह खेल देखकर बच्चों और बड़ों, सभी की धड़कनें बढ़ जातीं। बहुत से दर्शक खुश होकर सिक्के या नोट कुएं में फेंकते।

नौचंदी के मेले में किताबों की भी कई दुकानें होती थीं। इनमें आम प्रकाशकों

की दुकानें नहीं होती थीं। कुछ दुकानें धार्मिक पुस्तकों की होतीं। इनमें गोरखपुर प्रेस की किताबों का स्टॉल सबसे ज़्यादा लोकप्रिय था। लेकिन शहर के लोगों को इंतज़ार होता था सोवियत पुस्तक केंद्र का। एक बड़े तंबू में लगी इस दुकान में रूसी लेखकों की अंग्रेजी और हिंदी में छपी किताबें होती थीं। ये भारतीय किताबों की तुलना में बहुत सस्ती होतीं। मैंने अपनी किशोरावस्था में टॉलस्टॉय, गोर्की और चेखव की किताबें वहां से 2 से 10 रुपये तक में ली थीं। आज इनमें से हर किताब का मूल्य 500 रुपये से अधिक है। बाल पुस्तकों की दुकानों का भी स्टॉल होता था। वहां सबसे ज़्यादा बिकते थे कॉमिक्स। वहीं हमने दुनिया भर की लोककथाओं की किताबें पहली बार देखी और खरीदी थीं।

सर्कस के बिना तो नौचंदी के मेले का सफ़र पूरा हो ही नहीं सकता था। जय जवान जय किसान गेट के पास सर्कस का तंबू लगता था। मेला शुरू होने के पहले से ही एक रिक्शा में लाउडस्पीकर से पूरे शहर में सर्कस का प्रचार शुरू कर दिया जाता। शहर के सिनेमाघरों में लगी फिल्मों का प्रचार भी इसी तरह हुआ करता। मेला शुरू होने से पहले ही बच्चे सर्कस देखने का प्रोग्राम बना लेते। सर्कस करीब डेढ़ घंटे तक चलता था। जिन्हें शो शुरू होने का समय मालूम होता, वे उसी समय जाकर टिकट लेते और सर्कस देखने के लिए तंबू में घुस जाते। जिन्हें शो का समय मालूम नहीं होता, वे काउंटर पर जाकर अगले शो का समय पूछते। अगर अगला शो शुरू होने में ज़्यादा समय होता, तो वे सर्कस के आसपास के बाज़ार में ही घूम आते। तब सैटेलाइट टीवी चैनल तो थे नहीं। दूरदर्शन पर केवल रविवार की शाम को एक फिल्म आती थी। इसीलिए बच्चों के मनोरंजन का सबसे बड़ा साधन सर्कस हुआ करता था।

वैसे तो नौचंदी का मेला उठने के बाद मेरठ में किसी न किसी और मैदान पर यह सर्कस लग जाता था और महीनों वहां रहता, लेकिन नौचंदी में सर्कस देखने की बात कुछ और ही होती थी। सर्कस में तरह-तरह के जानवरों के खेल देखकर बच्चों को बहुत मजा आता। ऊंचाई से रस्सी पर लटककर कलाबाजियां खाते और हवा में ही एक रस्सी छोड़कर दूसरी रस्सी पकड़ते कलाकारों की जांबाजी देखकर सांसें अटक जाती थीं। बच्चे सबसे ज़्यादा खुश तब होते, जब जोकर मंच से कूदकर दर्शकों के बीच घुस जाता और बच्चों के साथ खिलंदड़ी करते हुए इधर-उधर दौड़ता। सर्कस के

ये तमाम किस्से बच्चे अगले साल की नौचंदी तक आपस में साझा करते रहते।

हर परिवार कम से कम चार-पांच घंटे मेले में ज़रूर घूमता था। उन दिनों पानी की बोतलों का चलन नहीं था। मेले में जगह-जगह प्याऊ होते। वहां लोगों को मुफ्त में पानी पिलाया जाता। अगर आसपास प्याऊ नहीं दिखता, तो खानपान की किसी भी दुकान पर जाकर लोग मुफ्त में पानी पीते। रात को 11 बजे के बाद से घोषणा होने लगती थी कि 12 बजने वाले हैं, मेला बंद करने का समय हो रहा है। यह सुनकर छह-सात बजे से मेले में आये लोग लौटने लगते। बहुत से परिवार रात को नौ-दस बजे मेले में आते। वे आधी रात के बाद तक मेला देखते। दुकानें बंद करने की घोषणा होते रहने के बावजूद अकसर दुकानें रात को दो बजे तक भी खुली रहतीं।

मेले में बच्चों को खोने का डर बहुत सताता था। इस कारण वे एक-दूसरे की उंगलियां पकड़कर चलते थे। परिवार के बड़े लोग पहले ही बच्चों को कोई ख़ास जगह दिखा देते कि अगर कोई बच्चा खो जाये, तो इस जगह पर पहुंच जाये, घर वाले उसे वहीं मिलेंगे। अकसर ऐसा ही होता भी था।

कृषि उपकरणों, सब्ज़ियों और फलों की प्रदर्शनी देखने के लिए गांव के ही नहीं, शहर के लोग भी जुटते थे। एक बार इस प्रदर्शनी में रूस के ट्रैक्टर आये। वे भारतीय ट्रैक्टरों के मुकाबले छोटे थे। उनसे बाग़ में वहां तक भी जुताई की जा सकती थी, जहां कई बार दो पेड़ों के बीच इतनी कम जगह रह जाती है कि उसमें सामान्य ट्रैक्टर नहीं जा सकता। हमारे पास एक ट्रैक्टर पहले से होने के बावजूद मेरे चाचा ने आम के बाग़ में जुताई के लिए वह ट्रैक्टर बुक कर दिया था। वह अगले दिन उस ट्रैक्टर को ख़रीद लाये, जिससे हमें फिर नौचंदी जाने का मौका मिल गया। लौटते हुए हम उसी ट्रैक्टर पर बैठकर घर आये।

मेरठ के बहुत से परिवारों की विवाहित लड़कियां नौचंदी मेला देखने के लिए मायके आ जाती थीं। वे मेले से रोज़मर्रा के इस्तेमाल की चीज़ें ख़रीदकर ससुराल ले जातीं। उनके माता-पिता उनके लिए मिट्टी की हंडिया खरीदते थे, जिसमें कांजी के बड़े भरकर बेटियों को दिये जाते। इसे शुभ माना जाता था।

गांवों से लोग ट्रैक्टर-ट्रॉलियों, भैंसा बुग्गी और बैलगाड़ी में भरकर मेला देखने आते थे। मेले के पास स्थित दो सिनेमाघर नंदन और आम्रपाली में रात 12 से 3 और

सुबह 3 से 6 बजे के विशेष शो चला करते थे। गांवों के बहुत से लोग मेले में ख़रीदारी के बाद रात को सिनेमाघर में फिल्म देखकर सुबह को ही लौटते।

मेले से बाहर भी एक बाज़ार लगता था। यह बाज़ार उन स्थानीय कारीगरों, हस्तशिल्पियों और कलाकारों का होता था, जो मेले की दुकानों का किराया देने में असमर्थ थे। इन दुकानों पर सामान बहुत सस्ता मिलता। बहुत सी महिलाएं यहां ख़रीदारी करती थीं। जो बांसुरी मेले में एक रुपये की मिलती, वह इस बाज़ार में 50 पैसे में मिल जाती। गांव से आये हुए लोग इस बाज़ार में जमकर ख़रीदारी करते। बहुत से ग्रामीण तो यहां से लड़की की शादी में दिया जाने वाला सामान भी ख़रीद कर ले जाते।

पूरा मेला देखने के बाद सामान से लदे सभी लोग थकान से चूर होकर बाहर निकलते, तो उन्हें अपना वाहन निकालने में काफ़ी समय लगता। जिनके पास वाहन नहीं होते, वे पैदल या रिक्शा से लौटते। मेले के बाहर तांगे भी खड़े होते थे। एक तांगे पर कई परिवार सवार हो जाते। रात के सन्नाटे में तांगे के घोड़ों के टापों की आवाज़ ऐसा मधुर संगीत पैदा करती कि बच्चे तो उस पर झूमने लगते। मेले से लौटते हुए बच्चे यह गाया करते थे –

ठेलों में ठेला शेर सिंह का ठेला, मेलों में मेला नौचंदी का मेला!

2. मेरठ के अंग

मेरठ अनेक अंगों का शहर है। मोहल्ले, बाज़ार, स्कूल-कॉलेज, अस्पताल, मैदान, छावनी, धार्मिक स्थल ... ये सब मिलकर इसे मुकम्मल शहर बनाते हैं। इनमें से ज़्यादातर लंबे अरसे से यहां मौजूद हैं। कुछ नये हैं। आगे भी इनमें काफ़ी कुछ जुड़ेगा।

मोहल्ला-मोहल्ला

मेरठ मोहल्लों का शहर है। पुराने शहर के मोहल्ले तो सैकड़ों साल से बसे हैं। बचपन में एक-एक मोहल्ला पार करते हुए हम कितनी भी दूर तक चले जाते। लगातार दायीं या बायीं ओर को चलते रहते और कई किलोमीटर का चक्कर लगाकर फिर वहीं पहुंच जाते, जहां से चलना शुरू करते। शायद इसकी वजह यह है कि पुराना शहर एक किले के अंदर बसा था और गोलाकार था।

इन मोहल्लों में कोई वर्गभेद नहीं हुआ करता था। इसकी वजह यह थी कि ज़्यादातर लोग कई पुश्तों से वहां रहते आये थे। उनमें हर वर्ग के लोग आस-पास रहते थे। जब शहर के बाहर नयी बस्तियां बनीं, तो उनमें पुराने शहर की यह खूबी नदारद थी, क्योंकि वहां लोगों ने अपनी हैसियत के अनुसार मकान खरीदे या प्लॉट खरीदकर मकान बनवाये। इस तरह इन बस्तियों में आस-पड़ोस एक जैसी हैसियत के लोगों का हो गया।

सभी मोहल्लों की खूबियां और परेशानियां एक जैसी हुआ करती थीं। भाषा और बोली-बानी से अकसर लोग पहचान में आ जाते थे कि वे किस मोहल्ले के हैं। जिन मोहल्लों में मिश्रित हिन्दू-मुस्लिम आबादी हुआ करती थी, वहां के लोगों की जुबान पर उर्दू के शब्द चढ़े रहते। हिंदू बहुल मोहल्लों में रहने वालों की बोली में हिंदी के शब्द ज़्यादा रहते थे। जिन मोहल्लों में ग्रामीण पृष्ठभूमि के लोग अच्छी संख्या में होते, वहां

आम बोलचाल में खड़ी बोली के देहाती शब्द भी आ जाते थे। 'कंगै जा रा है' या 'कहां जा रिया है बे' सुनकर अंदाज लग जाता कि वह किस मोहल्ले का होगा।

सन् 1800 में मेरठ में 38 मोहल्ले और 9 बाज़ार थे। इनमें से 9 मोहल्लों के नाम में 'वाड़ा' और 6 मोहल्लों के नाम में 'पाड़ा' जुड़ा था। वाड़ा वाले मोहल्ले थे – भाटवाड़ा, ठठेरवाड़ा, छीपीवाड़ा, मालीवाड़ा, तोपचीवाड़ा, वैदवाड़ा, पोदीवाड़ा, जत्तीवाड़ा और मुफ्तीवाड़ा। वहीं, कृष्णपाड़ा, मोरीपाड़ा, डालमपाड़ा, स्वामीपाड़ा और बनियापाड़ा में पाड़ा लगा था। चार पुरवा मोहल्ले भी बहुत पुराने हैं – पुरवा अहिरान, पुरवा फैयाद अली, पुरवा निहाल सिंह और पुरवा शेख लाल। यहां व्यक्तियों के नाम पर भी बसे हुए कुछ मोहल्ले हैं – शाह नत्थन, शाह पीर, करम अली, बाबा खाकी, माशाय खान और स्मिथगंज। इनमें स्मिथगंज मोहल्ला ब्रिटिश कलेक्टर स्मिथ ने सन् 1825 में बसाया था। कुओं के नाम पर बसे चार मोहल्ले हैं – बीरू कुआं, फूटा कुआं, बावली कुआं और खारी कुआं। चार मोहल्लों के नाम वहां बनायी गयी सरायों के नाम पर भी हैं – सराय लाल दास, सराय जीना, सराय बहलीम और कच्ची सराय।

अलग-अलग पेशों के नाम पर भी शहर में मोहल्ले हैं – किश्तगिरान (ईंट बनाने वाले), तोपचीवाड़ा (तोप चलाने वाले), भाटवाड़ा (भाट), बनियापाड़ा (महाजन), मालीवाड़ा (माली), वैदवाड़ा (वैद्य), पुरवा अहिरान (अहीर), स्वामीपाड़ा (ब्राह्मण), कानूनगोयान (कानूनगो), रायजादगान (कानून विशेषज्ञ), साबुनगिरान (साबुन बनाने वाले), नक्कारचियान (नगाड़े बनाने वाले), तीरगरान (पटाखे बनाने वाले), डोलीवालान (डोली बनाने वाले), कोलियान (संगीत वाद्य बनाने वाले), काजियान (काजी) और मसायखान (शेख)।

पुराना शहर एक दीवार से घिरा था। इस दीवार में 9 दरवाजे थे और बाहर एक बड़ी खाई थी ताकि कोई किले के अंदर न घुस सके। ये 9 दरवाजे थे – दिल्ली गेट, चमार गेट, लिसाड़ी गेट, सोहराब गेट, शाहपीर गेट, बुढ़ाना गेट, खैर नगर गेट, कंबोह गेट और बागपत गेट। अब इन दरवाजों के भग्नावशेष ही मौजूद हैं, लेकिन इन इलाक़ों को आज भी इन दरवाजों के नाम से ही जाना जाता है।

पुराने शहर के बाहर पहले बेगमबाग, थापर नगर, कृष्णपुरी, ब्रह्मपुरी, शिवपुरी, साबुन गोदाम, कैलाशपुरी, गांधी नगर, नेहरू नगर, सुभाष नगर, लक्ष्मी नगर और

रामनगर जैसे मोहल्ले बसे। पुराने शहर में पहले 151 मोहल्ले थे। अब पूरे शहर में 600 से ज़्यादा मोहल्ले हैं। मेरठ में मुसाफ़िरों के ठहरने के लिए 5 सराय भी थीं। अंग्रेजों ने मेरठ शहर के बाहर कैंटोनमेंट और सिविल लाइन इलाक़े भी बसाये। उन्होंने यूरोपीय वास्तु शैली के बंगले और कोठियां बनवायीं। इन बंगलों में गार्डन और लॉन की छटा देखते ही बनती थी। सड़कों के दोनों ओर पेड़ लगवाये। सार्वजनिक पार्क भी मेरठ को अंग्रेजों की देन थे।

मेरठ में पुराने शहर के ज़्यादातर मोहल्लों के नाम वहां रहने वालों के कामकाज के आधार पर रखे गये थे। कोतवाली के पास तोपचीवाड़ा मोहल्ले में मध्यकाल में मुगल छावनी के तोपखाने के कर्मचारियों को बसाया गया था। जाटान मोहल्ले में जाटों की बहुतायत थी। यहां कई धर्मशालाएं भी थीं। ठठेरवालान मोहल्ले में पीतल के बर्तन बनाने वाले रहा करते थे और वहीं इनकी वर्कशॉप भी थीं। हर मोहल्ले में पानी के लिए कुआं, धर्मस्थल, किराने और हलवाई की दुकान ज़रूर हुआ करती थी।

मेरठ के रहवासियों और आसपास के ग्रामीणों के रोज़मर्रा के इस्तेमाल की चीज़ें ख़रीदने के लिए शहर में कई बाज़ार थे। इनके अलावा कई जगह पर पैठ भी लगा करती थी। यह साप्ताहिक बाज़ार होता, जो पूरी सड़क को घेरकर लगाया जाता। बाज़ारों और पैठ के अलावा फुटपाथ पर भी दुकानें लगती थीं। कई लोग अपना सामान बेचने के लिए सड़क पर ऊंची आवाज़ लगाते हुए गुज़रते थे। ख़ासकर घनी बसावट के मोहल्लों में। इनमें कपड़े-लत्ते बेचने वाले बजाज, चूड़ी पहनाने वाले मनिहार, देसी जूते वाले, पीतल के बर्तन वाले ठठेरे, रुई धुनने वाले धुने और फल-सब्ज़ी वाले होते।

पक्की लाखोरी ईंटों की हवेलियां हर मोहल्ले में हुआ करती थीं। पुराने शहर की गलियां बहुत तंग और टेढ़ी-मेढ़ी हैं। इसकी वजह यह है कि मेरठ में नगरपालिका सन् 1864 में अस्तित्व में आयी थी। उससे पहले नगर विकास का कोई पुख़्ता इंतजाम नहीं था। इसीलिए जहां जगह मिलती गयी, लोग घर बनाते गये और मोहल्ले बसते गये। सन् 1895 में मेरठ में स्वच्छ पेयजल की व्यवस्था शुरू हुई। इसके लिए गंग नहर का पानी भोले की झाल से पाइपलाइन में पुरानी तहसील तक लाया गया। तहसील के सामने दो बहुत ऊंची टंकियां बनाकर उनमें यह पानी भर दिया जाता। वहां से पूरे शहर

को नल में पानी की सप्लाई की जाती थी। छोटे बच्चे इन टंकियों को देखते, तो इनकी ऊंचाई के कारण उनकी गर्दन दुखने लगती। उन्हें लगता कि किसी ने दो गिलास उल्टे करके रख दिये हैं। वे बड़े-बुजुर्गों से पूछते कि ये गिलास यहां कौन रख गया। हर घर में बच्चों को एक ही जवाब मिलता – 'ये रावण के गिलास हैं। वह जब अपनी ससुराल आता था, तो उसे इन्हीं गिलासों में पानी और दूध पिलाया जाता था।' फिर वे बच्चे जब भी तहसील के पास से गुजरते हुए टंकियों को देखते, तो उनकी ओर हाथ उठाकर कहते, 'ये रक्खे रावण के गिलास। इनी में पानी अर दूध पिये था रावण। उल्टे रख रक्खे हैं जिससै कुछ कीड़ा-वीड़ा ना गिर जा इनमैं।'

ये सभी मोहल्ले एक-दूसरे से इस तरह जुड़े हुए हैं कि कौन सा मोहल्ला कहां से कहां तक है, कई बार इसमें भ्रम हो जाता। पुराने शहर के ज़्यादातर मोहल्ले बिना किसी योजना के बसे होने के कारण वहां बहुत भीड़ नज़र आती है। जब 1970 के दशक में शहर की आबादी बढ़नी शुरू हुई और रोज़गार तथा कारोबार के लिए बाहर से भी बहुत से लोग मेरठ में आकर रहने लगे, तो पुराना शहर छोटा पड़ने लगा। तब बाहरी कॉलोनियां बसनी शुरू हुईं। दो सरकारी संस्थाओं उत्तर प्रदेश आवास विकास परिषद और मेरठ विकास प्राधिकरण ने शास्त्री नगर और पल्लवपुरम जैसी बड़ी कॉलोनियों सहित दर्जनों कॉलोनियां बनायीं। ये सभी कॉलोनी बहुत अच्छी नगर योजना के साथ बसायी गयीं। चौड़ी सड़कें, दोनों ओर पेड़ों की कतारें, अच्छा ड्रेनेज सिस्टम, बिजली-पानी-सीवर, सामुदायिक भवन, अच्छे गार्डन, बाज़ार, बैंक और सुरक्षा व्यवस्था जैसी अनेक सुविधाएं इनमें दी गयीं। नतीजा यह हुआ कि पुराने शहर के बहुत से परिवार इन नयी कॉलोनियों में जाकर बसने लगे। वैसे पहले भी शहर से बाहर साकेत और डिफेंस कॉलोनी जैसी पॉश कॉलोनियां थीं, मगर उनमें उच्च वर्ग के लोग ही रहते थे। मेरठ से बाहर की ओर जाने वाली हर सड़क पर कई प्राइवेट कॉलोनियां भी पहले से थीं, लेकिन वे भी पुराने शहर की तरह बेतरतीब बसी थीं।

राष्ट्रीय राजधानी क्षेत्र में शामिल होने के बाद मेरठ का विकास तेज़ी से हुआ। यहां संपत्ति के दाम बहुत बढ़ गये और शहर के बाहरी इलाक़ों में नयी कॉलोनियां बसती चली गयीं।

मेरठ शहर में सुरक्षा के लिए पुलिस का अच्छा इंतजाम बहुत पहले से रहा है।

एसपी सिटी, एसपी देहात, एसएसपी, डीआईजी और आईजी के दफ्तरों में वर्दी की धमक देखते ही बनती है। शहर में कई थाने हैं। शहर के बीचों-बीच कोतवाली है। इसे शहर कोतवाली भी कहा जाता है। यह अंग्रेजों से भी पहले से थी। तब यहां सरकारी कामकाज के लिए तहसील का दफ़्तर हुआ करता था, जो बाद में बेगम बाग चला गया। यह मुग़लों के ज़माने की बात है। इसीलिए कोतवाली को पुराने लोग पुरानी तहसील भी कहते हैं। सन् 1857 की क्रांति के दौरान इसी कोतवाली के कोतवाल धन सिंह गूजर ने बढ़-चढ़कर क्रांतिकारियों का साथ दिया था। बाद में अंग्रेजों ने उसे फांसी पर लटका दिया था। मेरठ में कलेक्टर और कमिश्नर के दफ़्तर भी हैं। प्रशासनिक और पुलिस के बड़े अधिकारियों के दफ़्तर मेरठ कॉलेज, स्टेडियम, सर्किट हाउस और इनके आसपास के इलाक़ों में हैं।

मेरठ की कचहरी भी बहुत बड़ी है। इसमें रोज़ हज़ारों मुक़दमे लगते हैं। यह कचहरी अंग्रेजों ने सन् 1872 में बनवायी थी। इसके पास ही उन्होंने यूरोपीय अधिकारियों के लिए बंगले भी बनवाये थे। मुग़लों या शायद उससे भी पहले से विक्टोरिया पार्क में एक जेल हुआ करती थी, जिसे अंग्रेजों ने बंद कर दिया। उन्होंने यहां से करीब दो किलोमीटर दूर अब्दुल्लापुर गांव के पास सन् 1886 में जेल बनवायी। इसे अब्दुल्लापुर की जेल कहते हैं। इसी के पास चुंगी हुआ करती थी, जहां बाहर से सामान लाने वालों से चुंगी वसूल की जाती थी। आज भी यह इलाक़ा जेल चुंगी कहलाता है। पुरानी जेल के परिसर को प्रशासन् ने मेरठ नगरपालिका के हवाले कर दिया था। उसने वहां महारानी विक्टोरिया के नाम पर विक्टोरिया पार्क बनवाया। यह पार्क आज भी उसी नाम से मौजूद है।

मेरठ का टाउन हॉल भी अंग्रेजों के ज़माने का है। ड्यूक ऑफ कन्नाट ने सन् 1886 में इसका शिलान्यास किया था। यह दो साल में बनकर तैयार हुआ था। इसके सेंट्रल हॉल का नाम कन्नाट हॉल था। इसमें नगरपालिका की बैठक हुआ करती थी। यह इमारत यूरोपियन और भारतीय वास्तुकला का अनूठा नमूना है। यहां सार्वजनिक सभाएं भी होती थीं। उसमें एक विशाल पुस्तकालय है। इसमें अनेक दुर्लभ पांडुलिपियों के अलावा हर तरह की किताबें और पत्रिकाएं होती थीं। यहां सुबह और शाम को भारी भीड़ रहती। गर्मी की छुट्टियों में तो बैठने की जगह मिलना मुश्किल होता। उस

दौरान हमारे मोहल्ले के कई बच्चे दोनों समय इस पुस्तकालय में जमे रहते थे। वैसे यहां ज़्यादातर बुज़ुर्ग ही आते थे। वे पहले अख़बार पढ़ते, फिर कोई पत्रिका देखते और आख़िर में कोई किताब पढ़ते। पुस्तकालय के सदस्य घर पर पढ़ने के लिए भी किताब अपने नाम पर जारी करवाकर ले जाते थे।

रोज़ आने वाले बच्चों और लोगों को पुस्तकालय के कर्मचारी न सिर्फ़ पहचानते थे, बल्कि यह भी जानते थे कि उनकी पढ़ने की रुचि के विषय क्या हैं। गर्मियों की छुट्टियों में हम जैसे ही पुस्तकालय में पहुंचते, तो वहां के कर्मचारी गोयल जी हमें कॉमिक्स की अलमारी की तरफ़ भेज देते। सभी बच्चे कॉमिक्स पर टूट पड़ते। पुस्तकालय में कॉमिक्स पढ़ने के कई फ़ायदे होते। एक तो यह किताबों के मुक़ाबले जल्दी पढ़ा जाता, दूसरे इसकी कहानी मज़ेदार होती और तीसरे पुस्तकालय से लौटते समय हर बच्चा अपने पढ़े कॉमिक्स की कहानी बाकी बच्चों को सुनाता। इस तरह हर बच्चा पढ़ता तो एक कॉमिक्स, लेकिन उसे कहानी 7-8 कॉमिक्स की पता चल जाती। डेढ़-दो घंटे पुस्तकालय में बैठने का इससे ज़्यादा फ़ायदा और क्या हो सकता था!

टाउन हॉल के सामने ही घंटाघर है। यह बेशक टाउन हॉल से 17 साल छोटा है, लेकिन इस इलाक़े को अब घंटाघर के नाम से ही जाना जाता है। पहले इस जगह को कंबोह गेट के नाम से जानते थे। घंटाघर की भव्य लाल इमारत सन् 1913 में बनी थी। दूर से ही नज़र आने वाली इस इमारत में सन् 1914 में इंग्लैंड से मंगाकर वेस्टन एंड वॉच कंपनी की घड़ी लगायी गयी। इस क्षेत्र में आज़ादी के आंदोलन के समय अकसर सभाएं हुआ करती थीं। हर घंटे इसकी आवाज़ करीब दस किलोमीटर दूर तक सुनायी देती थी। बचपन में हमने भी करीब तीन-चार किलोमीटर दूर तक तो इसकी 'टन-टन' सुनी है। हर घंटे हम इसकी आवाज़ के साथ घंटे गिनते थे – एक, दो, तीन, चार ... और आवाज़ बंद होने पर चिल्लाते थे – 'पता भी है, चार बज गये चार। घंटाघर बता रा है। अगली बार पांच बजायेगा पांच। देख लेना। हां।'

अब इस इलाक़े में भीड़ बढ़ जाने के कारण शोरगुल बहुत रहता है, इसलिए इतनी दूर तक आवाज़ नहीं जाती। जिन लोगों के पास घड़ी नहीं होती थी, उनकी दिनचर्या घंटाघर की टंकार के साथ चलती थी। यह देश का एकमात्र घंटाघर है, जिसके नीचे से तीन ट्रक एक साथ निकल सकते हैं। वैसे सदर बाज़ार में भी एक

घंटाघर है, लेकिन उसका रुतबा टाउन हॉल के घंटाघर जैसा नहीं है।

घंटाघर पर महात्मा गांधी और जवाहरलाल नेहरू समेत कई नेताओं ने आज़ादी के लिए जनसभाएं की थीं। नेताजी सुभाष चंद्र बोस ने टाउन हॉल की जनसभा में जोशीला भाषण दिया था। अभिनेता शाहरुख खान अपनी फिल्म 'जीरो' के कुछ दृश्यों की शूटिंग मेरठ के घंटाघर पर ही करना चाहते थे, लेकिन बाद में मुंबई में ही घंटाघर का सेट तैयार करके वे सीन शूट किये गये। फिल्म 'जीरो' में मेरठ के घंटाघर को ख़ास तौर पर फोकस किया गया है।

आज भी घंटाघर के सामने से गुजरता हूं, तो बचपन में मोहल्ले भर के बच्चों का यह कोरस याद करके बरबस मुस्कान आ जाती है –

घंटाघर की चार घड़ी, चारों में जंजीर पड़ी
जब घंटाघर बजता था, पूरा मेरठ जगता था ...

बाज़ार-दर-बाज़ार

रोज़मर्रा की ज़रूरत के सामान तो किसी भी मोहल्ले में अपने घर के आसपास मिल जाते हैं, लेकिन ख़ास ख़रीदारी के ख़ास बाज़ार होते हैं। सुभाष बाज़ार को तब किताबों और स्टेशनरी के लिए जाना जाता था। यहां कपड़ों की भी दुकानें थीं। यों तो हम कपड़े लेने के लिए माता-पिता के साथ बेगम पुल या सदर बाज़ार में भी जाते थे, लेकिन बजाजा बाज़ार में हर तरह के कपड़े मिल जाते थे। शादियों के सीजन में तो इस बाज़ार में ख़रीदारों की इतनी भीड़ होती कि पैर रखने की जगह न मिलती।

पुराने शहर के प्रमुख बाज़ार हैं – अनंतराम का छत्ता, गुजरी बाज़ार, लाला का बाज़ार, वैली बाज़ार, सर्राफ बाज़ार, बजाजा बाज़ार, कबाड़ी बाज़ार, कागजी बाज़ार और सुभाष बाज़ार। ब्रिटिश काल से पहले का मेरठ चारदीवारी से घिरा किलेनुमा शहर था। अंग्रेजों ने शहर के बाहर छावनी बसायी। इस तरह मेरठ में दो तरह के बाज़ार हो गये। पुराने शहर के बाज़ार और नये शहर के बाज़ार। पुराने शहर के ज़्यादातर बाज़ार मोहल्लों के बीच में थे। हर इलाक़े में ख़ास सामग्री के ही बाज़ार हुआ करते थे। कोई कोतवाली से कुछ सामान ख़रीदने के लिए निकलता, तो बाज़ार-दर-बाज़ार होता हुआ वैली बाज़ार और घंटाघर तक पहुंच जाता और मनचाहा सामान

लेकर ही लौटता।

किराने की दुकानें हर मोहल्ले में हुआ करती थीं। कोतवाली के चारों ओर मोहल्ले भी थे और बाज़ार भी। यह पुराने शहर का केंद्र था। गुजरी बाज़ार में रेवड़ी-गजक की सबसे पुरानी दुकानें थीं। रामचंद्र सहाय रेवड़ी वाले दूर-दूर तक मशहूर थे। उनके खानदान वालों की कई दुकानें वहां थीं। बाद में उनमें से कई ने शहर के नये बाज़ारों में भी दुकान खोली। इस बाज़ार के अत्तारों का भी काफ़ी नाम था। रामचंद्र सहाय रेवड़ी वाले की तरह श्यामलाल अत्तार भी एक ब्रांड था। अत्तारों की दुकान पर तरह-तरह के अचार, सिरके और मुरब्बे मिलते थे। ज़्यादातर अत्तार यह सब ख़ुद ही बनाते थे। इसीलिए लोग इनसे सामान लेने के लिए दूर-दूर से आते थे। अगर कोई अपनी रिश्तेदारी में भेजने के लिए यहां से रेवड़ी या गजक खरीदने आता, तो वह अचार और मुरब्बा भी बंधवा लेता। यहां बनने वाले गुड़गट्टा का भी काफ़ी नाम था। महाराष्ट्र में यही चिक्की के नाम से मिलता है।

गुजरी बाज़ार के आगे भड़भूजों की दर्जनों दुकानें थीं। वे बड़ी कड़ाही में चने, मक्का और मूंगफली भूनकर बेचते थे। लोग अपने घर से चने, मक्का या मूंगफली ले जाकर उनसे मज़दूरी देकर भी भुनवाते थे। नील की गली में अंग्रेजों के जमाने में नील मिलता था, लेकिन आज़ादी के बाद यहां पुताई के लिए चूना और गेरू मिलने लगे। चूने में मिलाने के लिए नील ज़रूर मिल जाता था। मगर वह तो शहर में चूने की अन्य दुकानों पर भी मिलता था।

गुजरी बाज़ार से तीरगरान जाने के रास्ते में एक पतली सी गली आती, जिसमें सारी दुकानें मांस की होतीं। इसे मीट गली कहते थे। इसे पार करते ही दायीं ओर को कैंची वाली गली और सीधे जाने पर तीरगरान आता। आसपास के सभी मोहल्लों में यहीं की बनी कैंचियां खरीदी जाती थीं। पटाखे और आतिशबाजी का सस्ता सामान तीरगरान में मिलता। बजाजा कपड़ों और कागजी बाज़ार स्टेशनरी के बाज़ार हैं। मेरठ का सर्राफा देश के 10 सबसे बड़े सर्राफा बाज़ारों में माना जाता है। अब तो शहर के नये बाज़ारों में सर्राफे के बड़े ब्रांड वाली दुकानें भी हैं, लेकिन पुराने शहर के लोग ख़ासकर शादी के लिए गहनों की ख़रीदारी तो सर्राफा बाज़ार से ही करते हैं। बचपन में सर्राफे में भीड़ देखकर यह आश्चर्य होता था कि इतना सोना ख़रीदकर लोग उसका

करते क्या हैं! वैली बाज़ार में अंग्रेजों के समय तक केवल इत्र बिकता था। अब तो वहां भी हर तरह की दुकानें हैं। घंटाघर के पास सब्ज़ियों और फलों का बाज़ार सड़क पर लगता था। दुकानें हर तरह के सामान की थीं।

वैली बाज़ार का नाम पहले अहमदी बाज़ार था। पुराने लोग बताते थे कि कबाड़ी बाज़ार में मुजरा देखने के लिए जाने वाले लोग वैली बाज़ार से इत्र खरीदते थे। सन् 1928 में इस बाज़ार का नाम तब के कलेक्टर मिस्टर वैली के नाम पर वैली बाज़ार कर दिया गया।

शहर का प्रमुख बाज़ार खैर नगर नवाब मोहम्मद खैरंदेश खान ने बसाया था। यहां दवाओं की थोक दुकानें, इलेक्ट्रिकल और हार्डवेयर की दुकानें थीं। कोतवाली के दूसरी ओर जाने पर शाहघासा और हापुड़ अड्डे के बाज़ार हैं। यहां से कुछ भी मंगाना होता, तो बच्चों को दौड़ा दिया जाता।

सूरज कुंड के पास खेलों के सामान का बाज़ार हर बच्चे को अपनी ओर बुलाता था। यहां हर खेल का सामान मिलता। केसरगंज की मंडी पश्चिमी उत्तर प्रदेश का एक बड़ा व्यापारिक केंद्र है। यहां अनाज, दलहन, तिलहन और खांडसारी की मंडी है। एक जमाने में पूरे पश्चिमी उत्तर प्रदेश की सबसे बड़ी मंडी केसरगंज में थी। इसके नाम के पीछे भी एक ऐतिहासिक घटना है। सन् 1877 में महारानी विक्टोरिया को केसर-ए-हिंद के ख़िताब से नवाज़ा गया था। तब मेरठ की गल्ला मंडी को केसरगंज नाम दिया गया। इस मंडी में 19वीं शताब्दी के अंतिम वर्षों में हर साल लगभग 10 लाख मन माल का कारोबार हुआ करता था। इतने माल को यहां तक पहुंचाने के लिए बाक़ायदा रेलवे लाइन की सुविधा थी।

कबाड़ी बाज़ार बहुत पुराना और बड़ा बाज़ार है। यहां सड़क के दोनों ओर लकड़ी की टालें, हार्डवेयर, सीमेंट और भवन निर्माण सामग्री की दुकानें हैं। इन दुकानों के ऊपर सैकड़ों कोठे हैं। कभी यहां मुजरा हुआ करता था। फिर देह व्यापार होने लगा। यह देश में दिल्ली, मुंबई और कोलकाता के बाद देश का चौथा सबसे बड़ा देह व्यापार बाज़ार माना जाता है।

मेरठ के ये सभी बाज़ार 200 साल से ज़्यादा पुराने हैं। अंग्रेजों ने मेरठ में छावनी बनाने के बाद पहली बार किले के बाहर बस्तियां और बाज़ार बनाये। यहां तीन

रेजीमेंट भारतीय सिपाहियों की और तीन गोरों की तैनात रहती थीं। फौज़ के लिए तब स्थानीय बाज़ारों से ही ख़रीदारी हुआ करती थी। इसीलिए छावनी में भी ख़ुदरा और थोक बाज़ार बने। पहला बड़ा बाज़ार था सदर बाज़ार। तब भी और अब भी यह बाज़ार शहर के पुराने बाज़ारों जैसा ही है। इसके पास आबू लेन पर भी आधुनिक बाज़ार बना।

आज़ादी के बाद मोहल्लों से निकलकर बाज़ार सड़कों पर उतर आये। इस तरह का पहला बाज़ार बेगमपुल पर था। बचपन में एक ख़ास बात यह नज़र आती थी कि शहर के बाज़ारों में तो लोग केवल ख़रीदारी के लिए जाते थे, लेकिन बेगमपुल, सदर और आबू लेन के बाज़ार ख़रीदारी के साथ खान-पान और घूमने का अड्डा भी बन गये थे। इन बाज़ारों में खाने-पीने की दुकानें और मनोरंजन के साधन भी थे। आबू लेन को तो हम मेरठ का कनॉट प्लेस कहते थे।

बुढ़ाना गेट पुलिस चौकी के दायीं ओर मोहल्ला पुरवा अहिरान की सड़क पर सोमवार को पैंठ लगा करती थी। पहले यह केवल इसी सड़क पर लगती थी। बाद में बढ़ते-बढ़ते यह पैंठ 90 डिग्री के कोण पर घूमकर शाह पीर गेट के सामने से होते हुए शाहघासा मोहल्ले के मोड़ तक पहुंच गयी थी। इसमें रोज़मर्रा की ज़रूरत के सभी सामान सस्ते में मिल जाते थे। इसीलिए इसमें पैर रखने की जगह नहीं होती थी। आसपास के मोहल्लों की महिलाएं घर का काम ख़त्म करके ज़रूरत का सामान खरीदने पैंठ में पहुंच जातीं। सामान कितना भी सस्ता होता, वे भरसक मोल-भाव किया करतीं।

इस मोहल्ले के लोग बरसों से मांग करते आये थे कि या तो इस पैंठ को बस्ती के बाहर लगाया जाये या बंद कर दिया जाये। पैंठ के दिन सोमवार को वे अपने घरों में ही क़ैद होकर रह जाते थे। इस दिन अपने घर से बुढ़ाना गेट या शाह पीर गेट तक केवल पैदल ही आ-जा सकते थे। ज़रूरत पड़ने पर अपने वाहन बाहर नहीं निकाल सकते थे। उनकी इस मांग को देखते हुए अब पैंठ बंद कर दी गयी है। जब यह पैंठ लगनी शुरू हुई होगी, तब यहां आबादी काफ़ी कम थी और लोगों के पास अपने वाहन भी ज़्यादा नहीं थे। साइकल तो पैंठ में से भी निकाली जा सकती थी, लेकिन आबादी बढ़ने और बहुत से घरों में कार आ जाने से यहां रहने वालों को पैंठ से परेशानी होने

लगी थी। नतीजतन लोगों से सस्ता सामान ख़रीदने और हज़ारों छोटे दुकानदारों से एक बंधी कमाई का ज़रिया छिन गया।

लाल कुर्ती में मंगलवार और शनिवार को पैंठ लगती थी। एक पैंठ तेजगढ़ी में लगती थी। शहर में जगह-जगह सब्ज़ी बाज़ार भी थे। कोतवाली से बनियापाड़ा की तरफ़ जाने वाले ढलान पर सब्ज़ी बाज़ार तो मोरीपाड़ा से बनियापाड़ा तक के मोहल्लों की सब्ज़ियों और फलों की ज़रूरत को पूरा करता था। सदर बाज़ार में सब्ज़ियां सस्ती मिलती थीं। इसलिए बहुत से लोग वहां से कई दिन की सब्ज़ी एक साथ ले आते थे। वैसे उन दिनों रोज़ सब्ज़ी ख़रीदकर लाने का चलन था। आज की तरह फ्रिज में भरकर सब्जियां नहीं रखी जाती थीं। शाम को चाय पीकर लोग सब्ज़ी लेने के लिए जाते। तब एक परिवार की दो समय की सब्ज़ी 75 पैसे से एक रुपये तक में आ जाती थी। मोहल्लों की गलियों में सुबह को 'सब्ज़ी ले लो सब्ज़ी, खेत से आयी ताजा सब्ज़ी ले लो' की आवाज़ लगाते हुए ठेले वाले भी आते थे।

आज बाज़ार जाते समय जेब में सबसे छोटा सिक्का एक रुपये का नज़र आता है, तो यह सुनकर कोई भी हैरान रह जाएगा कि कभी एक पैसे का सिक्का भी चला करता था। एक पैसा ही क्या, दो, तीन, पांच, दस और बीस पैसे के सिक्के भी चलते थे। ये अब बंद हो गये हैं। कुछ साल पहले तक 25 और 50 पैसे के सिक्के बहुत लोगों ने चलते हुए देखे होंगे।

तब एक पैसे में एक गोली मिलती थी। गोली यानी छोटी टॉफी। अगर किसी के पास पांच पैसे होते, तो वह अपने चार दोस्तों के साथ गोली खा सकता था। दो पैसे का बर्फ़ आता था। ज़्यादातर लोगों के घर पर फ्रिज नहीं होती थी, उन्हें गर्मियों के दिनों में बर्फ़ की ज़रूरत पड़ती। पैसे देकर किसी बच्चे को बर्फ़ वाले के पास दौड़ा दिया जाता। वह एक तौलिया लेकर बर्फ़ वाले की दुकान पर पहुंचता और उसे दो पैसे का सिक्का देकर कहता, 'बर्फ़ देना जल्दी।' अगर ज़्यादा बर्फ़ की ज़रूरत होती, तो तीन या पांच पैसे की मंगायी जाती। पांच पैसे की बर्फ़ से तो तो 15-20 लोगों के लायक शरबत बन जाता। पांच पैसे का गुड़गट्टा आता था। हवा में ऊपर उड़ने वाला हाइड्रोजन का गुब्बारा पांच पैसे का मिलता था। पांच पैसे की ही प्लास्टिक की गेंद आ जाती। स्पंज की गेंद 10 पैसे की मिलती थी।

देश के तमाम दूसरे शहरों की तरह मेरठ में भी 21वीं सदी में मॉल कल्चर आयी। आज यहां शॉप्रिक्स, पीवीएस, मेलांज, इरा और पैराडाइज मॉल जैसे आधुनिक मॉल भी हैं। हालांकि इस दौरान बिग बाज़ार काफ़ी चलकर फीका पड़ा और आखिर बंद हो गया। कुछ नये बाज़ार भी बने। चमार दरवाजा, हरिनगर और आसपास के इलाक़े में बहुत बड़ा कपड़ा बाज़ार भगत सिंह कॉम्प्लेक्स बन गया है।

कितने भी नये बाज़ार या मॉल आ जायें, हमें तो बाज़ार-दर-बाज़ार वही बाज़ार याद हैं, जिनसे हम बचपन में उछलते-कूदते गुज़रा करते थे!

धार्मिक स्थल

मेरठ में मंदिर, मस्जिद, गुरुद्वारे और चर्च बहुत हैं। बाहर से आये कोई रिश्तेदार अगर किसी बड़े मंदिर में जाने की बात करते, तो हम उन्हें औघड़नाथ मंदिर ले जाते। छावनी में रेस कोर्स रोड पर मराठों के समय में बनाया गया औघड़नाथ का मंदिर पूरे शहर में मशहूर है। इसे काली पलटन का मंदिर भी कहा जाता है। अंग्रेजों के समय भारतीय सैनिक इसके आसपास परेड किया करते थे। सन् 1857 की क्रांति के शहीदों की स्मृति में औघड़नाथ के मंदिर के ऐतिहासिक कुएं पर एक विशाल ज्योति के रूप में शहीद स्मारक बनाया गया है।

यह शिव मंदिर है। इसका 135 फुट ऊंचा शिखर कई किलोमीटर दूर से नज़र आता है। इस शिखर पर 31 फुट ऊंचा स्वर्ण कलश किसी की भी आंख को चौंधिया देता है।

औघड़नाथ मंदिर के गर्भ गृह में भगवान शिव और पार्वती की आदमकद प्रतिमा है। इस मंदिर के उत्तरी छोर पर एक भव्य रजत मंडप में राधा कृष्ण मंदिर भी है, जिसका शिखर मुख्य मंदिर से भी ऊंचा है। राधा कृष्ण मंदिर के परिक्रमा मार्ग पर कृष्ण लीला के अनेक सुंदर चित्र अंकित हैं। श्रावण महीने में शिवरात्रि के दिन लाखों शिवभक्त हरिद्वार से कांवड़ लाकर औघड़नाथ के मंदिर में शिवलिंग का जलाभिषेक करते हैं।

नौचंदी मैदान के नव चंडी देवी मंदिर का काफ़ी नाम है। सदर पुलिस थाने के पास रामायण काल का बिल्लेश्वर महादेव शिव मंदिर है। यहां प्राचीन काल से ही

छात्रों को संस्कृत की शिक्षा दी जाती थी। सन् 1821 में यहां संस्कृत विद्यालय की स्थापना की गयी। सन् 1927 में संस्कृत की स्नातकोत्तर तक की शिक्षा दी जाने लगी। सन् 1956 में इसे संपूर्णानंद संस्कृत महाविद्यालय से संबद्ध कर दिया गया। सन् 1953 में इसके नये भवन का उद्घाटन भारत के पहले उपराष्ट्रपति डॉक्टर सर्वपल्ली राधाकृष्णन ने किया था।

सूरजकुंड में बाबा मनोहर नाथ मंदिर में सन् 1857 में आज़ादी की पहली लड़ाई के दौरान क्रांतिकारियों की बैठक होती थी। सूरजकुंड के आसपास आठ प्राचीन मंदिर हैं। यहां एक गुरुद्वारे में लगातार गुरबाणी का पाठ चलता रहता है। भगत चौक पर मेरठ गोल्फ कोर्स के पास पंजाब रेजिमेंट गुरुद्वारे को मेरठ कैंट की सबसे सुंदर इमारतों में से माना जाता है। शहर में कई आर्य समाज मंदिर भी हैं। सबसे पुराना आर्य समाज स्वामीपाड़ा में है। श्री 1008 शांतिनाथ दिगंबर जैन मंदिर तीरगरान में है। यह जैन समुदाय का प्रमुख धार्मिक स्थल है। कोतवाली के पास करीब हज़ार साल पुरानी जामा मस्जिद है। शाही ईदगाह में 60 हज़ार लोग नमाज़ पढ़ सकते हैं। सेंट जॉन्स चर्च का मेरठ में ही नहीं, पूरे एशिया में नाम है।

मोहनपुरी के दयालेश्वर महादेव मंदिर, जीआईसी के पास कपलेश्वर मंदिर, छीपी टैंक, बनियापाड़ा, मोरीपाड़ा, भाटवाड़ा, केसरगंज, सर्राफा बाज़ार और कंकरखेड़ा और डोगरा रेजीमेंट के शिव मंदिर, गुजरी बाज़ार के विश्वनाथ मंदिर, मधुबन कॉलोनी के नीलकंठ महादेव मंदिर, दिल्ली रोड के नागेश्वर महादेव मंदिर और हरि नगर के अष्ट भैरव मंदिर में सोमवार को काफ़ी श्रद्धालु जाते हैं। वेस्ट एंड रोड पर एक हज़ार साल पुराना बालाजी मंदिर है। इसके गर्भ गृह में शिव पार्वती, राम दरबार, अंजना मामा भैरव और प्रेतराज की प्रतिमाएं हैं।

सदर बाज़ार में सिद्धपीठ मां काली मंदिर दर्शन के लिए दूसरे राज्यों से भी लोग आते हैं। यह मंदिर 400 साल पुराना माना जाता है। बुढ़ाना गेट का हनुमान मंदिर मेरठ के सबसे प्राचीन मंदिरों में से है। मंगलवार और शनिवार को इस मंदिर में सुंदरकांड का पाठ और कीर्तन होता है। इन दो दिन हनुमान भक्तों की भारी भीड़ उमड़ती है। मंगलवार के दिन भंडारा भी आयोजित किया जाता है। बहुत पहले इस स्थान पर अखाड़ा था। एक बार अखाड़े में खुदाई के दौरान हनुमान की पत्थर की एक

छोटी सी मूर्ति मिली। अखाड़े के लोगों ने उस मूर्ति को वहीं पीपल के पेड़ के नीचे रख दिया। बाद में एक छोटा सा मंदिर बनाकर उसमें मूर्ति की स्थापना कर दी। फिर यहां बड़ा मंदिर बना दिया गया। अखाड़े के पहलवान मंदिर प्रांगण में हनुमान चालीसा का पाठ करने लगे।

वेस्ट एंड रोड पर हनुमान की 9 फुट ऊंची प्रतिमा है। यह बैठी हुई मुद्रा में और दक्षिणमुखी है। यह प्रतिमा सन् 2006 में स्थापित की गयी थी। यहां हनुमान जयंती पर 108 दीपक जलाकर आरती की जाती है। सदर थाने के सामने सन् 1997 में दक्षिणमुखी हनुमान मंदिर बनाया गया। इसमें 13 फुट ऊंची हनुमान प्रतिमा है।

गढ़ रोड पर मेडिकल कॉलेज के सामने जागृति विहार में मुख्य मार्ग से लगभग 400 मीटर अंदर मनसा देवी का मंदिर है। इसमें दूर-दूर से लोग देवी के दर्शन के लिए आते हैं। रविवार के दिन यहां मनौती की जाती है। कंकरखेड़ा में साईं बाबा मंदिर है। शहर में कई जैन और बौद्ध मंदिर भी हैं।

ऐतिहासिक जामा मस्जिद

जामा मस्जिद और ईदगाह देखना विलक्षण अनुभव हुआ करता था। कोतवाली के पास शाही जामा मस्जिद सन् 1019 में महमूद गजनवी के वजीर हसन मेहंदी ने बनवानी शुरू की थी। यह सन् 1249 में बनकर तैयार हुई। करीब 800 साल पुरानी इस मस्जिद की दीवारें गारा और चूने की बनी हुई हैं। मस्जिद की तीन गज चौड़ी दीवारों की बदौलत इसमें गर्मियों में भी ठंडक का एहसास होता है। इसकी चार मीनारें दूर से ही ध्यान आकर्षित करती हैं। इन मीनारों पर चढ़कर पूरा शहर नज़र आता है। मस्जिद में तीन गुंबद हैं। जामा मस्जिद के पास ही 11वीं शताब्दी के इस्लामिक धर्मगुरु गाजी सैयद सालार मसूद का मकबरा है। यह मकबरा दिल्ली के सुल्तान कुतुबुद्दीन ऐबक ने बनवाया था। मस्जिद में 100 साल पहले काजी बशीरुद्दीन सिद्दीकी ने मदरसा शुरू किया था।

कुतुबुद्दीन ऐबक ने ही मेरठ में शाही ईदगाह भी बनवाया था। यह घंटाघर से लगभग एक किलोमीटर दूर है। मिट्टी से बनी इस इमारत को सुरक्षित रखने के लिए बाद में इस पर सीमेंट का प्लास्टर कराया गया। इसमें 60 हज़ार अकीदतमंद नमाज़

अदा कर सकते हैं। खैर नगर में हौज वाली मस्जिद मुगल स्थापत्य कला का बेहतरीन नमूना है। इसे नवाब मोहम्मद खान खैरंदेश ने बनवाया था। इसके पीछे ही खैरंदेश का महल था। वह इसी मस्जिद में नमाज़ अदा किया करते थे। इस मस्जिद में तीन गुंबद और चार मीनारें हैं। घंटाघर के पास सुनहरी गुंबद वाली शिया मुस्लिमों की जामा मस्जिद है। यह मस्जिद सन् 1882 में नवाब अली खान ने बनवानी शुरू की थी। उनके इंतकाल के बाद उनकी बेगम मेहरून्निसा ने इसे पूरा कराया। इस मस्जिद में तीन गुंबद और दो मीनारें हैं। इसके सामने इमामबाड़ा और बराबर में सेठ धर्मदास जैन धर्मशाला है।

गुजरी बाज़ार में पीपल वाली मस्जिद, तोपचीवाड़ा में ऊंची मस्जिद, पूर्वा इलाही बख्श में अंगूर वाली मस्जिद, छीपी टैंक में चूने वाली मस्जिद, गोला कुआं में गोला कुआं मस्जिद, सोहराब गेट पर जामुन वाली, इस्लामाबाद में बिसाती वाली मस्जिद, थापर नगर में एक मीनार मस्जिद, भुमिया के पुल पर बदर मस्जिद, लिसाड़ी रोड पर इमरान मस्जिद, मुफ्तीवाड़ा में अल मुफ्ती मस्जिद, छतरी वाले पीर के पास कुरेशिया मस्जिद, जाकिर कॉलोनी में मदीना मस्जिद और हापुड़ अड्डे पर भूरे शाह मस्जिद हैं।

छावनी में बना था पहला चर्च

अंग्रेजों ने जब मेरठ में छावनी बनवाई तो यहां कई चर्च भी बने। सबसे पहले रुड़की रोड पर सेंट जोन्स बैप्टिस्ट चर्च बनवाया गया। फिर सेंट पॉल मेथाडिस्ट चर्च और सेंट जोसेफ कैथोलिक चर्च बने। ये देश के सबसे पुराने चर्चों में से हैं। सेंट जोन्स चर्च में सन् 1813 में छपी हुई बाइबल रखी है। इस चर्च में सन् 1893 में 25 फीट का पाइपऑर्गन लगाया गया था। सेंट पॉल चर्च का वास्तुशिल्प क्रॉस के आकार में है। इसके प्रवेश द्वार पर एक गुंबद है, जिसके बीच में खड़े होकर बोलने पर आवाज़ गूंजती है। पुराने बच्चा पार्क के पास सेंट थॉमस चर्च है। इसे मिशनरी सोसाइटी ने सन् 1868 में बनवाया था। इसी के परिसर में सेंट थॉमस स्कूल भी है, जो 1972 में शुरू हुआ था। साकेत में सेंट लुक्स चर्च और छावनी में ब्रुकी स्ट्रीट पर सेंट्रल मेथाडिस्ट चर्च भी 100 साल से ज़्यादा पुराने हैं।

पढ़ाई-लिखाई

मेरठ में बच्चों को पढ़ने जाते देखना बहुत शानदार नज़ारा हुआ करता था। हर मोहल्ले से अलग-अलग तरह की यूनिफॉर्म में बच्चे स्कूल या कॉलेज जाते नज़र आते। यह प्राचीन शहर शिक्षा के प्रति बहुत जागरूक रहा है। मेरठ आज से 100 साल पहले भी शिक्षा का एक बड़ा केंद्र था, आज भी है। यहां प्राथमिक शिक्षा से लेकर उच्च शिक्षा तक का बहुत मज़बूत ढांचा है।

1980 के दशक में सरकारी प्राइमरी स्कूलों की फीस बहुत कम होती थी। उन दिनों तो ज़्यादातर प्राइवेट स्कूलों की फीस भी उस समय के अनुसार ज़्यादातर लोगों की जेब की पहुंच के भीतर ही हुआ करती थी। मैंने 5वीं तक की पढ़ाई भगवत प्रसाद गोपाल देवी जूनियर हाई स्कूल में की थी। वहां 5वीं क्लास में मेरी फीस 5 रुपये महीना थी। तब आज की तरह प्ले ग्रुप, नर्सरी, लोअर केजी और अपर केजी यानी जूनियर केजी और सीनियर केजी जैसी शुरुआती क्लास नहीं हुआ करती थीं। बच्चे प्राइमरी स्कूल में नर्सरी और केजी से होते हुए सीधे पहली क्लास में पहुंचते थे।

ज़्यादातर बच्चों को घर के आसपास के स्कूलों में ही पढ़ने के लिए भेजा जाता था। ये बच्चे अपने बड़े भाई, बहन या पड़ोसी बच्चे की अंगुली पकड़कर स्कूल जाते थे और इसी तरह वापस आते थे। जिन बच्चों का स्कूल थोड़ा दूर होता था, उन्हें घर से लाने-ले जाने के लिए स्कूल की ओर से आया लगायी जाती। यह आया आवाज़ देकर बच्चों को उनके घर से बुलाया करती और फिर उनकी लाइन बनाकर उन्हें स्कूल की ओर ले जाती। इसी तरह वह स्कूल की छुट्टी होने के बाद इन सभी बच्चों को घर छोड़ जाती। आया को हर बच्चे को लाने-ले जाने का एक रुपया मिलता।

एक बात का आश्चर्य तब भी होता था, आज भी होता है और शायद हमेशा होता रहेगा कि प्राइमरी स्कूल में बच्चों को जब अ से अनार, आ से आम, छोटी इ से इमली और बड़ी ई से ईख या ए फॉर एपल, बी फॉर बॉय, सी फॉर कैट, डी फॉर डॉग या दो एकम दो, दो दूनी चार, दो तीया छह पढ़ाया जाता था और बच्चे उसे दोहराते थे, तो अगली गली तक उनकी आवाज़ जाती थी। हर क्लास के अंदर भी दूसरी क्लासों की आवाजें आती रहती थीं। फिर भी बच्चे और टीचर इतनी तन्मयता से यह पढ़ाई करते थे कि उन्हें ज़रा भी परेशानी नहीं हुआ करती थी। शायद यह शोर-शराबे के बीच भी

ध्यान या एकाग्रता न बंटने के प्रशिक्षण की शुरुआत होती थी।

स्कूल में सबसे पहले प्रार्थना होती। प्रिंसिपल फिर बच्चों को प्रेरित करने की कोई बात कहते थे। उसके बाद सारे बच्चे अपनी-अपनी क्लास में चले जाते थे। आधी छुट्टी यानी रेसेस 30-30 मिनट के 4 पीरियड के बाद होती थी। उसमें बच्चे अपने घर से लाया खाना खाते। जल्दी-जल्दी खाने की होड़ रहती, क्योंकि 15 मिनट की रेसेस में खेलने के लिए भी कुछ समय निकालना होता। बच्चे 5 मिनट में खाना ख़त्म करके हाथ धोने को भागते और फिर खेल में लग जाते। कौन बच्चा कौन से गुट में खेल रहा है या कौन सा खेल खेल रहा है, यह टीचर्स को शायद ही कभी समझ में आता रहा हो। लेकिन बच्चे इसमें माहिर होते थे। रेसेस ख़त्म होने की घंटी बजती, तो सारे बच्चे शोर मचाते हुए अपनी-अपनी क्लास में समा जाते। फिर तीन पीरियड और लगते। आख़िरी पीरियड में बच्चों को बस एक ही चीज़ का इंतज़ार होता – लंबी घंटी का। टन-टन-टन-टन-टन-टन करती घंटी छुट्टी का ऐलान होती। वह घंटी बजते ही बच्चे अपने टीचर की एक न सुनते। टीचर ने जहां तक पढ़ाया हो, उसे वहीं छोड़कर दौड़ते हुए अपनी-अपनी क्लास से बाहर निकल जाते। जिन बच्चों की क्लास से बाहर का नज़ारा दिखायी देता था, वे छुट्टी की घंटी बजाने वाले चपरासी पर नज़र रखते। जैसे ही चपरासी घंटी बजाने के लिए हथौड़ा उठाता, बच्चे एक-दूसरे को इशारा करते और अपनी किताब-कॉपी बंद करके फटाफट बस्ते में रखना शुरू कर देते। कभी-कभी टीचर को भी इस बात का एहसास हो जाता और वह मुस्कुराकर पढ़ाना वहीं बंद कर देते। अकसर छुट्टी की घंटी बजने से एक-दो मिनट पहले ही टीचर पढ़ाना बंद कर देते और कहते – 'जाने की तैयारी करो बच्चो, बाकी पढ़ाई कल होगी।'

स्कूल के बच्चों की यूनिफॉर्म, जिसे तब गणवेश या ड्रेस कहा जाता था, रंग-बिरंगी हुआ करती। कुछ स्कूलों में ज़रूर सफेद, सलेटी या आसमानी रंग की शर्ट और नीली, ग्रे या ब्लैक कलर की निकर या स्कर्ट थी। मगर ज़्यादातर स्कूलों में अलग-अलग रंग की यूनिफॉर्म होती। यूनिफॉर्म का रंग देखकर ही पता चल जाता कि कौन सा बच्चा किस स्कूल में पढ़ता है। सर्दियों में नीले या मैरून रंग की जर्सी यानी पूरी आस्तीन का स्वेटर यूनिफॉर्म में शामिल हो जाता था। काले रंग के चमड़े के जूते पहनना भी अनिवार्य था। हालांकि कुछ बच्चे चप्पल पहनकर भी स्कूल आ जाते। जो

बच्चे बिना यूनिफार्म पहने या चप्पल पहनकर स्कूल आते, उन्हें टीचर कुछ मिनट के लिए उनकी सीट पर खड़ा कर देते। सीट पर बैठाते समय उन्हें ताकीद करते कि आगे से पूरी तरह यूनिफॉर्म पहनकर ही स्कूल आना। जो बच्चा कई बार ताकीद के बाद भी यूनिफॉर्म पहनकर नहीं आता, उसके माता या पिता को स्कूल में बुलवाकर इसकी शिकायत की जाती। फिर भी न मानने पर 5 पैसे रोज़ फाइन किया जाता।

बच्चों को सबसे ज़्यादा मज़ा आता था सांस्कृतिक कार्यक्रमों में। इनमें उन्हें गाने, डांस करने और नाटक खेलने जैसे मन के काम करने का मौका मिलता। अंताक्षरी सभी बच्चों को प्यारी होती है। अंताक्षरी की स्पर्धाएं तो हुआ ही करती थीं, बच्चे मौका मिलते ही आपस में भी अंताक्षरी का खेल शुरू कर देते। यह अंताक्षरी दो बच्चों, एक क्लास में बच्चों के दो समूहों, दो क्लासों या दो स्कूलों के बीच भी हुआ करती थी। बहुत से गाने याद रखने और उन्हें अच्छी तरह गा सकने वाले बच्चों को स्कूल के अंदर और शहर के विभिन्न स्कूलों के बीच ऐसी स्पर्धाओं का बेताबी से इंतज़ार हुआ करता था।

जब बच्चों को पता चलता कि स्कूल के वार्षिक कार्यक्रम के लिए नाटक तैयार किया जा रहा है, तो नाटक में अभिनय करने के इच्छुक बच्चे ड्रामा टीचर के आस-पास मंडराते रहते। उनसे बार-बार पूछते कि नाटक में कौन-कौन से पात्र हैं और उनमें से कौन सा पात्र खेलने का मौका उन्हें मिल सकता है। आम तौर पर ड्रामा टीचर, जो हिंदी या अंग्रेजी पढ़ाया करते थे, क्लास में बच्चों को देखकर ही अनुमान लगा चुके होते कि कौन सा बच्चा अभिनय कर सकता है और किस पात्र को निभा सकता है। एक बार सभी पात्रों को चुन लेने के बाद उन्हें पूरा नाटक पढ़कर सुनाया जाता। फिर नाटक की कॉपी बारी-बारी से हर बच्चे को यह कहकर दी जाती कि अपने डायलॉग याद कर लो। बच्चे उसमें से अपने डायलॉग को कॉपी में नोट कर लेते। फिर उन्हें रटने का सिलसिला शुरू होता। पांचवीं क्लास तक के बच्चे बार-बार भूल जाते कि उनका डायलॉग किसके बाद आना है। उन्हें सही टाइमिंग बताने के लिए टीचर रिहर्सल में चिल्ला-चिल्ला कर कहते रहते, 'इसके बाद तू बोल रमेश ... इसके बाद तेरा डायलॉग है किशन, चुप क्यों खड़ा है ... तेरा डायलॉग है सीमा, क्या सोच रही है, बोलती क्यों नहीं?'

स्कूलों में इस तरह की स्पर्धाओं में जीतने वाले बच्चों को इनाम में किताबें मिलती थीं। 'वीर बालक', 'नैतिक शिक्षा की कहानियां', 'बाल रामायण', 'पंचतंत्र', 'भारत की लोक कथाएं', 'भारत की नदियां' और 'भारत के त्योहार' जैसी किताबें इनाम में जीतकर घर लौटने पर बच्चों के चेहरे की ख़ुशी देखने लायक होती थी।

मेरठ शहर के बीचों-बीच सुभाष बाज़ार में चारों ओर से बंद थी ब्राह्मण एंग्लो वैदिक यानी बीएवी इंटर कॉलेज की इमारत। बाद में इसका नाम ब्रह्मा आदर्श विद्यालय हो गया था। बीएवी पढ़ाई के मामले में चाहे गवर्नमेंट इंटर कॉलेज यानी जीआईसी के बाद दूसरे नंबर पर आता था, लेकिन अनुशासन के मामले में दूर-दूर तक इसकी मिसाल दी जाती थी। इसका श्रेय था लंबे समय तक इसके प्रिंसिपल रहे टी.पी. मिश्रा और चीफ प्रॉक्टर रहे विक्रम त्यागी को। टी.पी. मिश्रा कुशल प्रशासक और बहुत ज़हीन शख्स थे। वह लंबे समय तक यूपी बोर्ड ऑफ सेकेंडरी एजुकेशन, इलाहाबाद के सदस्य रहे थे। इंग्लिश निबंध की उनकी किताब कोर्स में लगी हुई थी। विक्रम त्यागी स्पोर्ट्स टीचर थे।

सभी बच्चे कॉलेज में आकर अपने-अपने बस्ते अपनी डेस्क के अंदर रखते और प्रेयर की घंटी बजते ही प्ले ग्राउंड में इकट्ठा हो जाते। सुभाष बाज़ार की ओर बने चबूतरे पर प्रिंसिपल और चीफ प्रॉक्टर बीच में खड़े होते। उनके दोनों ओर सभी क्लास टीचर लाइन से खड़े हो जाते। हर क्लास टीचर के सामने उसकी क्लास के सेक्शन के बच्चे लाइन लगा लेते। यह काम पलक झपकते ही हो जाता था। फिर शुरू होती प्रार्थना। बीएवी में पढ़ने वाले बच्चों को दाख़िला लेने के कुछ दिन के भीतर ही वह प्रार्थना पूरी लय के साथ याद हो जाती और वे इसे कभी नहीं भूलते। अच्छी आवाज़ वाले पांच बच्चों को छांटकर प्रार्थना के लिए चबूतरे पर खड़ा किया जाता। वे आंख बंद करके और हाथ जोड़कर प्रार्थना की एक-एक लाइन गाते। उनके बाद उनके सामने खड़े कॉलेज के सारे बच्चे उस लाइन को दोहराते। जब यह प्रार्थना होती, तो इसकी आवाज़ कोतवाली की टंकियों, अशोक की लाट और खंदक बाज़ार तक जाती थी।

यह प्रार्थना बीएवी ही नहीं, पूरे राज्य में यूपी बोर्ड के बहुत से कॉलेजों में की जाती थी –

वह शक्ति हमें दो दयानिधे,
कर्तव्य मार्ग पर डट जावें।
पर सेवा पर उपकार में हम,
जग जीवन सफल बना जावें।
हम दीन दुखी निबलों विकलों
के सेवक बन संताप हरें।
जो हैं अटके भूले भटके,
उनको तारें ख़ुद तर जावें।
छल दम्भ द्वेष पाखण्ड झूठ-
अन्याय से निशि दिन दूर रहें।
जीवन हो शुद्ध सरल अपना,
सुचि प्रेम सुधारस बरसावें।
निज आन मान मर्यादा का,
प्रभु ध्यान रहे अभिमान रहे।
जिस देश जाति में जन्म लिया,
बलिदान उसी पर हो जावें॥

बीएवी के शिक्षकों का दूर-दूर तक नाम था। उनकी लिखी किताबें कोर्स में भी लगी हुई थीं। फिजिक्स के आर.के बंसल, केमिस्ट्री के ओ.पी. तोमर और राकेश शर्मा, बायोलॉजी के पी.एम. मेहरोत्रा, एच.आर. मेहरोत्रा और विनोद चंद्र गौड़, इंग्लिश के कालीचरण शर्मा और शिव शंकर शर्मा, हिंदी के भारत भूषण, मुरलीधर शर्मा और निरंजन शर्मा सभी विद्यार्थियों के प्रिय थे। विक्रम त्यागी और ओमप्रकाश आत्रेय ड्राइंग के टीचर थे। जयभगवान त्यागी इतिहास पढ़ाते थे। भूगोल पढ़ाने वाले नागर जी की नेत्रज्योति बचपन में ही चली गयी थी। वह बनियापाड़ा में स्थित अपने घर से बीएवी तक पैदल ही आते-जाते थे। उन्हें कुछ भी नहीं दिखता था। उनकी आंखों पर हमेशा काला चश्मा लगा रहता। घर से कॉलेज तक की एक-एक गली और बाज़ार को वह पहचानते थे। किसी गली से कॉलेज का कोई विद्यार्थी निकलता और उन्हें नमस्ते

करता, तो वह उसे आवाज़ से ही पहचान लेते।

पीटी टीचर गौतम साल-दर-साल हर क्लास के बच्चों को खेल के पीरियड में पीटी कराते। सीटी बजाते हुए उनका पीटी कराना देखने लायक हुआ करता था। दरअसल बीएवी का खेल का मैदान कॉलेज में नहीं, बल्कि हापुड़ अड्डे पर था। वहां या तो कॉलेज के खिलाड़ी शाम को प्रैक्टिस करते थे या टीम में चुने हुए खिलाड़ी सुबह और शाम, दोनों समय पसीना बहाते नज़र आते थे। किसी टूर्नामेंट से पहले उन्हें क्लास में न आने की छूट होती।

विक्रम त्यागी और जयभगवान त्यागी हॉकी के बेहतरीन कोच थे। उन्होंने कॉलेज की शानदार टीम बनायी थी, जिसने कई बार अखिल भारतीय जूनियर नेहरू हॉकी टूर्नामेंट भी जीता था। जब टीम दिल्ली से यह ट्रॉफी लेकर ट्रेन से मेरठ आती, तो पूरी टीम को एक खुले ट्रक में रेलवे स्टेशन से कॉलेज तक लाया जाता। ट्रक के आगे बैंड बजता हुआ चलता। टीम का यह विजय जुलूस जहां से भी गुजरता, सड़क के दोनों ओर लोग जमा हो जाते।

आज़ाद हिंद फौज़ में रहे ज्ञानचंद शर्मा भी किसी समय यहां पढ़ाया करते थे। पुराने विद्यार्थी बताते थे कि उनसे आज़ादी की लड़ाई और आज़ाद हिंद फौज़ के बहुत किस्से सुनने को मिलते थे। भारत भूषण हिंदी के नामी कवि थे। उनकी कविता 'राम की जल समाधि' देश भर में लोकप्रिय थी।

पढ़ाई के मामले में मेरठ का अव्वल इंटर कॉलेज था जीआईसी। सरकार ने 1910 में यह कॉलेज बेगमबाग़ के पास बनवाया था। बुढ़ाना गेट से बेगम पुल जाने वाली सड़क पर इसका बड़ा सा अहाता था। अहाते में प्रवेश करते ही लंबा-चौड़ा खेल का मैदान और मैदान पार करने के बाद कॉलेज की इमारत। जीआईसी में पढ़ाई का बहुत अच्छा माहौल था। ख़ासकर दसवीं और बारहवीं क्लास में बोर्ड परीक्षा का सिलेबस बहुत जल्दी पूरा कराया जाता और होनहार विद्यार्थियों पर शिक्षक ख़ास ध्यान देते। इसका परिणाम भी हमेशा यह मिलता कि मेरठ में यूपी बोर्ड की परीक्षाओं में सबसे ज़्यादा फर्स्ट डिवीजन जीआईसी में ही आती थीं। वहां के प्रिंसिपल गंगाशरण का पूरा जोर पढ़ाई की गुणवत्ता पर था। टीचर्स में फिजिक्स में राजम और केमिस्ट्री में ए.डी. बनर्जी का काफ़ी नाम था। चरण सिंह और भोपाल शर्मा भी बहुत लोकप्रिय

शिक्षक थे।

बीएवी और जीआईसी के बाद तब मेरठ के दो अन्य मशहूर इंटर कॉलेज थे डीएन और एनएएस। इन दोनों कॉलेजों की खूबी यह थी कि इन्हीं के कैंपस में या एकदम बराबर में इनके डिग्री कॉलेज भी थे। इसीलिए जो लड़के डीएन या एनएएस में एडमिशन लेते, वे इस बात से निश्चिंत रहते थे कि डिग्री की पढ़ाई भी वे उसी परिसर में कर लेंगे। बीएवी और जीआईसी वालों को यह सुविधा नहीं थी। उन्हें स्नातक डिग्री हासिल करने के लिए बारहवीं की पढ़ाई के बाद किसी डिग्री कॉलेज में दाख़िला लेना पड़ता था। डीएन कॉलेज घंटाघर और रेलवे रोड के बीच दिल्ली रोड पर है। यहां कॉमर्स की पढ़ाई अच्छी होती थी। इसीलिए कॉमर्स पढ़ने के लिए यहां शहर के हर कोने के विद्यार्थी दाख़िला लेते थे। इस कॉलेज में भी अपना प्लेग्राउंड था। बीएवी की तरह यहां भी कई खेलों की अच्छी टीमें थी।

डीएन यानी देवनागरी कॉलेज की स्थापना की कहानी स्वदेशी के जज़्बे से जुड़ी है। मिशन स्कूल में अध्यापक पंडित गौरी दत्त ने हिंदी भाषा को बढ़ावा देने के उद्देश्य से सन् 1882 में नौकरी से इस्तीफ़ा देकर देवनागरी पाठशाला की शुरुआत की थी। इसके लिए उन्होंने अपनी सारी संपत्ति लगा दी थी। अगले ही साल लाला त्रिवेणी सहाय की कोशिश से यह पाठशाला वैदवाडा में शुरू कर दी गयी। इसे 1913 में हाई स्कूल और 1939 में इंटरमीडिएट की मान्यता मिली। कॉलेज के लिए 1937 में रेलवे रोड पर एक प्लॉट आवंटित किया गया।

एनएएस इंटर कॉलेज ईस्टर्न कचहरी रोड पर है। इसी से सटा हुआ इसका डिग्री कॉलेज भी है। एनएएस कॉलेज की स्थापना के साथ भी एक ज़मींदार का त्याग जुड़ा हुआ है। सन् 1984 में पंडित नानक चंद ने केवल 22 साल की उम्र में अपनी 20 गांवों की ज़मींदारी और 103 इमारतों तथा वाणिज्यिक प्रतिष्ठानों की पूंजी से नानक चंद ट्रस्ट की स्थापना की थी। इस ट्रस्ट ने प्राइमरी स्कूल, हाई स्कूल और फिर इंटर कॉलेज तक का सफ़र तय करते हुए 1952 में नानक चंद की स्मृति में नानक चंद एंगलो संस्कृत डिग्री कॉलेज की स्थापना की। हालांकि इंटर कॉलेज और डिग्री कॉलेज के गेट अलग-अलग हैं। इस कॉलेज का भी अपना प्लेग्राउंड है। इसमें आसपास के गांवों के काफ़ी लड़के एडमिशन लेते थे। इनमें से बहुत से लड़के अपने गांव से साइकल

से कॉलेज आते थे। जिनके गांव दूर होते, वे बस की छत पर अपनी साइकल रख लेते और शहर में साइकल पर चलते। लड़कों के इंटर कॉलेजों में एसडी और सरदार पटेल इंटर कॉलेजों का भी काफ़ी नाम था। जली कोठी पर फैजाम इंटर कॉलेज भी मशहूर था। अब यह डिग्री कॉलेज हो गया है। पहले इसमें ज़्यादातर विद्यार्थी अल्पसंख्यक ही हुआ करते थे। अब ऐसा नहीं है।

लड़कियों के आरजी इंटर कॉलेज का दूर-दूर तक नाम था। वेस्टर्न कचहरी रोड पर स्थित आरजी डिग्री कॉलेज के साथ ही लगा हुआ था आरजी इंटर कॉलेज। आरजी यानी रघुनाथ गर्ल्स कॉलेज। इस कॉलेज में मेरठ से बाहर की लड़कियों को भी एडमिशन दिलाया जाता था। इन कॉलेजों का हॉस्टल भी था। बीएवी की तरह यह कॉलेज भी अनुशासन् के लिए जाना जाता था।

इस कॉलेज की छात्राएं ऑलराउंडर हुआ करती थीं। पढ़ाई हो या खेल, सांस्कृतिक कार्यक्रम हों या वाद-विवाद प्रतियोगिता, सभी में आरजी की लड़कियां बाजी मारती थीं। आरजी कॉलेज की स्थापना 1929 में श्रीमती कृपा देवी ने अपने पति लाला रघुनाथ की स्मृति में कृपा देवी ट्रस्ट बनाकर की थी। यह 1932 में हाई स्कूल और 1936 में इंटर कॉलेज बना। इसे 1948 में डिग्री कॉलेज की मान्यता मिली। सन् 1961 में इसके छात्रावास का उद्घाटन भारत के पहले राष्ट्रपति डॉक्टर राजेंद्र प्रसाद ने किया था।

बुढ़ाना गेट के पास इस्माइल गर्ल्स डिग्री कॉलेज का अनुशासन भी अच्छा माना जाता था और पढ़ाई में भी नाम था। इसके पास ही इनका डिग्री कॉलेज भी था। इस कॉलेज में फैजाम इंटर कॉलेज की तरह अल्पसंख्यक छात्राओं की बहुतायत नहीं थी। शिक्षाविद मोहम्मद इस्माइल मेरठी ने 1909 में लड़कियों को शिक्षित करने के उद्देश्य से इस्माइल गर्ल्स हाई स्कूल की स्थापना की थी। इसी का विस्तार 1952 में इंटर कॉलेज और 1962 में डिग्री कॉलेज के रूप में किया गया।

इस्माइल गर्ल्स कॉलेज के पास, बुढ़ाना गेट पर सनातन धर्मशाला में है सनातन धर्म गर्ल्स इंटर कॉलेज। कनोहर लाल इंटर कॉलेज, जिसका डिग्री कॉलेज भी था, को भी लड़कियों की पढ़ाई के लिए अच्छा माना जाता था। यहां की शिक्षिकाओं की पूरे शहर में तारीफ़ होती थी। कनोहर लाल गर्ल्स कॉलेज 1969 में बना था। लड़कियों

के जगदीश शरण और दुर्गाबाड़ी इंटर कॉलेज भी थे। आर्य कन्या इंटर कॉलेज आर्य समाज द्वारा संचालित था।

आरजी कॉलेज की सफेद-नीले रंग के छोटे चेक के कुर्ते और सफ़ेद सलवार की यूनिफॉर्म की अलग पहचान थी। बाकी गर्ल्स इंटर कॉलेजों में सफ़ेद-आसमानी कुर्ते और सफ़ेद सलवार की यूनिफार्म थी। आर्य कन्या इंटर कॉलेज की यूनिफॉर्म मैरून कुर्ता और सफ़ेद सलवार हुआ करती थी। यूं तो शहर में लड़कों और लड़कियों के और भी कई इंटर कॉलेज थे, लेकिन नाम इनका ही ज़्यादा था। हालांकि शहर में सबसे ज़्यादा नामचीन था लड़कियों का सोफिया गर्ल्स स्कूल। यह स्कूल सन् 1950 में मिशन सिस्टर्स ऑफ अजमेर ने शुरू किया था। इसकी शुरुआत चर्च के परिसर में एक प्राइमरी स्कूल से हुई थी। इस स्कूल की खूबी यह है कि मेरठ का ज़ीरो माइल इसके एकदम नज़दीक है। इसका अपना प्राइमरी स्कूल भी साथ में ही था। सोफिया स्कूल का रुतबा पूरे शहर में था। जिस लड़की का भी एडमिशन सोफिया में हो जाता, वह ख़ुद को शहर की बाकी लड़कियों से अलग, आधुनिक और ऊंचे स्तर की समझने लगती। अगर वह ख़ुद ऐसा नहीं समझती, तो शहर की बाकी लड़कियां ऐसा ज़रूर सोचती थीं। इसका कारण इस कॉलेज का इंग्लिश मीडियम होने के साथ मिशनरियों का संचालन भी था।

सोफिया में छात्राओं को मार्च पास्ट और पीटी रोज़ कराये जाते। पढ़ाई के अलावा खेलकूद, उत्सव, क्विज, डिबेट, जीके, स्पेलिंग, फ्लॉवर अरेंजमेंट, रंगोली, फैंसी ड्रेस और सिंगिंग जैसी गतिविधियां साल भर चलती थीं। स्कूल में कड़ा अनुशासन था। कभी-कभी बाहर से म्यूजिक और डांस ग्रुप को बुलाकर छात्राओं के लिए परफॉर्म कराया जाता। सोफिया की यूनिफॉर्म सफ़ेद शर्ट, नीली फुल स्कर्ट, ब्लू स्ट्रिप वाली ब्राउनिश रेड टाई और ब्लैक शूज थी। शनिवार को सफ़ेद शर्ट, सफ़ेद स्कर्ट, टाई और सफ़ेद पीटी शूज पहनने होते। सर्दियों में यूनिफॉर्म में लाल स्वेटर और नेवी ब्लू ब्लेजर शामिल हो जाते।

लड़कों के कॉलेजों में कुछ-कुछ यही दर्जा सेंट मेरिज को प्राप्त था। सेंट मेरिज स्कूल आज़ादी के बाद सन् 1952 में ब्रदर्स ऑफ सेंट पैट्रिक सोसाइटी ने शुरू किया था। करीब 400 एकड़ ज़मीन पर बने इस स्कूल में एक बड़ा प्लेग्राउंड है। पहले यह

स्कूल केवल लड़कों के लिए था। अब इसमें लड़कियां भी पढ़ती हैं। सेंट मेरिज की यूनिफॉर्म रॉयल ब्लू शर्ट, ग्रे पैंट, नेवी ब्लू स्वेटर और नेवी ब्लू ब्लेजर थी। सेंट जोसेफ और सेंट थॉमस भी इनसे ज़्यादा पीछे नहीं थे। सेंट जॉन्स की यूनिफार्म सफेद शर्ट और ग्रे पेंट थी। रुड़की रोड पर दयावती मोदी अकादमी (डीएमए) इन सबमें नया इंटर कॉलेज था। यहां हिंदी और इंग्लिश, दोनों मीडियम में पढ़ाई होती थी। उस ज़माने में डीएमए में बड़े घरों के बच्चों को ही दाख़िला दिलाया जाता था। इसकी एक वजह यह भी थी कि यह कॉलेज शहर के बाहर है। रुड़की रोड पर बेगमपुल से करीब आठ किलोमीटर दूर। यहां तक पहुंचना आसान नहीं था। तब पूरे शहर में विद्यार्थियों को लाने के लिए स्कूल बस की सुविधा उपलब्ध नहीं थी। उन्हें यहां तक आने-जाने के लिए अपनी व्यवस्था करनी होती थी। स्कूल बस के कुछ रूट ज़रूर थे, लेकिन बस शहर के हर कोने की ओर नहीं जाती थी।

मेरठ कैंट में पंजाब, सिख और डोगरा रेजिमेंट हैं और उनके इलाक़े में इन्हीं के नाम पर सेंट्रल स्कूल भी हैं। वैसे तो आरवीसी भी है, लेकिन उसका सेंट्रल स्कूल नहीं है। देश की एक पुरानी छावनी और कई रेजिमेंट होने के कारण मेरठ में तीन सेंट्रल स्कूल थे। मेरठ के आकार के शहर के लिए यह दुर्लभ बात थी। सेंट्रल स्कूल में सीबीएसई बोर्ड की पढ़ाई होती है। इन स्कूलों में सेना और केंद्रीय विभागों या प्रतिष्ठानों के अधिकारियों और कर्मचारियों के बच्चे पढ़ते थे। उनके अखिल भारतीय ट्रांसफर होते रहते हैं, इसलिए उनके बच्चों को देश भर में एक ही बोर्ड की पढ़ाई का मौका मिलता है। सेंट्रल स्कूल का अनुशासन शहर के बाकी सभी स्कूलों से बेहतर था। इनमें खेलकूद, लाइब्रेरी और लेबोरेटरी की अच्छी सुविधाएं थीं। शिक्षक भी बेहतरीन थे। चूंकि ज़्यादातर विद्यार्थी सैनिक परिवार की पृष्ठभूमि के होते थे, इसलिए इन स्कूलों के विद्यार्थियों में सेना जैसा अनुशासन भी नज़र आता। मेरठ में तीन केंद्रीय विद्यालयों के अलावा मेरठ कैंट स्टेशन के नज़दीक एक आर्मी स्कूल भी है। यह सीबीएसई का स्कूल है। केंद्रीय विद्यालयों की तरह यहां भी ख़ासकर सेना के अधिकारियों और कर्मचारियों के बच्चों को शिक्षा दी जाती है।

भारत के पूर्व प्रधानमंत्री चौधरी चरण सिंह मेरठ कॉलेज के छात्र थे। यह करीब सवा सदी से उत्तर भारत का एक जाना-माना शिक्षा संस्थान है और पश्चिम उत्तर प्रदेश

के सबसे पुराने शिक्षा संस्थानों में से एक है। इसकी स्थापना सन् 1892 में की गयी थी। शुरू में यह कलकत्ता विश्वविद्यालय से संबद्ध था। फिर इलाहाबाद और आगरा विश्वविद्यालय के अंतर्गत आया। सन् 1965 में मेरठ विश्वविद्यालय बनने के बाद यह उसका प्रमुख कॉलेज हो गया। इस कॉलेज को इस बात का गर्व है कि इसके नाम में ही मेरठ जुड़ा है। इसीलिए शिक्षा के क्षेत्र में मेरठ कॉलेज की दूर तक पहचान भी है। यहां के विद्यार्थियों ने हर क्षेत्र में कामयाबी के परचम लहराये हैं।

मेरठ कॉलेज में पढ़ने वाले विद्यार्थियों में एक ख़ास ठसक हुआ करती थी। इसकी वजह यह थी कि यहां पढ़ाई तो आला दर्जे की थी ही, खेल-एनएसएस-कला-संस्कृति-डिबेट-नाटक-साहित्य आदि शिक्षेतर गतिविधियां यहां के विद्यार्थियों में तरह-तरह के कौशल, नेतृत्व और व्यक्तित्व का भी संचार करती थीं। मेरठ के अनेक नामी नेताओं का राजनीतिक प्रशिक्षण भी इस कॉलेज के परिसर में हुआ। यहां स्टूडेंट यूनियन के चुनाव में विधायक के चुनाव से भी ज़्यादा गहमागहमी और चहल-पहल होती है। आज से चार दशक पहले कहा जाता था कि पश्चिम उत्तर प्रदेश के नये नेता मेरठ कॉलेज के हॉस्टल में तैयार होते हैं। यहां जातीय गुटबाजी भी होती, जो आगे चलकर राजनीति का आधार बनती।

वेस्टर्न कचहरी रोड पर मेरठ कमिश्नर के दफ़्तर के पास विशाल परिसर में मेरठ कॉलेज स्थित है। इसका परिसर इतना बड़ा है कि सभी विभागों को पैदल चलते हुए देखने में पैर दुखने लगते हैं। इसीलिए अगर फिजिक्स के किसी विद्यार्थी को हिंदी, अंग्रेजी या लॉ विभाग में जाना होता, तो वह साइकल स्टैंड से अपनी साइकल निकालता। साइकल स्टैंड पर एक कोने से दूसरे कोने तक साइकलें ही साइकलें नज़र आती थीं। कुछ विद्यार्थी मोपेड या स्कूटर से भी आते थे। ज़्यादातर प्रोफेसर स्कूटर या मोटर साइकल से आते। कुछ के पास कार भी थी।

मेरठ कॉलेज में भारत के पूर्व प्रधानमंत्री स्वर्गीय चौधरी चरण सिंह के अलावा पूर्व केंद्रीय मंत्री मुरली मनोहर जोशी, हिमाचल प्रदेश के पूर्व राज्यपाल स्वर्गीय वीरेंद्र वर्मा, कई राज्यों के राज्यपाल रहे सतपाल मलिक, विधायक जगत सिंह और राजेंद्र शर्मा, न्यायधीश जगमोहन लाल सिन्हा (जिनके फैसले के बाद देश में आपातकाल लगाया गया था) भी पढ़े। जाने-माने कवि और पद्मभूषण से सम्मानित गोपालदास

नीरज यहां एक साल हिंदी के लेक्चरर रहे। मशहूर शायर बशीर बद्र उर्दू के हेड ऑफ द डिपार्टमेंट थे। पूर्व थल सेना अध्यक्ष और चीफ ऑफ डिफेंस स्टाफ जनरल बिपिन रावत ने मेरठ कॉलेज के प्रोफेसर हरवीर शर्मा के निर्देशन में 'रोल ऑफ मीडिया इन आर्म्ड फोर्सेज' विषय पर पीएचडी की।

मेरठ कॉलेज के शिक्षकों का राज्य में ही नहीं, बल्कि देश भर में नाम रहा है। यहां के प्रोफेसरों केमिस्ट्री के सुभाष-सतीश, जे.एन. गुर्टू, कुमार मित्तल, एस.के. अग्रवाल, बॉटनी के ओ.पी. शर्मा और फिलॉसफी के डॉक्टर आर.एन. शर्मा की लिखी हुई किताबें देश-विदेश के विश्वविद्यालयों में पढ़ाई जाती रही हैं। हिंदी के विभागाध्यक्ष रहे डॉक्टर आर.डी. अग्रवाल की विद्वत्ता की धाक देश भर में थी। उन्हें तमिल और फ्रेंच में भी महारत थी। उनकी पीएचडी संस्कृत की वाल्मीकि रामायण और तमिल की कंबन रामायण के तुलनात्मक अध्ययन पर थी।

मेरठ कॉलेज के रक्षा अध्ययन विभाग में एक वॉर म्यूजियम है। यहां भारतीय सेना द्वारा उपहार में दिया गया विजयंत टैंक शान से खड़ा है। मेरठ कॉलेज का प्ले ग्राउंड विक्टोरिया पार्क में है। वहां कॉलेज की प्रोफेसर कॉलोनी भी है। इसी मैदान पर प्रैक्टिस करके प्रवीण कुमार, भुवनेश्वर कुमार, सुदीप त्यागी, कार्तिक त्यागी और प्रियम गर्ग जैसे अंतरराष्ट्रीय क्रिकेटर निकले हैं। प्रवीण, भुवनेश्वर और सुदीप के कोच विपिन वत्स 1980 के दशक में मेरठ के धाकड़ विकेटकीपर-बल्लेबाज थे। उनका करियर किरण मोरे के सामने आ गया, वरना लगातार शानदार प्रदर्शन करके वह टेस्ट टीम तक लगभग पहुंच ही गये थे।

1980 के दशक तक मेरठ में केवल एक ही विश्वविद्यालय था – मेरठ विश्वविद्यालय। यही बाद में चौधरी चरण सिंह विश्वविद्यालय बना। यह विश्वविद्यालय 1965 में स्थापित किया गया था। उससे पहले तक मेरठ जिले के नहीं, बल्कि मेरठ कमिश्नरी के सभी ज़िलों के विद्यार्थी आगरा विश्वविद्यालय से डिग्री लिया करते थे। मेरठ विश्वविद्यालय की स्थापना नौचंदी मैदान में प्रभात प्रेस के परिसर में बांस और बल्ली के ऊपर टैंट लगाकर की गयी थी। जब स्वतंत्रता सेनानी कैलाश प्रकाश मेरठ से विधायक बने, तो उन्होंने उत्तर प्रदेश का शिक्षा मंत्री बनते ही मेरठ विश्वविद्यालय के लिए विशाल भूखंड आवंटित कराया। उसी पर विशाल परिसर में आज चौधरी चरण

सिंह विश्वविद्यालय की कई शानदार इमारतें खड़ी हैं। इस विश्वविद्यालय के अंतर्गत मेरठ, मुजफ्फरनगर, सहारनपुर, बागपत, शामली, हापुड़, बुलंदशहर, गाजियाबाद और गौतम बुद्ध नगर के 250 से ज़्यादा डिग्री कॉलेज आते हैं। विश्वविद्यालय परिसर में 22 स्नातकोत्तर और 35 सेल्फ फाइनेंस कोर्स चलते हैं। आज भले ही यह विश्वविद्यालय इतना व्यापक हो गया है, लेकिन चार दशक पहले इन शहरों में इसके गिने-चुने कॉलेज ही हुआ करते थे।

उत्तराखंड राज्य बना, तो उत्तर प्रदेश का पंतनगर कृषि विश्वविद्यालय नये राज्य में चला गया। तब उत्तर प्रदेश सरकार ने मेरठ के मोदीपुरम में रुड़की रोड पर सरदार वल्लभभाई पटेल कृषि एवं प्रौद्योगिकी विश्वविद्यालय बनाया। मेरठ में तीन प्राइवेट यूनिवर्सिटी भी स्थापित की गयीं – स्वामी विवेकानंद सुभारती विश्वविद्यालय, शोभित विश्वविद्यालय और आईआईएमटी। इनमें दर्जनों कोर्स चलते हैं।

मेरठ आज शिक्षा के एक बड़े केंद्र के रूप में अपनी जगह बना चुका है। यहां 5 विश्वविद्यालय, 80 टेक्निकल व्यावसायिक कॉलेज, 150 इंटर और डिग्री कॉलेज, दो मेडिकल कॉलेज और 400 से अधिक स्कूल तथा इंटर कॉलेज मौजूद हैं। मेरठ विश्वविद्यालय से संबद्ध सर छोटू राम इंजीनियरिंग कॉलेज सन् 2002 में शुरू किया गया। यहां इंजीनियरिंग और प्रौद्योगिकी की उच्चस्तरीय शिक्षा प्रदान की जाती है। इसके अलावा मेरठ के अन्य सभी प्रौद्योगिकी शिक्षा संस्थान डॉक्टर एपीजे अब्दुल कलाम प्राविधिक विश्वविद्यालय से संबद्ध हैं। इनमें इंजीनियरिंग की विभिन्न शाखाओं, एमसीए और एमबीए की भी शिक्षा है।

इतनी बड़ी शिक्षा संरचना वाले मेरठ में यहां की आबादी और देहातों तथा नज़दीकी ज़िलों से यहां पढ़ने के लिए आने वाले विद्यार्थियों की बड़ी संख्या के बावजूद अब भी कई शिक्षा संस्थानों की ज़रूरत महसूस की जाती है। मेरठ में चार दशक पहले की तरह आज भी स्कूल-कॉलेज जाने वाले बच्चों से कहा जाता है, 'पढ़ाई-लिखाई जरा ध्यान से करियो। बहुत काम आवै है जीवन में!'

कोचिंग का क्रेज

कोटा के आईआईटी कोचिंग हब बनने की शुरुआत 1980 के दशक के मध्य में

हुई थी। उस दौरान वहां बंसल कोचिंग क्लासेस जैसे कई इंस्टिट्यूट उभरे और आने वाले सालों में आईआईटी में एडमिशन चाहने वाले बच्चों के लिए कोचिंग की सबसे पसंदीदा जगह कोटा बन गया। यहां तक कि आगे चलकर यह कोटा फैक्ट्री के नाम से मशहूर हुआ। मगर उससे काफ़ी पहले ही मेरठ में इस तरह के कोचिंग सेंटर मौजूद थे। कई नामी टीचर्स भी ट्यूशन पढ़ाते थे। इसीलिए मेरठ 1980 का दशक शुरू होने से पहले ही इंजीनियरिंग की प्रवेश परीक्षा की तैयारी कर रहे बच्चों की मनपसंद जगह बन चुका था। मेरठ में पश्चिम उत्तर प्रदेश के ही नहीं, बल्कि पूर्वी उत्तर प्रदेश, बिहार और पूर्वोत्तर भारत तक के बच्चे इंजीनियरिंग प्रवेश परीक्षा की तैयारी के लिए आते थे। ये बच्चे मेरठ के किसी इंटर कॉलेज में एडमिशन लेकर कोई कोचिंग सेंटर जॉइन कर लेते।

12वीं क्लास की बोर्ड परीक्षा और इंजीनियरिंग या मेडिकल की प्रवेश परीक्षा का सिलेबस पूरा करने, उसे दोहराने और अनसॉल्व्ड क्वेश्चन पेपर्स को सॉल्व करने में शहर के हज़ारों विद्यार्थी सुबह से रात तक लगे रहते थे।

अग्रवाल क्लासेज का बड़ा नाम था। मेरठ में ब्रिलियंट ट्यूटोरियल्स में कॉरेस्पोंडेंस से कंपटीशन की पढ़ाई कराई जाती थी। उसमें दाख़िला लेने पर विद्यार्थियों को स्पर्धा परीक्षा का सिलेबस और नोट्स मिल जाते थे। फिर वे जो अनसॉल्व्ड क्वेश्चन पेपर सॉल्व करते थे, चेक करने के बाद उन्हें वापस मिलते थे। इस तरह उन्हें अपनी प्रगति का पता चलता रहता था।

वेस्ट एंड रोड पर सचदेवा न्यू प्राइवेट टीचिंग कॉलेज का खुलते ही काफ़ी नाम हो गया था। यह दिल्ली के एक नामी कोचिंग क्लासेज की फ्रेंचाइज़ी था। हालांकि यह अधिक समय नहीं चला। सबसे ज़्यादा मशहूर था कृष्णा कोचिंग सेंटर। आजकल कोटा के एलेन और बंसल और मुंबई की पेस अकैडमी का जो जलवा है, वह उस जमाने में मेरठ में कृष्णा कोचिंग सेंटर का हुआ करता था। बेगम ब्रिज पर एक बड़ी बिल्डिंग में यह सेंटर चलता था। दूर-दूर के शहरों के बच्चे भी इंजीनियरिंग या मेडिकल कॉलेज में दाख़िला लेने का सपना लिए हुए कृष्णा कोचिंग सेंटर में नाम लिखवाते थे। यहां एक के बाद एक बैच चलते रहते। एक बैच के बच्चे गये नहीं होते कि दूसरे बैच के बच्चों का रेला सेंटर के सामने नज़र आने लगता। इस सेंटर की वजह

से पहले से व्यस्त बेगम ब्रिज का वह कोना और ज़्यादा गहमागहमी वाला बना रहता। सेंटर के बाहर विद्यार्थियों की साइकलों की लाइन दूर से ही नज़र आ जाती।

बाहर से आये विद्यार्थियों को किराये के कमरे लेने होते। अपने खाने-पीने का इंतजाम करना होता। इससे मेरठ में कोचिंग सेंटर एक बड़े उद्योग की शक्ल लेते चले गये। तब इनसे हज़ारों लोगों को रोज़गार मिलता था।

मेरठ में कोचिंग सेंटर केवल इंजीनियरिंग और मेडिकल की पढ़ाई के लिए ही नहीं हुआ करते थे। बैंकों और रेलवे की परीक्षाओं की तैयारी के लिए भी क्लासेज हुआ करती थीं। हालांकि तब इनकी संख्या ज़्यादा नहीं थी। अब तो इस तरह के कोचिंग सेंटर भी बहुत बढ़ गये हैं। बॉम्बे आर्ट कॉलेज की ओर से ड्राइंग की कई तरह की डिग्रियां देने के लिए मेरठ में कई आर्ट ट्रेनिंग सेंटर थे। हज़ारों लड़कियां इनमें एडमिशन लेकर इन डिग्रियों को हासिल करने के लिए पढ़ाई करती थीं। उनमें से कुछ तो एकेडमिक स्तर पर भी चित्रकला की छात्राएं हुआ करती थीं, लेकिन ज़्यादातर लड़कियां कला का कौशल विकसित करने के लिए इसका प्रशिक्षण लिया करती थीं।

पहले कोचिंग क्लासेज के ज़्यादा विज्ञापन नहीं हुआ करते थे। एडमिशन के समय अख़बारों में रखकर या कोचिंग क्लास के पास से गुजरते लोगों को पैंफलेट, जिसे तब इश्तहार कहते थे, दे दिये जाते। अब तो महानगरों की तरह पूरे मेरठ में उनके बड़े-बड़े होर्डिंग, बैनर और मूविंग एडवरटाइजमेंट नज़र आते हैं। स्थानीय अख़बार और न्यूज चैनल इनके विज्ञापनों से भरे होते हैं। मेरठ का जो रुतबा 1970 और 1980 के दशक में इंजीनियरिंग और मेडिकल की प्रवेश परीक्षाओं की तैयारी कराने वाले कोचिंग सेंटरों के लिए बना हुआ था, अब कोटा और पुणे जैसे शहर इस मामले में उससे काफ़ी आगे निकल चुके हैं। वैसे तो अब देश के हर शहर में इस तरह के संस्थान हैं, लेकिन आज से कुछ दशक पहले मेरठ के ये संस्थान दूर-दूर तक मशहूर थे। तब कोचिंग सेंटर का क्रेज हुआ करता था!

नामी मेडिकल कॉलेज

एक बार हमारे मोहल्ले की एक लड़की अपने घर की छत से गली में गिर गयी। उसकी कई हड्डियां टूट गयीं और वह बेहोश हो गयी। मोहल्ले के लोग इकट्ठे हो गये।

उन दिनों एम्बुलेंस आने में बहुत समय लगता था। इसीलिए उसे एक पड़ोसी की जीप में मेडिकल कॉलेज ले जाया गया। वहां करीब दो महीने उसका इलाज चला और वह ठीक होकर घर आ गयी।

मेरठ में चार दशक पहले इलाज के लिए सबसे बढ़िया जगह मेडिकल कॉलेज ही माना जाता था। मेडिकल कॉलेज शहर से दूर, गढ़ रोड पर शास्त्री नगर से भी काफ़ी आगे था। वहां तक पहुंचने के लिए या तो गढ़मुक्तेश्वर जाने वाली बस में सवार होना पड़ता था या सिटी बस का सहारा लेना होता था या फिर अपना वाहन होना ज़रूरी था। शहर में घंटाघर के पास सरकारी अस्पताल प्यारे लाल शर्मा अस्पताल था। सन् 1912 में टाउन हॉल के पास ल्यूडोनिक पोर्टल हॉस्पिटल बनाया गया था। बाद में इसी का नाम प्यारे लाल शर्मा अस्पताल हो गया। यह अस्पताल बनाने के लिए नवाब खैरंदेश खान ने ज़मीन और 1,850 रुपये दिये थे।

कई जगह पर सरकारी डिस्पेंसरी भी थीं, लेकिन वहां नाम मात्र की ही सुविधाएं थीं। बुढ़ाना गेट पर पुरवा अहिरान मोहल्ले की ओर राजाराम अस्पताल था। यह खैराती अस्पताल शहर के जाने-माने डॉक्टर राजाराम मित्तल ने बनवाया था। अब यह बंद हो गया है। डफरिन हॉस्पिटल और कैंट हॉस्पिटल भी सरकारी हैं। मेरठ में सबसे पहला अस्पताल सन् 1892 में कैंटोनमेंट जनरल हॉस्पिटल बनाया गया था। इसी को आज कैंट अस्पताल कहते हैं। यहां आसपास के बहुत लोग इलाज कराने आते थे, लेकिन अब यह भी बेहाल है।

बेगम ब्रिज रोड पर एम प्रकाश नर्सिंग होम शहर का सबसे बड़ा प्राइवेट हॉस्पिटल था। यहां इलाज कराना आम जनता की जेब से बाहर था। साकेत में सुशीला जसवंत चैरिटेबल मेटरनिटी हॉस्पिटल था। पूरे शहर में महिलाओं के इलाज और प्रसव आदि के लिए सरकारी अस्पतालों के बाद सबसे किफ़ायती नर्सिंग होम यही था। बाद में इसी के पास जसवंत राय स्पेशलिटी हॉस्पिटल बनाया गया। छीपी टैंक पर चौरसिया अस्पताल में भी काफ़ी मरीज़ आते थे। साकेत के एक कोने में एक मिशनरी चैरिटेबल हॉस्पिटल सेंट लुक्स हॉस्पिटल भी बहुत चलता था।

मेरठ के सबसे नामी डॉक्टरों में डॉक्टर के. जी. मित्तल, डॉक्टर सेन, डॉक्टर भार्गव, डॉक्टर राजाराम और डॉक्टर अनिल प्रसाद शामिल थे। आंखों के डॉक्टरों

में डॉक्टर वीरचंद और डॉक्टर टी. पी. अग्रवाल को काफ़ी अनुभवी माना जाता था। डॉक्टर मित्तल का दवाखाना पहले खैर नगर में था। बाद में वह ईस्टर्न कचहरी रोड पर अपने घर पर ही मरीज़ों को देखने लगे।

तब शहर भर में एमडी डॉक्टर गिने-चुने थे। एमबीबीएस डॉक्टर भी बहुत ज़्यादा नहीं थे। बीएएमएस डॉक्टर काफ़ी थे। आयुर्वेद के ये डॉक्टर अंग्रेजी यानी एलोपैथी दवाएं भी देते थे। होम्योपैथों में डॉक्टर चौधरी और डॉक्टर आई. डी. व्यास का नाम पूरे शहर में मशहूर था। डॉक्टर व्यास का क्लीनिक बुढ़ाना गेट पुलिस चौकी के सामने था। उन्हें शहर का सबसे सस्ता डॉक्टर माना जाता था। वह एक हफ़्ते की दवाई 5 रुपये में देते थे। इसमें उनकी फीस और दवाई के पैसे, दोनों शामिल होते थे।

यूनानी हकीमों की संख्या भी बहुत थी। उनमें सबसे बड़ा नाम था डॉक्टर सैफुद्दीन का। उन्हें पद्मश्री से सम्मानित किया गया था और वह राष्ट्रपति के सलाहकार डॉक्टर भी थे। घंटाघर, जली कोठी, इस्लामाबाद, पिल्लोखड़ी, खैर नगर और इस्माइल नगर में कई नामी हकीम थे। बुढ़ाना गेट के पास सनातन धर्मशाला में आयुर्वेद दवाखाना था। वहां इलाज की फीस नहीं ली जाती थी और दवाएं भी मुफ़्त में दी जाती थीं। वहां एक वैद्य बैठते थे। वह नाड़ी का निरीक्षण करके मरीजों के लिए दवाएं लिखते थे, जिसे वह नुस्ख़ा कहते थे। कंपाउंडर उनके नुस्ख़े के अनुसार दवा की पुड़िया बनाकर मरीजों को देता था।

हर मोहल्ले के नुक्कड़ पर केमिस्ट की एक दुकान थी। आम जनता केमिस्टों को भी आधा डॉक्टर मानती थी। लोग सर्दी, बुखार, खांसी, आंख आना और दस्त जैसी बीमारियों की दवाई केमिस्ट से ले लेते थे। ज़्यादातर लोग उनसे ठीक भी हो जाते थे। केमिस्ट बहुत गर्व से कहते थे, 'हम भी तो वही दवा देंगे, जो डॉक्टर साहब लिखेंगे। सारे नुस्ख़े पता हैं हमें भी!'

गली-गली खिलाड़ी

सबको बेताबी से गोपाल का इंतज़ार था। कोई 20 बच्चे गली में इकट्ठा थे। खेलने का समय हो चला था। गोपाल कल कहकर गया था कि वह आज नया बल्ला लेकर आयेगा। इसीलिए सब उसके आने की राह देख रहे थे। सबके मन में सवाल

थे – 'कौन सा बल्ला होगा? क्या उस पर स्टीकर चिपका होगा? कितने का होगा? सबसे बड़ी बात यह है कि कैसा होगा?'

तभी सब एक साथ चिल्लाये, 'आ गया, आ गया, गोपाल आ गया!' लंबा और मज़बूत कद काठी का गोपाल अपने नये बल्ले को कंधे पर रखे और छाती ताने सामने से चला रहा था। सबने दौड़कर उसे घेर लिया। उसका नया बल्ला छूकर देखा, फिर बारी-बारी से हाथ में लेकर देखने लगे। 'अरे! यह तो एसजी का है', कपिल ख़ुशी से चिल्लाया, 'हम सब एसजी के बल्ले से खेलेंगे। वाह! क्या बात है!' पप्पन तो उसे दोनों हाथों में ऊपर उठाकर नाचने लगा, 'वाह जी वाह! यह तो गावसकर वाला बल्ला बनना है।'

जाहिर है कि बल्ला गोपाल का था, इसलिए पहले बैटिंग उसी को मिलनी थी। दीवार के पास उसने जाकर स्टांस लिया। तीन बार बल्ले से ज़मीन पर 'ठक-ठक' की। मोहल्ले के सबसे फास्ट बॉलर पप्पन ने पहली बॉल डाली। ट्रायल बॉल। गोपाल के लेग स्टंप के बराबर से निकल गयी। वह चिल्लाया, 'स्टंप पे डाल बॉल।' पप्पन मुड़ा, दौड़ा, फिर बॉल डाली। सीधे मिडल स्टंप पर। गोपाल ने आगे बढ़कर स्टेट ड्राइव कर दिया। बॉल जैसे ही बल्ले पर लगी, मीठी सी 'टक' की आवाज़ आयी। गोपाल को पहले शॉट पर ही चौका मिल गया। अभी तक चुप खड़ा बबलू बोला, 'देखी एसजी के बल्ले की ताकत!'

यह तो मोहल्ले में क्रिकेट का खेल था। मैदान पर जो भी बच्चा एसजी या एसएस के बल्ले से खेलता, दूसरे बच्चे मान लेते थे कि जब बल्ला ही इतना बढ़िया है, तो लाजवाब शॉट निकलेंगे और ख़ूब रन बनेंगे। इस तरह मेरठ के खेल उद्योग की ताकत का एहसास सबको बचपन में ही हो जाता था।

दरअसल मेरठ का खेल उद्योग दूर-दूर तक मशहूर है। यहां बने हुए बैट दुनिया भर के नामी क्रिकेटर इस्तेमाल करते हैं। सुनील गावसकर ने 16 साल के अंतरराष्ट्रीय करियर में जिन बल्लों से अनेक विश्व रेकॉर्ड बनाये, वे मेरठ की सैंसपैरील्स ग्रीनलैंड्स कंपनी के थे। उनके बल्ले पर इस कंपनी का एसजी का लोगो अब तक क्रिकेटप्रेमियों को याद है। इसे क्रिकेट का सामान बनाने वाली दुनिया की अग्रणी कंपनियों में माना जाता है।

एसजी कंपनी सन् 1931 में सियालकोट में केदारनाथ और द्वारकानाथ आनंद ने शुरू की थीं। आज़ादी के समय बंटवारे के बाद वे आगरा आये और सन् 1950 में मेरठ में बस गये। गावसकर के अलावा मोहम्मद अजहरुद्दीन और राहुल द्रविड़ ने भी इनके बैट इस्तेमाल करके ही अपनी शानदार बल्लेबाजी का नमूना पूरी दुनिया में दिखाया। एसजी के बैट और बॉल टेस्ट मैच खेलने वाले लगभग सभी देशों तक जाते हैं।

एसजी की तरह ही मेरठ के एसएस यानी सरीन स्पोर्ट्स के बैट भी दुनिया भर में मशहूर हैं। इसे सन् 1969 में एन.के. सरीन ने शुरू किया था। वी. वी. एस. लक्ष्मण ने ईडन गार्डन्स में ऑस्ट्रेलिया के खिलाफ 281 रन की पारी एसएस के बल्ले से ही खेली थी। वीरेन्द्र सहवाग पाकिस्तान के खिलाफ 309 रन बनाकर मुलतान के सुलतान इसी बैट से बने थे। एसएस के बैट, बॉल, ग्लव्ज, हेलमेट और अन्य प्रोटेक्टिव गियर क्रिकेट खेलने वाले सभी प्रमुख देशों को निर्यात किये जाते हैं।

जिस तरह जालंधर देश का स्पोर्ट्स गुड्स सिटी है, उसी तरह मेरठ क्रिकेट गुड्स सिटी है। हालांकि मेरठ में बने फुटबॉल, हॉकी स्टिक और बॉल, बास्केटबॉल, वॉलीबॉल, बैडमिंटन रैकेट और शटल कॉक, टेबल टेनिस रैकेट और बॉल का भी दूर-दूर तक नाम है।

यहां खेल सामान बनाने की 500 से भी ज़्यादा इकाइयां हैं। इनमें 20 हज़ार से ज़्यादा कारीगर काम करते हैं। इस उद्योग का सालाना कारोबार 2,500 करोड़ रुपये से भी ज़्यादा है। खेल सामान बनाने के कारखाने शुरू में सूरजकुंड के आसपास लगे थे। अब तो शहर के कई अन्य स्थानों, ख़ासकर शहर के बाहरी इलाक़ों में भी ये कारखाने हैं। बच्चे इन कारखानों के आसपास मंडराते रहते थे। इसकी वजह यह थी कि क्वॉलिटी में रिजेक्ट हुई बॉल और शटल कॉक सस्ती मिल जाती थीं। उनसे मैच में तो नहीं खेला जा सकता था, लेकिन गली-मोहल्ले में वे चल जाती थीं। इसीलिए आधे दाम में उन्हें लेना अच्छा सौदा था। वैसे तो मेरठ में खेल के सामान की दुकानें सूरजकुंड के अलावा भी कई जगहों पर थीं, लेकिन सदर बाज़ार में लंदन स्पोर्ट्स के शोरूम का दूर-दूर तक नाम था।

मेरठ की लगभग हर गली में बच्चे क्रिकेट खेलते हुए नज़र आते थे। यह खेल

केवल दो बच्चों से ही शुरू हो जाता था। एक बोलिंग करता और दूसरा बैटिंग। आठ-दस बॉल होते-होते कई बच्चे इकट्ठा हो जाते। आधे घंटे के भीतर दो टीमें बन जातीं फिर शुरू होता मैच। गलियों में गोल मैदान तो होता नहीं था, इसलिए बाउंड्री लाइन होने का सवाल ही नहीं था। ऐसे में बल्लेबाज दौड़कर ख़ूब रन बनाते। चौके के लिए सामने की ओर एक लाइन खींच दी जाती। ज़मीन पर उसके पास जाने पर 4 रन मिलते और उछालकर उसके पार भेजने पर 6 रन। कुछ गलियों में ऊंचाई के भी 6 रन होते थे, चाहे गेंद ऊपर जाकर बल्लेबाज के पास ही क्यों गिर जाये। शर्त बस एक होती कि कैच नहीं होना चाहिए। इसके लिए ऊंचाई तय कर दी जाती। अकसर यह खंभे पर लगी स्ट्रीट लाइट होती थी।

हर क्रिकेटर गली से मोहल्ले, मोहल्ले से मैदान और मैदान से स्टेडियम तक पहुंचने का सपना देखता था। हालांकि बहुत कम बच्चों का सपना पूरा होता था, लेकिन अपने-अपने अंदाज में इस खेल को खेलने का मज़ा हर बच्चा लेता था। जिसे अपने स्कूल, कॉलेज या यूनिवर्सिटी की ओर से खेलने का मौका मिल जाता, वह स्टार बन जाता। उन दिनों स्पिनर सुभाष शर्मा यूपी की रणजी टीम के लिए खेल चुके थे और मेरठ के सभी उभरते क्रिकेटरों के लिए एक आदर्श थे। विकेटकीपर-बैट्समैन विपिन वत्स और फास्ट बोलर के.के. शर्मा तेज़ी से उभर रहे थे। ये दोनों भारतीय टीम के दरवाजे तक भी लगभग पहुंचे थे। ओपनर संजीव प्रताप सिंह ने अपने पहले ही रणजी मैच में सेंचुरी बनायी थी। बाद में मेरठ से प्रवीण कुमार, भुवनेश्वर कुमार, कर्ण शर्मा, सुदीप त्यागी, कार्तिक त्यागी और प्रियम गर्ग जैसे अंतरराष्ट्रीय क्रिकेटर भी निकले।

जिमखाना मैदान पर रमेश सोमाल मेमोरियल क्रिकेट टूर्नामेंट होता था। इसमें दिल्ली के कई क्लब भाग लिया करते थे। उनमें कई राष्ट्रीय और अंतरराष्ट्रीय खिलाड़ी भी होते थे। इस टूर्नामेंट में कई साल तक कीर्ति आज़ाद, मनोज प्रभाकर, चेतन शर्मा, सुनील वालसन्, गुरुशरण सिंह, केपी भास्कर, सुरेन्द्र खन्ना और राजेश जौली जैसे क्रिकेटर खेलने के लिए आते थे। एक बार नवजोत सिंह सिद्धू भी खेलने आये थे। उन्होंने दर्शकों की मांग पर कई छक्के मारे थे। कीर्ति आज़ाद का एक स्ट्रेट सिक्स लोग आज भी याद करते हैं, जो पूरे जिमखाना मैदान और उसके आगे की सड़क को पार

करते हुए लेडीज पार्क में जाकर गिरा था। दस मिनट ढूंढने पर भी गेंद नहीं मिली, तो दूसरी गेंद से मैच आगे खेला गया था।

मेरठ में हॉकी, फुटबॉल, एथलेटिक्स और कुश्ती की भी मज़बूत परंपरा रही है। पुराने लोग बताया करते थे कि मेजर ध्यानचंद एक ज़माने में रात की चांदनी में एनएएस कॉलेज के मैदान पर एक गोल पोस्ट से दूसरे गोल पोस्ट तक ड्रिबलिंग का अभ्यास करते थे। गुरबख्श सिंह और महेंद्र पाल सिंह जैसे नायाब हॉकी खिलाड़ी भी मेरठ के ही थे। बीएवी इंटर कॉलेज को मेरठ में हॉकी की नर्सरी माना जाता था। फुटबॉल के अच्छे खिलाड़ी रजबन में होते थे।

सन् 1957 में मेरठ में दो स्टेडियम बनकर तैयार हुए थे। पहला कुलवंत सिंह स्टेडियम और दूसरा कैलाश प्रकाश स्टेडियम। माल रोड के पास मेजर जनरल कुलवंत सिंह के नाम पर कुलवंत सिंह स्टेडियम बनाया गया था। इसमें सेना की खेल प्रतियोगिताएं होती हैं। जनता को सेना के बारे में बताने के लिए यहां साल में कई बार मेले लगाये जाते हैं। इनमें बच्चों को सेना में भर्ती होने के लिए प्रेरित किया जाता है। उन्हें सेना के हथियार, टैंक, रॉकेट लॉन्चर और मोर्टार दिखाये जाते हैं।

कैलाश प्रकाश स्टेडियम का नाम पहले मेरठ स्पोर्ट्स स्टेडियम था। यह 15 एकड़ से ज़्यादा ज़मीन पर बना है। इसकी दर्शक क्षमता 35 हज़ार से ज़्यादा है। जब स्टेडियम का नाम कैलाश प्रकाश स्टेडियम रखा गया, तो इसके गेट पर कैलाश प्रकाश की प्रतिमा लगायी गयी।

साकेत के पास मेरठ स्पोर्ट्स स्टेडियम शहर में खेलों की गतिविधियों का सबसे बड़ा स्थान था। इसके क्षेत्रीय क्रीड़ा अधिकारी आर.सी. त्रिपाठी ख़ुद नामी पहलवान रह चुके थे। उनके बाद इस पद पर आये पी.के. मजूमदार राष्ट्रीय स्तर के बेहतरीन बैडमिंटन खिलाड़ी रहे थे। इन दोनों अधिकारियों के समय में इस स्टेडियम से अनेक अंतरराष्ट्रीय खिलाड़ी निकले। एक समय मोहम्मद नईम, सुबोध खांडेकर और गुलाम सरवर सहित भारत की लगभग आधी जूनियर हॉकी टीम मेरठ स्पोर्ट्स स्टेडियम की ही थी। स्टेडियम में कई खेलों के लिए आवासीय सुविधा थी। उन खेलों के खिलाड़ी चयन के बाद स्टेडियम के हॉस्टल में ही रहकर रात-दिन अभ्यास में जुटे रहते थे। उनकी कड़ी मेहनत को देखकर सहज ही अनुमान लगाया जा सकता था कि एक बड़ा

खिलाड़ी बनने में आईएएस अधिकारी बनने से भी ज़्यादा मेहनत लगती है। यह लंबी तपस्या जैसा काम है।

मेरठ का तीसरा स्टेडियम भामाशाह स्टेडियम है। इसे विक्टोरिया पार्क भी कहा जाता है। सन् 1857 में बगावत करने वाले 85 सैनिकों को विक्टोरिया पार्क की बैरक में ही कैद करके रखा गया था। उसी के बाद क्रांति भड़की थी। इसी स्थान पर आज़ादी से पहले कांग्रेस का अधिवेशन सन् 1946 में जे. बी. कृपलानी की अध्यक्षता में आयोजित किया गया था। इस स्टेडियम की देख-रेख मेरठ कॉलेज के जिम्मे है। यहां मेरठ कॉलेज के प्रोफेसरों के क्वार्टर और एक छात्रावास भी है। इस परिसर में एक स्विमिंग पूल है। सन् 2003 में विक्टोरिया पार्क मैदान का नाम बदलकर भामाशाह स्टेडियम रखा गया। यहां मेरठ के शानदार क्रिकेटर रहे विपिन वत्स युवा क्रिकेटरों को प्रशिक्षण देते हैं। अभी तक यहां से प्रवीण कुमार, भुवनेश्वर, सुदीप त्यागी, प्रियम गर्ग और कार्तिक त्यागी जैसे अंतरराष्ट्रीय क्रिकेटर निकल चुके हैं।

मेरठ में ट्रांसफार्मर बनाने की एक बड़ी कंपनी थी इलेक्ट्रा। उसके मालिक अरुण जैन ख़ुद एक अच्छे टेबल टेनिस खिलाड़ी रहे थे। वह भारतीय टेबल टेनिस फेडरेशन के उपाध्यक्ष भी थे। उन्होंने उस समय देश का सबसे बड़ा इनामी टेबल टेनिस टूर्नामेंट ऑल इंडिया इलेक्ट्रा इन्विटेशनल टेबल टेनिस टूर्नामेंट के नाम से मेरठ में शुरू किया था। पहले इसका आयोजन स्टेडियम में किया जाता था। अरुण जैन ने बहुत बड़े परिसर में इलेक्ट्रा स्कूल बनवाया, तो इलेक्ट्रा टूर्नामेंट उसमें होने लगा। मेरठ के खेलप्रेमियों को उस टूर्नामेंट का बेसब्री से इंतज़ार रहा करता था, क्योंकि उसमें देश के सभी शीर्ष खिलाड़ी भाग लेने आते थे। उन दिनों कमलेश मेहता, मनजीत सिंह, मनमीत, एस. रामास्वामी, अरुप बसाक, इंदु पुरी, शैलजा सालोखे, मोनालिसा बरुआ और रिंकू गुप्ता जैसे खिलाड़ियों का खेल देखने के लिए शहर के कोने-कोने से लोग आते थे।

जिमखाना मैदान में होने वाले फुटबॉल मैच देखने भी काफ़ी दर्शक आते थे। हॉकी मैच देखने के लिए तो पास के गांवों के लोग ट्रैक्टर-ट्रॉली और भैंसा-बुग्गी पर सवार होकर आते थे। दर्शकों की सबसे ज़्यादा संख्या हुआ करती थी कुश्ती के मुकाबलों में। कई किसान तो घी के डिब्बे और गुड़ की भेलियां अपने साथ लाते थे।

जिस पहलवान के दांव-पेच से उनका दिल खुश हो जाता, उसे भेंट कर देते। पहलवान नकद इनाम से ज़्यादा घी और गुड़ को पसंद करते थे।

तब खेल शौकिया ही होते थे। बहुत कम बच्चे पेशेवर स्तर तक पहुंच पाते थे। ज़्यादातर तो गली-मोहल्ले में बस मज़े के लिए खेलते रह जाते थे। इसीलिए स्कूल, कॉलेज, क्लब या स्टेडियम के स्तर पर ही विभिन्न खेलों में कोचिंग उपलब्ध थी। वह भी संस्थागत रूप से। प्राइवेट कोचों का चलन तब नहीं था। बाद में खेलों की लोकप्रियता और खिलाड़ियों के लिए करियर के अच्छे विकल्प बढ़ने पर कई खेलों की एकेडमी बनीं, प्राइवेट कोच भी बनने लगे।

अब तो मेरठ में खेल विश्वविद्यालय बनने जा रहा है। प्रधानमंत्री नरेंद्र मोदी ने इसकी आधारशिला रख दी है। उत्तर प्रदेश कैबिनेट ने 700 करोड़ रुपये की मंज़ूरी दे दी है। इसमें खेलों पर शोध होने के साथ ही कॉलेजों को मान्यता और संबद्धता भी प्रदान की जायेगी। एथलेटिक्स, शूटिंग, कुश्ती, हॉकी, वॉलीबॉल, कबड्डी, बॉक्सिंग, तीरंदाजी, क्रिकेट, वुशू और जिमनास्टिक सहित तमाम खेलों में बेहतरीन खिलाड़ी सामने आयेंगे।

मेरठ गली-गली खिलाड़ी से सचमुच आगे बढ़ गया है!

ऐतिहासिक संस्थाएं

गुरुकुल डौरली में आये थे चंद्रशेखर आज़ाद

मेरठ में रुड़की रोड पर दयानंद महाविद्यालय गुरुकुल डौरली है। शहर के बहुत कम लोगों को इसका ऐतिहासिक महत्त्व पता है। हमें भी तब पता चला था, जब छठी क्लास में हमारे पीटी टीचर गौतम जी ने हमें वहां ले जाकर इसके बारे में बताया था।

यहां गुरुकुल पद्धति की पढ़ाई होती है। यूपी बोर्ड के पाठ्यक्रम के अनुसार इंटर कॉलेज भी है। इस तरह अब यहां वैदिक और विधिवत, दोनों प्रकार की शिक्षा लेने के लिए विद्यार्थी आते हैं। आज़ादी की लड़ाई में इस गुरुकुल का काफ़ी योगदान रहा था। अंग्रेजों ने इसे ख़तरनाक क्रांतिकारी संस्था घोषित किया था।

गुरुकुल डौरली की स्थापना सन् 1924 में रक्षाबंधन के दिन की गयी थी। उस समय यहां घना पलाश वन हुआ करता था। आर्य समाज के प्रवर्तक स्वामी दयानंद

आठ बार मेरठ आये थे। वह ब्रह्म मुहूर्त में इसी पलाश वन में आकर समाधि लगाते थे। उनकी जन्म शताब्दी के अवसर पर ही पंडित अलगू राम शास्त्री और पंडित शिव दयालु ने इस आश्रम की स्थापना की थी। इसके लिए डौरली गांव के चौधरी पूरन सिंह, तुलीराम, जय दयालु और शंकरलाल ने अपनी ज़मीन दी थी। शुरू में यहां ग्रामीणों ने श्रमदान करके एक कच्चा भवन, छप्पर के कमरे और एक कुआं बनाया था। फलदार वृक्ष लगाये गये थे। यह गुरुकुल 20 छात्रों से शुरू हुआ था और अब इसमें हज़ारों छात्र पढ़ते हैं।

गांधी जी सन् 1929 में कस्तूरबा गांधी और आचार्य कृपलानी के साथ इस गुरुकुल में आये थे। तब गुरुकुल के छात्रों में उन्हें 102 रुपये की राशि कांग्रेस के लिए भेंट की थी। हैदराबाद में निजाम के अत्याचारों का विरोध करने के लिए इसी गुरुकुल से सत्याग्रहियों का एक जत्था गया था। पूर्व प्रधानमंत्री चौधरी चरण सिंह यहां की प्रबंध समिति के सदस्य रहे। क्रांतिकारी चंद्रशेखर आज़ाद एक बार इस गुरुकुल में आये थे। सन् 1945 में जवाहरलाल नेहरू ने इस गुरुकुल में भाषण दिया था। आज़ादी के बाद गुरुकुल में प्राचीन पद्धति के शिक्षण के साथ-साथ यूपी बोर्ड की पद्धति के अनुसार आधुनिक शिक्षा प्रणाली को भी आत्मसात किया गया।

गांधी आश्रम और खादी

हर साल 2 अक्टूबर को गांधी जयंती पर मेरठ के गांधी आश्रम में खादी के कपड़े ख़रीदने पर विशेष छूट दी जाती थी। इसका शहर भर में प्रचार किया जाता। उस समय लोगों में खादी पहनने का बहुत ज़्यादा चलन था। तब खादी आज जितनी महंगी भी नहीं मिलती थी। छूट का बोर्ड गांधी आश्रम के बाहर लगा दिया जाता। उस बोर्ड को देखकर वहां से गुज़रने वाले लोग ठिठककर मन ही मन हिसाब लगाते थे कि क्या-क्या ख़रीदना है। यह छूट शुरू में एक हफ़्ते की होती, जिसे बाद में बढ़ाकर एक महीने तक कर दिया जाता। इस दौरान खादी ख़रीदने के लिए गांधी आश्रम में भारी भीड़ जमा होती। कुर्ते-पायजामे, जैकेट, अचकन, कोट, गरम कपड़े और थान की वैरायटी से गांधी आश्रम भरा रहता था। शॉल, ठंडी-गरम चादर, लोयी, कंबल और बेडशीट खरीदने के लिए भी लोग गांधी आश्रम आते। यहां कंबल लेने के लिए तो दूर-दूर के

गांवों से भी लोग आते थे। हालांकि गांधी आश्रम में सबसे ज़्यादा बिकते थे रुमाल, गमछे और तौलिये। बिना छूट के दिनों में भी इन्हीं की बिक्री सबसे ज़्यादा होती थी। अगर किसी घर में शहद की ज़रूरत होती, तो किसी बच्चे को गांधी आश्रम दौड़ा दिया जाता। यहां का शहद असली और सबसे अच्छा माना जाता था।

अब तो खादी को नेताओं या बड़े लोगों का पहनावा माना जाने लगा है, लेकिन कम से कम 1980 के दशक तक ऐसा नहीं था। तब आम लोग भी बहुत चाव और जतन से खादी पहनते थे। दरअसल इसमें सादगी के साथ-साथ एक ठसक भी होती थी। यों तो मेरठ में खादी के कपड़ों की बहुत दुकानें थीं, लेकिन मोटी खादी गांधी आश्रम में ही मिलती थी। यह खादी ग्रामीणों, शहर के बुजुर्गों और गांधीवादियों में बहुत लोकप्रिय थी।

मेरठ में गांधी आश्रम की स्थापना 16 अगस्त 1926 को की गयी थी। चौधरी रघुवीर नारायण सिंह ने सिपट बाज़ार में अपनी कोठी में गांधी आश्रम शुरू किया था। इसके 5 ट्रस्टी थे – जवाहरलाल नेहरू, शिव प्रसाद गुप्त, जमनालाल बजाज, आचार्य कृपलानी और रघुवीर नारायण सिंह। देखते ही देखते आश्रम का कामकाज बहुत ज़्यादा बढ़ गया। दो साल बाद चौधरी रघुवीर नारायण सिंह ने गढ़ रोड पर एक प्लॉट खरीदकर गांधी आश्रम का बड़ा भवन बनवाया। महात्मा गांधी जब सन् 1929 में मेरठ आये, तो उन्हें शहर में चंदा इकट्ठा करके कांग्रेस के लिए निधि दी गयी। उन्होंने वह सारा चंदा मेरठ के गांधी आश्रम को दे दिया था।

गांधी आश्रम का काम केवल कपड़े बनाना और बेचना ही नहीं होता था। यहां से शहर की महिलाओं को कपास दिया जाता था। वे चरखे पर उसे कातकर सूत बनातीं। उनसे एकत्र किये गये सूत से गांधी आश्रम में खादी के कपड़े बनाये जाते। उन कपड़ों की रंगाई और छपाई भी यहीं होती। रंगाई और छपाई के उपकरण और चरखे बनाकर महिलाओं को देने का काम भी गांधी आश्रम ही करता था।

एशिया का पहला रेस क्लब

हमारे मोहल्ले तोपचीवाड़ा में रिवॉली सिनेमा हॉल के मैनेजर अग्रवाल साहब रहते थे। वह रविवार को रेसकोर्स में घुड़दौड़ देखने के लिए जाते थे। वहां के किस्से

सुनकर एक बार मोहल्ले के बच्चों ने उनसे जिद की कि चाचाजी हमें भी रेस दिखा दो। उन्होंने बाल दिवस के अवसर पर 50 बच्चों को रेसकोर्स में ले जाकर घुड़दौड़ दिखाने की व्यवस्था की। सभी बच्चों को एक बस में बैठाकर वह रेसकोर्स ले गये। वहां पहुंचने पर बस से उतरकर उन्होंने बच्चों की लाइन बनवायी और अपने साथ रेसकोर्स के अंदर ले गये। घुड़दौड़ शुरू होने से आधे घंटे पहले ही हम वहां पहुंच गये थे। धीरे-धीरे वहां घुड़दौड़ के शौकीन आते गये। रेस शुरू होने से पहले हज़ारों लोग इकट्ठा हो चुके थे।

घुडदौड़ शुरू हुई, तो सभी बच्चे खड़े हो गये। उन्हें घोड़ों की दौड़ इतनी रोमांचक लगी कि वे शोर मचाने लगे – 'देख-देख, काला आगे निकल गया ... भूरा पीछे है, पर जोर लगा रहा है ... सफेद वाला तो सबसे पीछे रह गया ... ' रेसकोर्स में नियमित रूप से आने वाले लोग हम बच्चों को घूरकर देखने लगे, तो मैनेजर चाचा ने हमें डांटकर कहा, 'अपनी जगह पर बैठकर चुपचाप रेस देखो।' बच्चे चुप होकर बैठ गये, लेकिन अगली रेस शुरू होते ही फिर खड़े हो गये। हां, इस बार उन्होंने शोर नहीं मचाया। घोड़ों की दौड़ देखने के बाद कई महीने तक बच्चे आपस में उसकी चर्चा करते रहे। वे जिससे भी मिलते, उसे बहुत गर्व से बताते कि उन्होंने घोड़ों की दौड़ देखी थी।

अंग्रेजों ने सन् 1869 में मेरठ के कैंट एरिया में एशिया का पहला रेस क्लब बनाया था। इसमें 250 घोड़ों के रहने का इंतजाम किया गया था। शुरू में इसमें घुड़दौड़ देखने के लिए केवल अंग्रेज और फ़ौजी अफसर जाते थे। बाद में इसे आम जनता के लिए भी खोल दिया गया। हालांकि आम जनता घुड़दौड़ को बहुत ख़ास किस्म का खेल मानती थी।

अंग्रेजों का व्हीलर क्लब

मेरठ का व्हीलर क्लब मुख्य रूप से सेना के अफ़सरों के सामाजिक-सांस्कृतिक कार्यक्रमों का स्थान है। माल रोड पर 5 एकड़ में स्थित इस क्लब के सामने से जब हम निकलते थे, तो बहुत अचरज होता कि इसके अंदर क्या होता होगा! कभी अंदर से संगीत की आवाज़ आती, तो कभी जोरदार ठहाके गूंजते। चमचमाती कारों में लकदक लोग आते। वह एक दूसरी ही दुनिया लगती थी।

इस क्लब की स्थापना अंग्रेजों और फ़ौजी अफ़सरों के लिए 3 फरवरी 1863 को

की गयी थी। सन् 1891 में इसे एक कंपनी के रूप में रजिस्टर कराया गया। आज़ादी के बाद सन् 1950 में व्हीलर क्लब को सिविलियंस के लिए भी खोल दिया गया। डॉक्टर जे. एम. करौली इसके पहले सिविलियन सदस्य बने। आज क्लब के करीब डेढ़ हज़ार सदस्यों में से 200 सिविलियन हैं।

व्हीलर क्लब में बिलियर्ड्स टेबल पर सदस्यों को बिलियर्ड्स और स्नूकर खेलते देखा जा सकता है। शाम को पियानो भी बजता है। यहां स्विमिंग, हेल्थ क्लब और कराटे तथा स्केटिंग रिंग भी हैं। क्लब को चलाने वाली कमेटी के अध्यक्ष सेना के मेरठ सब एरिया कमांडर होते हैं।

वैश्य अनाथालय और गांधीजी

पूर्वी कचहरी मार्ग पर एनएएस कॉलेज से आगे चलने पर बायें हाथ पर वैश्य अनाथालय दिखता था, तो हमारे कदम ठिठक जाते थे। इसकी वजह यह थी कि वहां से अकसर संगीत की ध्वनि आती थी। कई बार हम सिर्फ़ यह देखने के लिए अनाथालय में गए कि यहां संगीत का अभ्यास कौन करता है। हमने अनाथालय में रहने वाले बच्चों को विभिन्न वाद्ययंत्र बजाते और गाते हुए देखा। उन्हें संगीत का प्रशिक्षण दिया जाता था। आगे जाकर इनमें से कई बच्चे संगीत को ही अपना करियर बना लेते थे। मेरठ के कई बैंड मास्टरों ने इसी अनाथालय में रहकर संगीत सीखा था। शहर के कई लोग अपने बच्चों के जन्मदिन या किसी ख़ास अवसर पर इस अनाथालय के बच्चों के लिए विशेष भोजन की व्यवस्था कराते थे। बच्चे ज़मीन पर आमने-सामने दो लाइनों में बैठ जाते और भोजन कराने वाला भी अपने परिवार सहित उनके साथ बैठकर ही भोजन करता।

यह अनाथालय सन् 1886 के उस अकाल के बाद बनाया गया था, जिसमें कई परिवार मिट गए थे और उनके बच्चे अनाथ हो गये थे। उनकी दुर्दशा को देखकर अखिल भारत वैश्य महासभा के निर्देश पर 3,000 गज ज़मीन पर वैश्य अनाथालय की स्थापना की गयी। चंद्रशेखर आज़ाद और भगत सिंह जैसे क्रांतिकारी भी आज़ादी की लड़ाई के दौरान इस अनाथालय में आकर ठहरे थे। उनके साथी विष्णु शरण दुबलिश बाद में इसके अधीक्षक रहे। महात्मा गांधी एक बार इस अनाथालय में आये,

तो यहां की व्यवस्था देखकर बहुत खुश हुए। उन्होंने कहा कि ऐसे सुव्यवस्थित आश्रम हर जगह होने चाहिए।

समय के साथ मेरठ की कई नामी संस्थाएं लुप्त या निष्क्रिय हो गयीं। इनमें थियोसॉफिकल सोसायटी, मेरठ डिबेटिंग सोसायटी और मेरठ सोसायटी प्रमुख हैं। लेकिन कई ऐतिहासिक सस्थाएं आज भी अपने सुनहरे अतीत के साथ मौजूद हैं!

माल रोड, कंपनी गार्डन और सारागढ़ी

जब भी हम माल रोड से गुजरते थे, तो लगता था कि किसी और ही शहर में हैं। इतनी चिकनी और साफ-सुथरी सड़क पूरे शहर में और कहीं नहीं थी। छावनी के इलाक़े में माल रोड अंग्रेजों ने बनायी थी। इसके दोनों ओर छायादार पेड़ लगाये गये। इससे गर्मियों में भी ख़ासी ठंडक रहती और हिल स्टेशन जैसा एहसास होता है। इसीलिए इसे ठंडी सड़क भी कहा जाता है। माल रोड के पास ही कंपनी गार्डन और रिवॉली सिनेमाघर हैं।

आज़ादी के बाद कंपनी गार्डन को गांधी बाग कहा जाने लगा। मेरठ का सबसे पुराना यह पार्क ईस्ट इंडिया कंपनी ने आज़ादी की पहली लड़ाई से भी पहले बनवाया था। इसकी देखरेख की ज़िम्मेदारी कैंट बोर्ड की है। इसमें आम, शहतूत और बांस के पेड़ लगाये गये थे। सन् 1885 में लाला किशन सहाय ने यहां वॉटर टैंक बनवाया था। अंग्रेजों ने यहां बिलकुल इंग्लैंड जैसा एक क्रिकेट मैदान भी बनवाया।

सन् 1965 के युद्ध में भारतीय सैनिकों ने पाकिस्तान के पैटन टैंकों के छक्के छुड़ा दिये थे। ज़्यादातर पैटन टैंक नष्ट कर दिये गये। बचे हुओं को छोड़कर पाकिस्तानी सैनिक भाग गये थे। उन्हीं में से एक पैटन टैंक मेरठ में माल रोड के पास बहुत शान से रखा गया है। बचपन में हम पिकनिक की तरह यह टैंक देखने के लिए जाते थे। तब इस जगह का नाम टैंक चौराहा था। अब इसका नाम बदलकर मंगल पांडे चौक रख दिया गया है। मेरठ में नागरिकों के देखने के लिए 1980 के दशक में यही एक टैंक सार्वजनिक स्थान पर मौजूद था। अब तो छावनी इलाक़े में कई जगह पर टैंक प्रदर्शित किये गये हैं। मेरठ कॉलेज के मिलिट्री स्टडीज डिपार्टमेंट के पास विजयंत टैंक है।

सारागढ़ी वॉर मेमोरियल

सन् 1971 में पाकिस्तान को युद्ध में हराने के बाद मेरठ के पंजाब रेजिमेंटल सेंटर में शीशे वाला गुरुद्वारा बनवाया था। इस गुरुद्वारे की नींव इस युद्ध के हीरो रहे लेफ्टिनेंट जनरल जगजीत सिंह अरोड़ा ने रखी थी।

अक्षय कुमार की फिल्म 'केसरी' में जिस सारागढ़ी युद्ध की कहानी है, उस युद्ध का सारागढ़ी वॉर मेमोरियल मेरठ में भी है। यहां सिख लाइट इन्फेंट्री ने 1950 के दशक में सारागढ़ी वॉर मेमोरियल के साथ ही दो गुरुद्वारे भी बनवाये थे। सन् 1997 में सिख रेजीमेंट की दूसरी बटालियन ने सारागढ़ी वॉर मेमोरियल और दोनों गुरुद्वारों का जीर्णोद्धार कराया। आजकल इनकी देख-रेख की ज़िम्मेदारी पाइप डिवीजन के पास है। यहां हर साल 12 सितंबर को सारागढ़ी दिवस मनाया जाता है।

चर्चिल ने खेला था पोलो

रानी विक्टोरिया के तीसरे बेटे आर्थर विलियम पैट्रिक अल्बर्ट सन् 1886 से 1890 तक ब्रिटिश आर्मी की मेरठ डिवीजन के कमांडर थे। उन्हें प्रिंस आर्थर या ड्यूक ऑफ कनॉट भी कहा जाता था। प्रिंस आर्थर ने दक्षिण अफ्रीका, कनाडा, मिस्र, आयरलैंड और भारत में ब्रिटिश आर्मी में काम किया था। वह सन् 1902 में फील्ड मार्शल बने। सन् 1911 से 1916 तक कनाडा के गवर्नर जनरल भी रहे।

अंतरराष्ट्रीय स्काउट और गाइड आंदोलन के जनक सर रॉबर्ट बाडेन-पॉवेल सन् 1984 में मेरठ में केवलरी ब्रिगेड में मेजर थे। उनकी लिखी किताब 'स्काउटिंग फॉर बॉयज' बीसवीं शताब्दी में चौथी सबसे ज़्यादा बिकी किताब है। सर रॉबर्ट और विंस्टन चर्चिल ने मेरठ में एक पोलो टूर्नामेंट भी खेला था। यह मैच खेलने से पहले चर्चिल के दायें कंधे में चोट लग गयी थी। वह कंधे पर पट्टी बांधकर खेले थे। फिर भी उन्होंने बायें हाथ से ही दो गोल करके अपनी टीम को चैंपियन बनाया था।

आरामघर और होटल

रेलवे रोड पर जैन धर्मशाला को शहर की सबसे पुरानी धर्मशाला माना जाता था। इसमें 40 कमरे हैं। पुराने समय में शहर में आने वाले व्यापारी इसी धर्मशाला

में ठहरते थे। इसमें शादी-ब्याह भी होते थे। घंटाघर के आसपास कई आरामघर हैं। इनमें बहुत छोटे-छोटे कमरे हैं। ये आरामघर मुगलों के शासन् में बनाये गये थे ताकि प्रशासन और व्यापार के सिलसिले में आने वाले लोग इनमें ठहर सकें। आरामघरों के आसपास खाने-पीने के बहुत से खोखे और दुकानें थीं।

यह जगह शहर के बीचोंबीच होने के कारण यहां से कहीं भी पहुंचना आसान था। बाहर से आने वालों के ठहरने के लिए धर्मशाला और आरामघर किफ़ायती भी होते थे और सुविधाजनक भी। बुढ़ाना गेट के पास सनातन धर्मशाला है। इसमें सनातन धर्म मंदिर है और लड़कियों का स्कूल भी चलता है। कभी धर्मशाला रही इस इमारत में स्कूल शुरू कर दिया गया था। शादियों के सीजन में इसमें शादियां होती थीं। इसके एक कमरे में निःशुल्क आयुर्वेद चिकित्सालय और एक कमरे में सार्वजनिक वाचनालय था। पुराने शहर के बहुत से लोगों का बचपन इसी वाचनालय में बीता था। पढ़ने के शौक़ीन यहां अख़बार और पत्रिकाएं पढ़ने के लिए जुटते थे।

जब मेरठ ने एक आधुनिक औद्योगिक नगर के रूप में आकार ग्रहण करना शुरू किया, तो यहां होटल की ज़रूरत भी महसूस हुई। शहर का पहला होटल खुला बेगम पुल रोड पर जीआईसी के सामने कुमार होटल। यह ज़्यादा बड़ा तो नहीं था, लेकिन रात को रोशनी से जगमगाता था। लोग एक बार रुककर इसकी चमक ज़रूर देखते थे। शहर में सम्राट पैलेस, यदु, हार्मनी और क्रिस्टल होटल बाद में बने। मेरठ-दिल्ली रोड बाईपास पर गॉडविन, ब्रावरा और क्रोम जैसे थ्री स्टार होटल तो और बाद में खुले।

शादियों के लिए पहले कोई बैंकेट हॉल मेरठ में नहीं था। ज़्यादातर शादियां सड़क पर ही शामियाना लगाकर की जाती थीं। यहां 1980 और 1990 के दशक तक शादी के लिए सड़क घेरकर बंद करने पर कोई भी आपत्ति नहीं करता था। शादी-विवाह को सब शुभ कार्य मानते और किसी तरह की आपत्ति न करना एक तरह से उसमें अपना योगदान ही समझा जाता। शहर में पहला बैंकेट हॉल था मवाना रोड पर नैयर पैलेस। उसके बाद गढ़ रोड, दिल्ली रोड बाईपास और रुड़की रोड पर दर्जनों बैंकेट हॉल बने। अब तो बाईपास और दिल्ली रोड पर कई रिसोर्ट भी हैं, जो भव्य शादियों के लिए बुक किये जाते हैं।

3. मेरठ के ढंग

मेरठ लंबे समय तक दंगों का शहर रहा। यहां जन समस्याएं भी कम नहीं। लेकिन खान-पान, किताबों, जासूसी उपन्यासकारों के उपन्यासों, साइकलों, सिनेमा, मजदूरों के संघर्ष और सांप्रदायिक सौहार्द ने मेरठ को एक ख़ूबसूरत शहर बनने का ढंग भी सिखाया।

बचपन के खेल निराले

बचपन के खेल भी निराले होते थे। खेलने के लिए कोई साथी मिल जाता, कहीं कोई कोना मिल जाता और कोई खिलौना न भी होता, तो भी कुछ खेल शुरू हो जाता। हर बच्चे का पहला खेल होता लुका-छुपी और फिर पकड़ा-पकड़ी, जिसे विष-अमृत भी कहते। लुका-छुपी में अगर छिपने की कोई बढ़िया जगह मिल जाती, तो क्या कहने! ढूंढने वाला बच्चा ढूंढता रह जाता और छुपा हुआ बच्चा छुपा ही रह जाता। पकड़ा-पकड़ी दौड़ने का खेल है। इसमें एक बच्चा बाकी बच्चों के पीछे दौड़ता और उसे किसी को छूना होता। जिसे वह छू देता, फिर उसे सबके पीछे दौड़कर उन्हें छूना होता। यह खेल घंटों तक चलता। घर से बुलाने की आवाज़ आने तक बच्चे खेलते रहते। अपनी मां से कहते, 'अभी आया एक मिनट में'। वह एक मिनट कब 10 मिनट, आधे घंटे या एक घंटे में बदल जाता, इसका पता तक न चलता।

खेलते-खेलते बच्चों को पसीना आ जाता, दम भर जाता। बच्चे लंबी-लंबी सांस लेते रहते, लेकिन खेल में अड़े रहते। आखिर हर बच्चे की मां घर से निकलकर आती और अपने बच्चे को पकड़कर ले जाती। आख़िरी दो बच्चे भी तब तक खेलते रहते, जब तक इस तरह न ले जाये जाते। जब उनका भी अपने घर जाने का नंबर आ जाता, तो पीछे मुड़-मुड़कर कहते, 'खेल अभी ख़त्म ना हुआ। कल फिर सुरू करेंगे।'

ताड़म-ताड़ी के खेल का भी बहुत चलन था। इस खेल में कुछ पत्थर एक के ऊपर एक रख दिये जाते। कोई एक बच्चा रबड़ या स्पंज की गेंद से उन पत्थरों पर निशाना लगाता। पत्थर गिरते ही सभी बच्चे गेंद की ओर लपकते। जिसके हाथ में गेंद आ जाती, वह बाकी बच्चों की पीठ पर निशाना लगाता। उससे बचने के लिए सभी बच्चे दौड़ने लगते। गेंद से निशाना लगाने से शुरू हुआ यह खेल भी आखिर दौड़ने के खेल में बदल जाता।

गिल्ली-डंडे और कंचों से तो बचपन में सभी बच्चे खेलते। लकड़ी की गिल्ली और एक डंडा 25 पैसे में मिलते थे। इन दो चीजों से पूरे मोहल्ले के बच्चे महीनों तक खेलते रहते थे। अगर कोई अच्छा खिलाड़ी डंडे से गिल्ली को उछालकर आगे की ओर मारते हुए दूर तक निकल जाता, तो उसका कौशल देखने के लिए वे बच्चे भी साथ-साथ चलने लगते जो इस खेल में शामिल नहीं होते थे। माहिर खिलाड़ी गिल्ली को दूर के मोहल्लों तक ले जाते। जो बच्चा गिल्ली को बहुत देर तक खेल में रखता, वह बहुत गर्व से कहता, 'देखो, तुम्हें कितना पदा रहा हूं।' बाकी खिलाड़ी मायूस होकर कहते, 'हां बे, बहुत पद गये आज तो।'

कंचों के तो क्या कहने! रंग-बिरंगे, छोटे-बड़े कंचे हर बच्चे को आकर्षित करते थे। आखिर बचपन में सबकी संपदा कंचे ही तो हुआ करते थे। बच्चे स्कूल में भी कंचे ले जाते और आधी छुट्टी यानी रेसेस में जल्दी-जल्दी टिफिन ख़त्म करके कंचे खेलने लगते। कभी टीचर चेक करने आते, तो सभी कंचे जल्दी से किसी बड़े गड्ढे में छिपा दिये जाते। बाद में हर बच्चा ईमानदारी से अपने कंचे निकाल लेता।

कंचे खेलने के लिए किसी ख़ास समय या जगह की ज़रूरत नहीं होती थी। यह खेल कभी भी, कहीं भी शुरू किया जा सकता था। कोई-कोई बच्चा तो अकेले भी खेलता नज़र आता। वह चार-पांच कंचे ज़मीन पर रख देता और कुछ दूर खड़े होकर एक कंचे से उन पर निशाना लगाता रहता। उसका खेल का खेल हो जाता और दूसरे बच्चों के साथ खेलने से पहले प्रैक्टिस भी।

लड़कियों के पसंदीदा खेल गिंठू और इक्कल-दुक्कल हुआ करते थे। गिंठू गोल कंकड़ों या छोटे पत्थरों से खेला जाता था। तब ये सड़क पर पड़े छोटे-छोटे पत्थरों को उठाकर इकट्ठा किये जाते थे। अब तो रंग-बिरंगे गिंठू बाज़ार में मिलते हैं। बायें हाथ

की हथेली से ज़मीन पर विभिन्न मुद्राएं बनाकर दायें हाथ की अंगुली से उस हथेली के अंदर एक-एक करके चार गिंठू पहुंचाने होते। बहुत छोटी बच्चियां केवल गिंठू अंदर पहुंचाती थीं। थोड़ी बड़ी लड़कियां पांचवें गिंठू को उछालकर एक को अंदर पहुंचातीं। उछाले गये गिंठू को गिरने से पहले पकड़ना होता। पांचवें गिंठू की जगह रबड़ या स्पंज की गेंद का भी इस्तेमाल होता था। लड़कियां इस खेल में अकसर अपने भाइयों को भी शामिल कर लेतीं। यह खेल दो बच्चों से लेकर पांच, दस या बीस ... कितने भी बच्चे खेल सकते थे। सबको बारी-बारी से चांस मिलता। इसमें कोई पॉइंट्स नहीं होते थे। कोई भी जीते या हारे, खेल आगे बढ़ता जाता। यह खेल घंटों चलता रहता, लेकिन बच्चों का मन नहीं भरता!

उन दिनों ज़्यादातर लड़कियां आउटडोर खेल नहीं खेलती थीं, इसलिए इक्कल-दुक्कल उनके लिए व्यायाम का एकमात्र साधन था। इसमें ज़मीन पर चौक से आकृति बनाकर उसमें बराबर-बराबर दो-दो वर्गों की चार लाइनें बना दी जातीं। कुल आठ वर्ग बनाकर उन पर एक से आठ तक अंक लिखे जाते। खिलाड़ी को एक पैर पर उछलते हुए सभी वर्गों को पार करके वापस लौटना होता था। कभी हाथ में, कभी पैर पर और कभी सिर पर एक गिंठू रखकर इस खेल को और रोचक तथा कठिन बनाया जाता। लड़के भी अपनी बहनों के साथ शामिल हो जाते। इस तरह लड़कों को अपने खेलों के अलावा गिंठू और इक्कल-दुक्कल में भी महारत हासिल हो जाती थी।

लड़कियों का सबसे मनपसंद खेल था गुड्डे-गुड़िया का ब्याह। एक लड़की का गुड्डा होता और दूसरी लड़की की गुड़िया। वे आपस में अपने गुड्डे-गुड़िया की शादी तय कर लेतीं। इस शादी में सभी रस्में निभायी जातीं। रोकना होता, सगाई होती, गुड्डे-गुड़िया की हल्दी की रस्म भी की जाती, गाने गाये जाते, ढोलक बजती और फिर आता शादी का दिन। इसमें बाकायदा घराती और बाराती तय कर लिये जाते। मोहल्ले के कुछ बच्चे घराती बनते, तो कुछ बाराती। गुड्डे वाली लड़की अपने घर से बारात लेकर निकलती। उस बारात में बच्चे अपने खिलौने वाले बाजे बजाते हुए जाते। वह दृश्य किसी असली बारात से कम नहीं हुआ करता था।

गुड्डे की बारात जब गुड़िया के घर पहुंचती, तो बारात का स्वागत किया जाता। फिर बारातियों को बैठा दिया जाता। इस बीच गुड़िया वाली लड़की की सहेलियां

खाना तैयार कर लेतीं। यह खाना बस दिखावे भर का हुआ करता था। लगभग हल्के जलपान जैसा। बाराती और घराती जलपान करते और फिर शादी की रस्में शुरू हो जातीं। एक छोटे से हवन कुंड या कड़ाही में लकड़ियां जलायी जातीं। फिर गुड्डे-गुड़िया के फेरे होते। लड़कियां अपने गुड्डे और गुड़िया को हाथ में लेकर उनके फेरे करवातीं। फेरों के बाद समय आता विदाई का। बहुत भावुक माहौल में गुड़िया को विदा किया जाता। गुड़िया वाली लड़की कहती, 'अपना मायका भूल मत जइयो। आती रहियो घर पे। ठीक से काम करियो ससुराल में। सबकी बात मानियो। बाकी तो तू समझदार है ही।' और गुड़िया अपनी ससुराल पहुंच जाती।

यह बात और है कि शाम तक ही गुड्डे वाली लड़की को गुड़िया वापस करनी पड़ती। अगर वह ऐसा न करती, तो गुड़िया वाली लड़की उसके घर से अपनी गुड़िया वापस ले आती। इस खेल में सबको बहुत मज़ा आता।

चौपड़, चौसड़ या चौसर भी एक लोकप्रिय खेल था। यह 17-17 खानों की चार भुजाओं वाला खेल था, जो 8 कौड़ियों से खेला जाता था। यह बिल्कुल लूडो जैसा होता है और इसे दो, तीन या चार खिलाड़ी खेल सकते हैं। कौड़ियों को पासे की तरह फेंका जाता। लूडो की तरह ही गोटियां आगे बढ़ायी जातीं, दूसरे की गोटियां पीटी जातीं। अपनी चारों गोटियां सबसे पहले घर में पहुंचाने वाला खिलाड़ी जीत जाता। कंचों की तरह बच्चों को कौड़ियां भी बहुत प्रिय हुआ करती थीं। वे कौड़ियों को बेशकीमती चीज़ की तरह संभालकर रखते।

कहा जाता है कि भारत के इसी प्राचीन खेल से लूडो का खेल बना है। आज दुनिया भर में करोड़ों लोग मोबाइल फोन पर ऐप इंस्टॉल करके करके लूडो खेलते हैं, लेकिन चौसड़ को लोग भूल गये। अब यह केवल गांवों में खेला जाता है।

एक खेल पूरे मेरठ में बच्चों से लेकर बड़ों तक समान रूप से लोकप्रिय था। वह था शतरंज का खेल। हर मोहल्ले में शतरंज के कुशल खिलाड़ी हुआ करते थे। मौसम के अनुसार कभी शतरंज घर के अंदर खेली जाती, कभी छत पर, तो कभी खिलाड़ी घर या दुकान के सामने के पत्थर पर बैठकर भी मोहरों के इस खेल में मशगूल हो जाते। इस खेल में कोई छोटा-बड़ा या ऊंचा-नीचा नहीं होता था। उस समय मेरठ के विधायक रहे जय नारायण शर्मा अकसर सनातन धर्मशाला के बाहर लगे पत्थर पर

बैठकर शतरंज खेलते हुए नज़र आते थे। कभी-कभी तो कोई रिक्शा वाला अपना रिक्शा साइड में खड़ा करके उनसे शतरंज खेलने लगता और फिर वह उसी के रिक्शे में बैठकर कहीं चले जाते!

पतंगबाज फन्ने खां

क्रिकेट, हॉकी, फुटबॉल, बैडमिंटन, टेबल टेनिस, वॉलीबॉल, बास्केटबॉल, कुश्ती, तैराकी, जिमनास्टिक, भारोत्तोलन और मुक्केबाजी जैसे खेल शहर में लोकप्रिय थे, लेकिन पतंगबाजी को उस समय मेरठ का 'नगर-खेल' माना जाता था। कोई मोहल्ला ऐसा नहीं मिलता था, जहां बेहतरीन पतंगबाज न हों। बच्चों से लेकर बड़ों तक सर्दियों के मौसम में अपनी-अपनी छत से पतंग उड़ाते। अकसर यह पतंगबाजी शौकिया हुआ करती।

आसमान में पतंग चढ़ाने के बाद जो पतंग पास में नज़र आती, उससे पेच लड़ाया जाता। कभी-कभी यही पतंगबाजी ज़बरदस्त स्पर्धा में भी बदल जाती थी। इसे 'बदकर पेच लड़ाना' कहा जाता। कोई दो पतंगबाज या कई पतंगबाजों की दो टीमें आपस में पेच तय कर लेतीं। उनके बीच 5, 10, 20 या 50 पेच लड़ाये जाते। ज़्यादा पेच काटने वाले पतंगबाज या पतंगबाजों की टीम को विजेता माना जाता। यह स्पर्धा अपने घर की छत पर तो होती ही थी, लेकिन बड़े मुकाबले के लिए जिमखाना मैदान या भैंसाली मैदान जैसी जगह को चुना जाता।

पतंगों के नाम भी बहुत अजीबोगरीब थे। मांगो, सरदारा, एकतारा, चांदतारा, चांदो, एकरंगी, दुरंगी, तिरंगी, चौरंगी और रानी नाम की पतंगों की दिखने में ही नहीं, बल्कि उड़ने में भी अलग-अलग ख़ासियत थी। पतंग उड़ाने का पहला सबक ठीक से कन्ने बांधने का हुआ करता। माचिस की तीली से पतंग में दो जगह दो-दो छेद किये जाते। उनमें सद्दी से कन्ने बांधे जाते। ऊपर की ओर का कन्ना पतंग के आकार के अनुसार दो, तीन या चार गांठ झुका हुआ रहता। तभी पतंग हवा में घूमती। सही कन्ने बांधना पतंग को बिना फटे ऊंचाई तक उड़ाने के लिए ज़रूरी था। पेच लड़ाने में भी सबसे कारगर यही हुआ करता।

नामी पतंगबाज फटी हुई पतंग कभी नहीं उड़ाते थे। अगर उड़ाते हुए उनकी

पतंग फट जाती, तो वे उसे उतारकर दूसरी पतंग उड़ाते। हालांकि आम पतंगबाज, ख़ासकर छोटे बच्चे फटी हुई पतंग भी चिप्पी लगाकर उड़ा लेते। हर घर में पतंग चिपकाने के लिए गोंद या लेई तो होती नहीं थी। ऐसे में आलू की सब्ज़ी का आलू या उबले हुए चावलों को मसलकर, किसी ज़्यादा फटी हुई पतंग का कागज फाड़कर उससे चिप्पी लगायी जाती।

पेच दो तरह के होते थे। एक खींच का और एक ढील का। पतंगबाज आसमान में अपनी पतंगों को कलाबाजियां खिलाते हुए एक-दूसरे की पतंग के नजदीक लाते और फिर जैसा मौका लगता, खींच या ढील देकर पेच लड़ाया जाता।

ढील वाला पेच आसान माना जाता था, क्योंकि इसमें उंगली को घुमाते हुए बस सद्दी को ढील देनी होती। असली हुनर था खींच वाला पेच लड़ाने में। खींच मारने से पहले हवा की दिशा और गति का अंदाज लगाते हुए तय किया जाता कि किस कोण से अपनी पतंग दूसरे खिलाड़ी की पतंग से जाकर लड़ेगी। एक पतंगबाज दूसरे पतंगबाज की पतंग के ऊपर से जाकर नीचे को खींच मारता या नीचे जाकर ऊपर की ओर खींच मारता। सही गति और सही कोण से ही अपनी पतंग का मांझा दूसरी पतंग के मांझे को काट सकता था। जिसकी पतंग कटती, उसे अपनी सद्दी और मांझे को बहुत फुर्ती से खींचना पड़ता। ऐसा न करने पर जिसकी छत पर उसकी सद्दी या मांझा गिरता, वह उसे पकड़कर तोड़ सकता था। इसे सद्दी और मांझा लूटना कहा जाता था। यह भी खेल का हिस्सा था। अकसर कोई भी इसका बुरा नहीं मानता, क्योंकि हर कोई तो कभी न कभी किसी न किसी की सद्दी या मांझा लूट चुका होता। जो पतंगबाज पेच काट देता, वह अपनी पतंग को तुरंत आसमान में ऊपर चढ़ा देता। यह जीत के बाद झंडा फहराने जैसी कवायद हुआ करती थी। नामी पतंगबाजों के पेच देखने के लिए मोहल्ले में छतों पर बच्चे और बड़े जमा हो जाते। अगर पेच जिमखाना मैदान या भैंसाली मैदान में लड़ाये जाते, तो वहां सैकड़ों दर्शक इकट्ठा हो जाते। पेच कटते ही सब एक आवाज़ में चिल्लाते, 'व्वो काटा।' अब तो पतंग काटकर बच्चे बहुत शान से 'काई पो चे' कहते हैं।

मेरठ में फन्ने खां पतंगबाज गली-गली, मोहल्ले-मोहल्ले में थे। अब भी हैं!

कचौरी-जलेबी, समोसे-इमरती

जीरो डिग्री से 45 डिग्री सेल्सियस तक तापमान वाली सर्दियों और गर्मियों से जूझने वाले मेरठ के लोग ख़ास खान-पान से इन विषम परिस्थितियों का मुकाबला करते आये हैं। सर्दियों में मक्का की रोटी, सरसों का साग, आलू और मूली के पराठे, गाजर का हलवा, गुड़ और तिलबुग्गा शरीर को गर्मी देने वाले व्यंजन हैं। बचपन में हम सर्दियों में मूंगफली के साथ गुड़ खाते, तो कंपकंपाहट तुरंत दूर हो जाती।

गर्मियों में तरह-तरह की ठंडाई, शरबत और लौकी की बर्फी ठंडक देने वाली चीज़ें हुआ करती थीं। गंगा और यमुना का दोआब होने के कारण यहां तरह-तरह के अनाज, सब्ज़ियों, फलों और दालों की कोई कमी नहीं है। हम जब भी किसी घर के सामने से निकलते, तो वहां से आती खुशबू से ही पता चल जाता था कि दाल में छौंक लगा है या हलवा बन रहा है। पुदीने की चटनी की खुशबू तो दूर से ही मन को खींच लेती।

मेरठ वालों को खाने के साथ मीठा बहुत पसंद है। वे रोटी और चावल के साथ भी गुड़, शक्कर, बूरा और खांड का ख़ूब इस्तेमाल करते हैं। मट्ठा और रायता भी उन्हें बहुत प्रिय है। मट्ठा तो कभी भी पी सकते हैं। खाने के साथ तरह-तरह के रायते भी बनाये जाते हैं। अचार, पापड़ और बड़ियों के तो क्या कहने! जब हम महिलाओं को छत पर आलू और साबूदाने के पापड़, चावल की कचरी, मूंग और सोयाबीन की बड़ियां बनाकर सुखाते हुए देखते, तो अचरज होता कि स्वाद रचने के पीछे कितनी सारी मेहनत छिपी होती है और वह कभी कहीं दर्ज नहीं होती! अचार भी अलग-अलग तरह के डाले जाते। आम, नींबू, मिर्च, गाजर और मूली के अचार आम थे। तब बाज़ार से अचार और पापड़ खरीदने का चलन नहीं था।

आम के सीजन में खाने की थाली में आम होना लाज़िमी हुआ करता था। आम का ज़िक्र हो और दशहरी आम की खुशबू महसूस न हो, भला यह कैसे हो सकता है! जब हम आम के बाग़ के पास से गुजरते, तो वहां से आती आम की खुशबू को शब्दों में बयान नहीं किया जा सकता। उन दिनों आम को काटकर खाने के बजाय चारों तरफ़ से दबाने के बाद चूस-चूस कर खाने का चलन था।

होली के बाद मेरठ में नानखटाई बनती थी, वैसी नाज़ुक नानखटाई शायद देश में

और कहीं नहीं बनती। बेसन से बनने वाली यह मिठाई मुंह में रखते ही घुल जाती है। बच्चे बहुत देर तक इसका स्वाद महसूस करते।

मेरठ की सबसे ज़्यादा मशहूर मिठाई हैं रेवड़ी और गजक। इनका इतिहास 160 साल पुराना है। रामचंद्र सहाय ने सन् 1860 के आसपास गुड़ और तिल के मिश्रण को कूटकर लडडू बनाने की शुरूआत की। बरसों तक तजुर्बे करते-करते यह गजक के रूप में सामने आयी। लगभग उसी समय रेवड़ी बनाने की भी शुरूआत हुई। गुजरी बाज़ार में एक छोटी सी दुकान में बनायी गयी यह मिठाई अंग्रेजों को भी बहुत पसंद आई। मेरठ की गजक के शौकीन अटल बिहारी वाजपेयी और बिल क्लिंटन थी थे।

मेरठ में रेवड़ी और गजक की आज सैकड़ों दुकानें हैं, लेकिन इनके साथ रामचंद्र सहाय का नाम हमेशा के लिए जुड़ गया। मजे की बात यह है कि गुजरी बाज़ार में ये मिठाइयां बनाने वाली हर दुकान ख़ुद को रामचंद्र सहाय ही कहती है। बचपन में हम गुजरी बाज़ार से रेवड़ी या गजक लेने जाते थे। किसी भी दुकान से लेते, तो डिब्बे पर लिखा होता, 'रामचंद्र सहाय की असली दुकान। नक्कालों से सावधान।'

मेरठ में करीब 15 तरह की गजक और रेवड़ी तैयार की जाती हैं। तिल, गुड़ और मेवों से बनने के कारण ये सर्दियों में बहुत मुफ़ीद होती हैं। सर्दियों की ही एक अनोखी मिठाई है सौंजनी का गोंद। यह गोंद, मावे और मेवों से बनती है। इसका नुस्खा केवल सरधना के हलवाइयों के पास है। मेरठ के हलवाइयों ने बहुत कोशिश की, लेकिन वे वैसी नहीं बना सके।

मेरठ में हलवाई की दुकान पर सुबह को कचौरी और जलेबी का गरमा-गरम नाश्ता मिलता था। शाम को समोसे और इमरती खाने का वक़्त होता। बहुत से घरों में अकसर सुबह का नाश्ता हलवाई की दुकान से लाया जाता था। ख़ासकर इतवार को। तब हलवाई की दुकान पर लंबी लाइन लग जाती। हलवाई कचौरी और जलेबी बनाते होते और लोग हसरत से बनते हुए देख रहे होते। घान तैयार होते ही गल्ले पर बैठा शख़्स बहुत फुर्ती से कचौरी के साथ आलू और सीताफल की सब्ज़ी देता। तब पॉलीथिन की थैलियों और डिस्पोजेबल डिशों का चलन नहीं था। सब कुछ पत्तों के दोनों में दिया जाता।

शाम को जब भी कोई हलवाई की दुकान के सामने से निकलता, तो उसे ताजा

समोसों और इमरती की खुशबू दूर से ही आ जाती। समोसे में भरे मसाले से पता चल जाता था कि वह किस मोहल्ले के किस हलवाई का बनाया हुआ है। पिता और दादा कहते कि वे भी बचपन से ऐसा ही देखते आये थे। न जाने कब से यह चलन रहा होगा। आज भी जारी है।

कोतवाली के ठीक सामने डिप्टी हलवाई की दुकान पूरे शहर में मशहूर थी। इतवार को कचौरी और जलेबी लेने के लिए आसपास के कई मोहल्लों के लोग वहां इकट्ठा होते। सुभाष बाज़ार में भी कई हलवाई थे। बुढ़ाना गेट पर सिंधी, गोकुल और खलीफा की बड़ी दुकानें थीं। उनकी मिठाई पूरे शहर में मशहूर थी। सिंधी और गोकुल देसी घी से बनी मिठाइयों के लिए जाने जाते थे। सिंधी की दुकान पर कराची हलवा बहुत बढ़िया मिलता था। वह दुकान अब बंद हो गयी है। गोकुल और खलीफा की दुकानें पहले की तरह ग्राहकों के प्यार से सराबोर होकर चल रही हैं। बेगमपुल रोड पर जीआईसी के सामने रसराज रेस्टोरेंट के रसगुल्ले खाने के लिए लोग दूर-दूर से आते थे। पुराने सर्राफा बाज़ार में रामू हलवाई की कचौरी लेने के लिए उस जमाने में लोग थापर नगर तक से आते थे। गुजरी बाज़ार में एक दुकान पर अफलातून गुलाब जामुन मिलता था। लोग बाहर से आये रिश्तेदारों को अफलातून ज़रूर खिलाते थे। दो रुपये का अफलातून सेव के आकार का होता और इसमें मेवे भरे होते।

चाट वाले तो मेरठ के हर मोहल्ले में थे। आबू लेन पर राधे चाट भंडार पर भीड़ देखकर लोग आगे बढ़ जाते कि सदर से ख़रीदारी कर आयें, लौटते हुए चाट खा लेंगे। आधे घंटे बाद फिर आते, तो भी उतनी ही भीड़ मिलती। तब वे लाइन में लग ही जाते। राधे को मेरठ के बाहर से भी बुलावा आता। सुभाष बाज़ार में अशोक की लाट के नीचे गोल-गप्पे खाने का मजा ही कुछ और था। लेकिन सबसे मशहूर था शेर सिंह। लंबा-चौड़ा, सांवला शेर सिंह घंटाघर से सर्राफा बाज़ार, बजाजा, लाला का बाज़ार और गुजरी बाज़ार होते हुए तोपचीवाड़ा में आता, तो उसके ठेले पर शेर सिंह चाट भंडार लिखा देखते ही चाट के शौकीनों के मुंह में पानी भर आता। वह तोपचीवाड़ा में शाम को पांच बजे आकर खड़ा होता और रात आठ बजे तक लोगों को लगातार चाट खिलाता रहता। आठ बजे सारा सामान ख़त्म करके वह ख़ाली ठेले को लेकर घर लौट जाता। वह छोले की चाट 10 पैसे में और आलू की टिक्की 20 पैसे में देता था। उसका

ठेला लगातार 3 घंटे तक घिरा रहता। शेर सिंह बहुत गर्व से हर ग्राहक से यह ज़रूर कहता था, 'चाट खाने के बाद अगर पत्ता नहीं चाटा, तो पैसे वापस!' उसे कभी किसी को पैसे लौटाने नहीं पड़े।

बेगम पुल रोड पर सत्कार रेस्टोरेंट का डोसे के लिए बहुत नाम था। वहां डोसे के साथ भरपेट सांभर मिलता था। वैसा डोसा और सांभर मेरठ में कहीं और नहीं मिलता था। इसीलिए वहां काफ़ी भीड़ रहती। यह डोसा डेढ़ रुपये का होता। सत्कार से थोड़ा आगे आपका बाज़ार के जलपान गृह में भी अच्छा डोसा मिलता था। केवल 55 पैसे का शहर में सबसे सस्ता डोसा मिलता था कंपनी गार्डन के बराबर में आर्मी कैंटीन के पास।

बेगम पुल पार करने पर रुड़की रोड शुरू होते ही अंबाला बस अड्डे के सामने पेट्रोल पंप के कोने पर कोल्टेक्स का स्टैंडिंग रेस्टोरेंट था। वहां बैठने का इंतजाम नहीं था। रेस्टोरेंट के दो तरफ़ खड़े होकर खाने की जगह थी। वहां के सैंडविच, आमलेट, चाय और कॉफी का ख़ास टेस्ट लोगों को शास्त्री नगर तक से खींच लाता। लोग बहुत शान से कहते, 'चलो, कोल्टेक्स चलते हैं सैंडविच और कॉफी के लिए।' इसी तरह बच्चा पार्क के रेस्टोरेंट में चाय के ऊपर कॉफी के झाग डलवाकर पीने के शौकीन दूर-दूर से आते थे।

पीएल शर्मा रोड पर जयहिंद रेस्टोरेंट में नौजवानों का जमावड़ा रहता था। मेरठ कॉलेज छात्र संघ के अध्यक्ष सतपाल सिंह, जो बाद में कई बार सांसद और कई राज्यों के राज्यपाल बने, नाश्ता करने के लिए रोज़ यहां आते। वह हमेशा कॉलेज के छात्रों से घिरे रहते। जयहिंद की खूबी यह थी कि वहां 25 पैसे देकर अपनी पसंद का गाना बजवाया जा सकता था। बाद में मैंने मुंबई में ईरानी रेस्टोरेंट में ज्यूक बॉक्स का यह सिस्टम देखा। मेरठ कॉलेज के सामने आरएस रेस्टॉरेंट में भी काफ़ी नौजवान जुटते।

घंटाघर के ठीक नीचे चचा मूंछों वाले की दुकान थी। वहां लोग दूर-दूर से आमलेट खाने आते थे। यह दुकान रात को केवल तीन घंटे के लिए बंद होती। आबू लेन पर दिल्ली छोले-भटूरे की बहुत मशहूर दुकान थी। वहां उस ज़माने में भी छोले-भटूरे के लिए कूपन दिया जाता था। टोकन के नंबर के अनुसार लोग बाहर इंतज़ार करते। जब जगह ख़ाली होती, तो अगले नंबर के कूपन वालों को अंदर जाने का मौका

मिलता। चार रुपये की छोले-भटूरे की प्लेट खाने के बाद और कुछ खाने की जगह नहीं बचती थी।

मेरठ पर लंबे समय तक मुग़लों ने राज किया, इसलिए यहां के मुगलई व्यंजन भी बहुत मशहूर थे। इन पर फारसी पाक कला का असर था। मेरठ के शामी कबाब, सीक कबाब, चिकन बिरयानी, मटन कोफ्ते और फिश पकौड़ा हैदराबाद तक मशहूर थे।

होली के त्योहार के बाद आइसक्रीम का सीजन शुरू हो जाता था। उन दिनों बड़े ब्रांड की आइसक्रीम का ज़्यादा चलन नहीं था। मोहल्ले-मोहल्ले आइसक्रीम के ठेले घूमते थे। उनमें स्थानीय कारखानों में बनी आइसक्रीम होती। बर्फ़ की आइसक्रीम पांच पैसे, दूध की आइसक्रीम 10 पैसे और दूध-मलाई की आइसक्रीम 20 पैसे की मिलती। आइसक्रीम वाला आवाज़ लगाता, 'आ जाओ रे आ जाओ, ठंडी-ठंडी आइसक्रीम खा जाओ, आ जाओ रे आ जाओ'। उसकी आवाज़ सुनते ही मुट्ठी में पैसे दबाये बच्चे उसकी ओर दौड़ पड़ते।

कुल्फी का ठेला अलग होता था। कुल्फी वाला सांचे में से निकालकर कुल्फी देता था। यह 10 पैसे से 50 पैसे तक की आती थी। बच्चों और बड़ों, सभी में आइसक्रीम और कुल्फी जैसा शौक फालूदे का भी था। घंटाघर, ख़ैरनगर, वैली बाज़ार, हापुड़ अड्डे, लाल कुर्ती और आबू लेन में सबसे अच्छा फालूदा मिलता था। फालूदा कांच के गिलास में दिया जाता था। सब्जा डला हुआ गुलाबी रंग का फालूदा सबको भाता था।

मेरठ में पान वाले बहुत ठसक से रहा करते थे। हर पान वाला ख़ुद भी पान खाता और उसके दोनों गालों में पान की गिलौरियां ठुंसी होतीं। पान वाले रोज़ रात को दुकान बंद करने से पहले कत्थे और चूने के पीतल के बर्तन बहुत तबीयत से साफ करते थे। दुकान छोटी हो या बड़ी, बंद करने से पहले रात को उसे चमका कर ही घर जाते थे। अगले दिन जब दुकान खोलते, तो नया कत्था और चूना सबसे पहले सजाते। पान के पत्तों पर पानी छिड़कते और पालथी मारकर अपने ठिये पर बैठ जाते। वैसे तो पान का शौक मुसलमानों में ज़्यादा था, लेकिन बहुत से हिंदू भी पान खाते थे। कुछ घरों में रात को खाने के बाद पान मंगाया जाता था।

आबू लेन पर 'नीलम' और 'ईट वेल' मेरठ के पहले आधुनिक रेस्टोरेंट थे। आबू लेन पर ही 'विजय बार' को मेरठ का पहला बार एंड रेस्टोरेंट माना जाता है।

इससे पहले शराब के छोटे-मोटे अनौपचारिक देसी बार ज़रूर थे, लेकिन औपचारिक बार की शुरुआत विजय बार से ही हुई। उसके बाद 'राज महल होटल एंड बार' और 'सिपला बार' बने। लालकुर्ती थाने से सोफिया स्कूल की ओर जाने वाली सड़क पर 'चाइना टाउन बार' बहुत मशहूर था। इसका नाम बदलकर अब 'इंडियाना' हो गया है।

मेरठ में गली-गली, मोहल्ला-मोहल्ला और बाज़ार-बाज़ार स्वाद था। चटखारे लेकर उस स्वाद में डूबने वाले लोग भी थे!

रिक्शा पर सिनेमा

कितने आदमी थे? तुम तीन और वे दो, बहुत नाइंसाफी है। अरे ओ सांबा, उठा बंदूक और लगा निशाना।

साइकल रिक्शा पर लाउडस्पीकर से 'शोले' फिल्म का प्रचार हो रहा था। रिक्शा कुछ देर तक हमारे मोहल्ले में रुका। बच्चे बुढ़ाना गेट तक उसके पीछे-पीछे चले गये। इतनी देर में ही हमें जय, बीरू, ठाकुर, बसंती, गब्बर और अंग्रजों के जमाने के जेलर ने सम्मोहित कर लिया। जाहिर है कि फिर हम सबने अपने-अपने परिवार के साथ मेनका सिनेमाघर में जाकर 'शोले' देखी। इस फिल्म का जादू अभी तक नहीं उतरा।

मेरठ में तब 22 सिनेमाघर थे – हापुड़ रोड पर ईव्ज और गुलमर्ग, ईस्टर्न कचहरी रोड पर मेघदूत, बुढ़ाना गेट पर निगार (सत्यम), खैरनगर में फिल्मिस्तान, घंटाघर पर अप्सरा (नॉवल्टी) और मेनका, वैली बाज़ार में ओडियन, दिल्ली रोड पर अजंताज (माधुरी) और महताब, बागपत रोड पर अनुराग और मधुबन, कैंट में रिवोली, रीगल (फोनिक्स), मेफेयर और पैलेस, गढ़ रोड पर नंदन और आम्रपाली, बेगमपुल पर जगत, आबू लेन पर निशात, सदर बाज़ार में प्लाजा (बंसल) और कंकरखेड़ा में नटराज। शहर में बालकनी वाला पहला सिनेमाघर मेनका था। अब उनमें से केवल एक सिनेमाघर रीगल चल रहा है। मिलांज, मैग्रम, पीवीसी और शोप्रिक्स मल्टीप्लेक्स सिनेमाघरों में तीन-तीन स्क्रीन यानी कुल 12 स्क्रीन ज़रूर चल रहे हैं।

निशात में वी. शांताराम, राजकपूर, महबूब, बी. आर. चोपड़ा और यश चोपड़ा की फिल्में लगती थीं। निगार में जब 'मुगले-आज़म' और 'मदर इंडिया' लगीं, तो

अगले दिन के टिकट के लिए लोग रात को ही आकर लाइन में लग जाते थे। मेनका में 'शोले' लगातार 52 हफ़्ते और नंदन में 'हम आपके हैं कौन' 60 हफ़्ते चली। निशात में 'दिलवाले दुलहनिया ले जाएंगे' ने 39 हफ़्ते तक दर्शकों का दिल जीता था। निशात में बुधवार का मैटिनी शो (दोपहर 3 से 6 बजे तक) केवल महिलाओं के लिए होता था। शहर में इसकी मुनादी करायी जाती थी।

मेरठ के सिनेमाघरों में फिल्म के अलावा और भी प्रदर्शन होते थे। अप्सरा और जगत में पृथ्वीराज कपूर का नाटक 'पठान' हाउसफुल होता था। निशात में जादूगर पीसी सरकार के स्टेज शो में भारी भीड़ उमड़ती थी। राजेंद्र कुमार, राजेश खन्ना और जितेंद्र समेत अनेक सितारे अपनी फिल्म रिलीज होने पर मेरठ के सिनेमाघरों में आते थे। निगार सिनेमाघर के मालिक नादिर अली परिवार के सईद मियां की इन्दिरा फिल्म्स और ईव्ज सिनेमा हॉल के मालिक वेदप्रकाश की यूनाइटेड पिक्चर्स कंपनी थी। वे दोनों दिल्ली और वेस्ट यूपी के फिल्म डिस्ट्रीब्यूटर थे।

तब शहर में फिल्मों का प्रचार बैंड-बाजों के साथ रेहड़ी, रिक्शे, ठेले और तांगे पर बैनर-पोस्टर लगाकर लाउडस्पीकर से होता था। इसे देखने के लिए लोग सड़कों पर खड़े हो जाते। मेरठ के सिनेमाघरों के पुराने मालिक बताते थे कि मैटिनी और नून शो के नाम यहीं से चले थे, जो बाद में पूरे देश मे लोकप्रिय हुए।

तब फर्स्ट डे, फर्स्ट शो, हाउसफुल और एडवांस बुकिंग के दिन हुआ करते थे। दोस्तों, पड़ोसियों और परिवार के साथ सिनेमाघर जाकर फिल्म देखना एक जश्न था। आजकल तो 24 घंटे सेटेलाइट चैनलों पर लगातार फिल्में आती रहती हैं। ओटीटी प्लैटफॉर्म और यूट्यूब पर भी बेशुमार फिल्में हैं। उन दिनों केवल रविवार शाम को दूरदर्शन पर फिल्म आती थी। घर में मोहल्ले के कई परिवारों के साथ टीवी पर फिल्म देखना किसी उत्सव से कम नहीं हुआ करता था। तब सिनेमाघर मनोरंजन का बड़ा साधन होते थे। इसीलिए सिनेमाघरों के बाहर लंबी कतारें लगती थीं। 'हाउस फुल' के बोर्ड, ब्लैकियर्स का फुसफुसाती आवाजों के साथ आसपास मंडराना, टिकट खिड़कियों पर उमड़ी भीड़ पर लाठीचार्ज और सिनेमाघर के भीतर प्रणय प्रसंगों या प्रेम गीत पर बजती सीटियां, भावुक दृश्यों पर सुबकती महिलाएं और हिट गानों पर स्क्रीन पर पैसों की बरसात आम दृश्य होते थे।

प्रेमियों को फिल्म देखते समय एकांत का लुत्फ उठाने के लिए कोने की सीटें और विशेष बॉक्स होते थे। सिनेमाघर से बाहर निकलते ही 25 पैसे में फिल्मों के गानों की किताब खरीदने के लिए भीड़ लग जाती। बाद में फिल्मी गीत सुनने के लिए कैसेट और घर पर फिल्म देखने के लिए वीडियो कैसेट की दुकानों पर दर्शक उमड़ते। तब शहर के इलाक़ों को उनके सिनेमाघरों के नाम से पहचाना जाता था।

ईव्ज, मेनका, अप्सरा और अजंताज जैसे सिनेमाघर तो लकदक फिल्म प्रीमियरों के लिए मशहूर थे। बहुत से दर्शक तो ये सिनेमा हॉल देखकर अभिभूत हो जाते थे। ये सिनेमा हॉल फिल्म के हिट या फ्लॉप होने का बैरोमीटर भी थे।

परदे पर चमके

औघड़नाथ मंदिर के पास एक भव्य सफेद बंगला हुआ करता था। वह बंगला था 'बैजू बावरा' और 'मिर्जा गालिब' जैसी फिल्मों के हीरो भारत भूषण का। जब भी अपने दोस्तों के साथ घूमते हुए मैं उस बंगले के सामने से गुजरता, तो हम सब रुककर उसे ज़रूर देखते। फिर हम फिल्म नगरी में जाकर स्टार बनने वाले मेरठ के लेखकों-कलाकारों की बातें करने लगते। फिल्मों में मेरठ का काफ़ी योगदान रहा है।

मेरठ के सरकारी वकील रायबहादुर मोतीलाल के बेटे भारत भूषण फिल्मों में हीरो बने, तो दिलीप कुमार, देव आनंद और राजकपूर की तिकड़ी के बीच उन्होंने रोमांटिक हीरो का मुकाम हासिल किया। 'बैजू बावरा' फिल्म से वह अमर हो गये। 'श्री चैतन्य महाप्रभु' के लिए उन्हें फिल्मफेयर पुरस्कार मिला। 'सावन', 'मिर्जा गालिब', 'सुहागरात', 'औरत तेरी यही कहानी', 'रानी रूपमती', 'बरसात की रात', 'घूंघट' और 'कहानी किस्मत की' उनकी प्रमुख फिल्में हैं। उन्होंने करीब 100 फिल्मों में अभिनय किया।

हिंदी सिनेमा के सबसे बड़े शोमैन राजकपूर की ननिहाल मेरठ में थी। उनकी मां रामसरनी मेहरा के परिजन लंबे अरसे तक दाल मंडी में रहे थे। राज कपूर बचपन में कई बार ननिहाल आये। दरअसल उनके पिता पृथ्वीराज कपूर अपना नाटक 'पठान' लेकर मेरठ आते थे।

फिल्मों में नाम कमाने वाले मेरठ के पहले शख़्स मुखराम शर्मा थे। लेखक-

गीतकार पंडित मुखराम शर्मा ने फिल्मों में ऐसा सिक्का जमाया कि उन्हें आठ फिल्मफेयर पुरस्कार मिले। उन्होंने 'औलाद', 'वचन', 'एक ही रास्ता', 'साधना', 'धूल का फूल', 'प्यार किया तो डरना क्या', 'राजा और रंक' और 'दो कलियां' जैसी फिल्में लिखी थीं। वह 'तलाक', 'संतान' और 'दीवाना' फिल्मों के निर्माता भी थे।

निर्देशक देवी शर्मा भी बहुत मशहूर हुए। नंदन सिनेमाघर के सामने वाली गली में रहने वाले देवी शर्मा ने मुंबई जाकर 'काली टोपी लाल रुमाल', 'गंगा की लहरें, 'गुनाहों का देवता' और 'गाल गुलाबी नैन शराबी' जैसी फिल्में निर्देशित की थीं। उन्होंने दारा सिंह को 'किंगकांग' में काम दिलाया था। देवी के उपासक देवी शर्मा ने जयदेवी नगर में देवी का गोल मंदिर बनवाया था।

सत्येन्द्रपाल चौधरी मेरठ कॉलेज में पढ़ते समय कहते थे, 'ब्बड़े-ब्बड़े इस्टारों को लेकै यै ब्बड़ी-ब्बड़ी फिलिम बनाऊंगा। देखते रह जाओगे।' वह पढ़ाई पूरी करके मुंबई पहुंचे, तो निर्माता के रूप में पहली फिल्म बनायी 'हसीना मान जायेगी'। इसका निर्देशन किया उनके सहपाठी रहे प्रकाश मेहरा ने। चौधरी ने अमिताभ बच्चन को लेकर तीन सुपर हिट फिल्में 'हेरा फेरी', 'शराबी' और 'नमकहलाल' बनायीं। 'जुल्मी', 'ईमानदार' और 'लक्ष्मणरेखा' भी उनके बैनर की फिल्में हैं।

प्रकाश मेहरा ने प्रोडक्शन कंट्रोलर के रूप में फिल्मी सफ़र शुरू किया था। उन्होंने 'हसीना मान जायेगी' के बाद 'मेला' का निर्देशन किया। वह 'जंजीर' के निर्माता-निर्देशक थे। इसी फिल्म से अमिताभ बच्चन का डांवाडोल करियर पटरी पर आया था। फिर तो प्रकाश मेहरा ने अमिताभ के साथ लगातार सात सुपरहिट फिल्में दीं। 'दलाल' उनकी आख़िरी फिल्म थी।

मेरठ के थापर नगर के गन्ना इंस्पेक्टर राम भारद्वाज फिल्मों में सफल गीतकार बने। 'जुर्म और सजा' का उनका गीत 'मेरे गीत हैं अनाम शहीदों के नाम' बहुत लोकप्रिय हुआ था। उनके बेटे विशाल भारद्वाज संगीतकार के रूप में मुंबई पहुंचे। उन्होंने कहानी-पटकथा-संवाद लेखक, निर्देशक और निर्माता के रूप में काफ़ी नाम कमाया। विशाल ने 'मकड़ी', 'मकबूल', 'ओमकारा', 'कमीने', 'इश्किया' और 'हैदर' जैसी महत्त्वपूर्ण फिल्में दी हैं। शेक्सपियर के नाटकों पर फिल्म बनाने में कोई उनका सानी नहीं है। उन्हें कई अंतरराष्ट्रीय, राष्ट्रीय और फिल्मफेयर पुरस्कार मिले।

उनकी पत्नी रेखा भारद्वाज को भी सर्वश्रेष्ठ गायिका का राष्ट्रीय फिल्म पुरस्कार मिल चुका है।

अरुण गोविल, मंदाकिनी और दीप्ति भटनागर को बॉलीवुड तक पहुंचाने का श्रेय मेरठ के यशस्वी फोटोग्राफर ज्ञान दीक्षित को जाता है। उन्होंने ही इन तीनों के पोर्टफोलियो शूट किये थे। ज्ञान दीक्षित को सन् 2018 में मुंबई में दादा साहब फाल्के फिल्म फाउंडेशन अवॉर्ड मिला। फोटोग्राफी के लिए उन्होंने सीडीए की नौकरी छोड़ दी थी। वह मवाना रोड पर रहते हैं। छीपी टैंक में उनका स्टूडियो दीक्षित फोटो पैलेस है।

हापुड़ रोड पर रहने वाले अरुण गोविल सन् 1975 में मुंबई गये और 'सावन को आने दो' से अपने अभिनय का लोहा मनवाया। 'रामायण' में राम की भूमिका करके तो वह पूरे देश में लोकप्रिय हो गये। मंदाकिनी ने राज कपूर की 'राम तेरी गंगा मैली' से बॉलीवुड में पदार्पण किया। जब उन्हें इस फिल्म के लिए साइन किया गया, तो वह पूरे मेरठ में मशहूर हो गयीं। उनका परिवार मेरठ कॉलेज के पास एक बंगले में किराये पर रहता था। उस बंगले को देखने के लिए भीड़ उमड़ने लगी।

जब 'राम तेरी गंगा मैली' रिलीज हुई, तो मेरठ के दर्शक मंदाकिनी के परदे पर आते ही चिल्लाने लगते थे, 'देख-देख, अपनी मंदाकिनी आ गयी।' हालांकि 'तेजाब' में मंदाकिनी को छोटी भूमिका में देखकर प्रशंसक बहुत निराश हुए थे। वे कहते थे, 'यो रौल ले कै ठीक ना किया मंदू नै। छोड़ देत्ती एक फिलिम। आसमान टूट पड़ रा था के? इब तै साइड रौल ई करैगी।'

दीप्ति भटनागर ने 'उत्तर दक्षिण' जैसी कई फिल्में करने के बाद दक्षिण की फिल्मों में काम किया। अब वह एक कामयाब टीवी सीरियल निर्माता हैं। गायक कैलाश खेर, गिरीश थापर और वेद थापर जैसे कलाकार भी मेरठ से मुंबई पहुंचे। नसीरुद्दीन शाह, चित्रांगदा सिंह, श्वेता तिवारी और प्रवेश राणा का भी मेरठ से संबंध रहा है।

चित्रकार और फोटोग्राफर जे. पी. सिंघल का स्टूडियो छीपी टैंक में हुआ करता था। उन्होंने भी बॉलीवुड में बहुत नाम कमाया। शुरू में वह कैलेंडर के चित्र बनाते थे। उनके पास इतना काम था कि हमेशा दो साल की बुकिंग रहती थी। वह बाद में फिल्मों की पब्लिसिटी के लिए फोटो शूट करने लगे। उन्होंने 'तेजाब', 'बॉर्डर' और 'गज

गामिनी' जैसी फिल्में कीं। 'जूली' के हीरो विक्रम की मेरठ में ससुराल थी।

खुशबू किताबों की

मेरठ लंबे अरसे से पुस्तक प्रकाशन का बहुत बड़ा केंद्र रहा है। इसीलिए यहां किताबों की बहुत दुकानें हैं। पहले हर मोहल्ले में किताबों की दुकान मिल जाती थी। किताबों का सबसे बड़ा बाज़ार था सुभाष बाज़ार। मेरठ के ज़्यादातर पुराने प्रकाशक इसी बाज़ार में थे। बाद में उनमें से कुछ दूसरी जगहों पर चले गये। नये प्रकाशकों ने नयी जगह से काम शुरू किया। सुभाष बाज़ार में किताबों की सबसे बड़ी दुकानें ज्ञान बुक डिपो (ज्ञान प्रकाशन), राधे बुक स्टोर और मेरठ पुस्तक भंडार थीं। इनमें से ज़्यादातर दुकानों पर 12वीं तक की पाठ्यपुस्तकें और स्टेशनरी का सामान मिलता था। ज्ञान बुक डिपो पर स्नातकोत्तर तक की पुस्तकें मिलती थीं। वहां धर्म, अध्यात्म, संस्कृति, आयुर्वेद और दर्शन की उच्चस्तरीय पुस्तकें भी मिल जाती थीं।

स्कूल और कॉलेज खुलते ही विद्यार्थियों को पहले ही दिन उनकी क्लास की पाठ्यपुस्तकों की लिस्ट मिलती। बच्चों के अभिभावक उस लिस्ट को लेकर किताबों की दुकान पर जाते और सभी किताबें दिला देते। बच्चों को इस दिन का बेसब्री से इंतज़ार होता था। नयी पाठ्यपुस्तकें हाथ में आने पर वे पहले उसे सूंघते। नयी किताब की खुशबू हर बच्चे को अच्छी लगती। तब पाठ्यपुस्तकें इतनी सस्ती हुआ करती थीं कि करीब 30 रुपये में पूरा सिलेबस आ जाता। पांच-छह रुपये में नोटबुक, जिसे बच्चे कॉपी कहते थे, मिल जाती थीं। उस समय 64 पेज की मोटे कागज के कवर की नोटबुक 30 पैसे की और 128 पेज की गत्ते के कवर की नोटबुक 60 पैसे की मिलती थी। आज यही नोटबुक 30 रुपये से कम की नहीं है। स्टेशनरी में बच्चों को लुभाते थे पेंसिल, पेन और ड्रॉइंग का सामान। पेंसिल, मोम और वॉटर के कलर्स, कटर (शार्पनर) और रबर (इरेजर) को भी बच्चे बहुत जतन से रखते।

पुराने फाउंटेन पेन की निब मोटी होने पर या खुरदुरा लिखने पर उसमें नयी निब डलवायी जाती। सामान्य निब 30 पैसे की और अच्छी निब 50 पैसे की आती। निब के नीचे की रबड़ ख़राब होने पर 10 पैसे की नयी रबड़ भी पड़ जाती। इस तरह 40 पैसे में पुराना फाउंटेन पेन एकदम नया हो जाता। नया फाउंटेन पेन तीन से पांच रुपये

में आता था। तब बॉल पॉइंट पेन से लिखने का ज़्यादा चलन नहीं था। स्कूलों में तो उसकी बिल्कुल मनाही थी। ज़्यादातर विद्यार्थी डिग्री कॉलेज में पहुंचकर ही उसका इस्तेमाल करते थे। हालांकि 10वीं और 12वीं की बोर्ड की परीक्षाओं में जल्दी लिखने के लिए बॉल पॉइंट पेन विद्यार्थियों की पसंद बनने लगा था। इससे तेज गति से लिखा जा सकता था और पेज के पीछे अक्षर भी नहीं उभरते थे।

सुभाष बाज़ार के बाद मेरठ में किताबों की सबसे बड़ी दुकान लॉयल बुक डिपो थी। यह गवर्नमेंट इंटर कॉलेज के पास छीपी टैंक के कोने पर थी। इसमें सभी तरह की पाठ्यपुस्तकें तो मिलती ही थीं, लगभग हर स्पर्धात्मक परीक्षा की किताबें और गाइड भी वहां उपलब्ध होती थी। मेडिकल और इंजीनियरिंग की प्रवेश परीक्षा, बैंक, रेलवे, यूजीसी, यूपीएससी और स्कॉलरशिपर की परीक्षाएं मेरठ के कितने ही विद्यार्थियों ने वहीं से ख़रीदी किताबें पढ़कर पास की थीं। शहर में कहीं कोई किताब न मिल रही हो, तो दूर-दूर से लोग लॉयल बुक डिपो में आते थे। अगर वहां भी वह किताब नहीं मिलती, तो समझ जाते कि अब मेरठ में यह किताब कहीं नहीं मिलेगी।

सदर बाज़ार में आइडियल बुक डिपो मशहूर थी। रोडवेज बस अड्डे के सामने चावला बुक डिपो में हर तरह की किताबें थीं। वह मेरठ में किताबों और पत्रिकाओं के बड़े डिस्ट्रीब्यूटर भी थे। आबू लेन पर न्यू बुक सेंटर का भी नाम था। गढ़ रोड पर मेरठ बुक सेंटर, सदर बाज़ार में बुक कॉर्नर और भगवान बुक पैलेस और तेजगढ़ी में तिरंगा बुक स्टोर भी किताबों की बड़ी दुकानें थीं।

इन सबसे हटकर एक और भी दुकान थी मेरठ में किताबों की, जहां हमेशा किशोरों और युवाओं का जमावड़ा रहता। वेस्टर्न कचहरी रोड पर पीएल शर्मा रोड के मोड़ से थोड़ा पहले कम्युनिस्ट साहित्य केंद्र नौजवानों का अड्डा था। कामरेड मुसद्दीलाल अपने दम पर यह दुकान चलाते थे। उनका उद्देश्य दुकान चलाकर आजीविका कमाना नहीं था। वह नौजवानों में अच्छी किताबें पढ़ने की आदत डालने का काम करते थे। वह हर समय युवाओं से घिरे रहते और उन्हें नयी-नयी किताबें सुझाते। इस दौरान उनके मन में कभी किताबों के कारोबार की बात नहीं आती थी। वह चाहते थे कि जिंदगी को समझने वाली किताबें पढ़कर नौजवान इतने परिपक्व हो जायें कि वे आने वाले समय में बेहतर और ज़िम्मेदार नागरिक साबित हों।

मार्क्स और एंगेल्स की किताबें कॉमरेड मुसद्दीलाल उन नौजवानों को ही पढ़ने को कहते थे, जिन्हें वह इन किताबों को समझने के लायक समझते थे। पहली बार कोई उनकी दुकान पर आता, तो वह बहुत प्यार से उसे अपने पास बैठाते। उससे पूछते, 'क्या करते हो भैया? कहां पढ़ते हो? क्या बनना चाहते हो? किस विषय में रुचि है?' इन सवालों के जवाब सुनकर उन्हें अंदाज हो जाता कि उसके काम की किताबें कौन सी हैं।

इस दुकान पर कम्युनिस्ट साहित्य के अलावा रूसी लेखकों की किताबें बहुत बिकती थीं। नौचंदी के मेले के अलावा अगर हमें मेरठ में टॉल्सटॉय, गोर्की, चेखव, दोस्तोवस्की और मायकोवस्की की किताबें लेनी होतीं, तो वे इसी दुकान पर मिलती थीं। नौजवानों पर इन लेखकों का इतना असर था कि वे अकसर आपसी बातचीत में एक-दूसरे को लियो और फ्योदोर कहकर संबोधित करते। जब मैं बीए में पढ़ता था, तो कॉमरेड मुसद्दीलाल ने मुझे अन्तोन माकारेंको की किताब 'एक पुस्तक माता-पिता के लिए' दी। वह किताब मैंने छह रुपये में ली थी। ख़ुद पढ़ने के बाद मैंने वह किताब अपने माता-पिता को भी पढ़वायी। उसके बाद सभी नजदीकी रिश्तेदारों को पढ़ने को दी। मैंने कॉमरेड मुसद्दीलाल की सुझायी इस किताब की पिछले तीन दशक में करीब 100 प्रतियां खरीदकर अपने परिचितों को भेंट की हैं। बाद में कॉमरेड मुसद्दीलाल के साथ ही वह दुकान भी नहीं रही। आज मेरठ में किताबों की वैसी कोई दुकान नहीं है ... शहर में कोई दूसरा कॉमरेड मुसद्दीलाल जो नहीं हुआ।

यह और बात है कि बच्चे आज भी जब कोई नयी किताब खरीदते हैं, तो उसकी खुशबू को सूंघते ज़रूर हैं!

दंगों की दलदल

1980 के दशक में मेरठ हमेशा बारूद के ढेर पर बैठा रहता था। हरदम दंगों की आशंका रहती थी। गुजरी बाज़ार, शाहघासा, इस्लामाबाद, शाहपीर गेट, मछलीवालान और भुमिया का पुल बहुत संवेदनशील स्थान थे। शहर में मामूली सी बात पर दंगा हो जाता। दो साइकलों की टक्कर, छेड़छाड़, मंदिर या मस्जिद के पास अवांछित चीज़ का मिलना, सब्ज़ी वाले से झगड़ा, पतंगबाजी में तकरार, रिक्शावाले

से पैसे को लेकर कहा-सुनी, खेल-खेल में बच्चों की भिड़ंत ... जरा सी बात पथराव, चाकूबाजी, दंगे और आख़िर कर्फ़्यू में बदल जाती।

वजह कुछ भी हो, हल्ला मचता। ईंट-पत्थर फेंके जाते। भगदड़ मच जाती। फिर होती छुरेबाजी। एक लाश गिरते ही शहर में पुलिस की जीपें दौड़ने लगतीं। पहले पुलिस हालात को काबू में करने की कोशिश करती। कई जगह पुलिस पर भी पथराव हो जाता। संकरी गलियों में छुरेबाजी जारी रहती। आखिर पुलिस जीपों के लाउडस्पीकरों से कर्फ़्यू की घोषणा की जाती। कई दिन कर्फ़्यू रहता। इस दौरान पूरा शहर सहमा रहता। तनाव घटने पर कर्फ़्यू में ढील दी जाती। लोग ज़रूरत की चीज़ें ख़रीदने के लिए बाज़ारों की ओर दौड़ पड़ते। फिर कहीं छुरा चल जाता। और फिर कर्फ़्यू लग जाता। उसके बाद शुरू होता कर्फ़्यू वाले इलाक़ों में राहत पहुंचाने का सिलसिला। यहीं से शुरू हो जाती राजनीति। जहां जिसका वोट बैंक होता, वह वहीं राहत लेकर जाता। उसके फोटो अख़बारों में छपते। उन फोटो और ख़बरों के आधार पर सियासत में ऊपर चढ़ने के लिए सीढ़ियां लगायी जातीं।

यह लगातार चलता रहता। जनता हमेशा सिमटी-सहमी रहती कि पता नहीं कब चिंगारी भड़क उठे। ऐसे में पत्रकारों की ख़ासी मुसीबत रहती। कर्फ़्यू पास बनवाकर किसी तरह ड्यूटी पर पहुंचते। इससे पहले पड़ोसी उनके घर पर आकर लिस्ट थमा जाते। सबको कुछ न कुछ मंगवाना रहता। आख़िर पड़ोसी धर्म भी निभाना पड़ता। दफ़्तर से मारुति जिप्सी लेने आती। सुबह को निकलती, तो नाइट शिफ्ट वालों को भी बटोर लाती। यानी डबल ड्यूटी। रात को सबको घर छोड़ती। जब तक सुबह के गये घर न लौट आते, तब तक घर वालों के मन में आशंकाओं के बादल उमड़ते-घुमड़ते रहते। इस तरह रोज़ 14-15 घंटे हम दफ़्तर में बिताते। 'जागरण' का दफ़्तर साकेत में था। वहां कभी कर्फ़्यू नहीं लगता था।

दंगे के दौरान न केवल काम बढ़ जाता, बल्कि आने-जाने का जोख़िम भी रहता। लेकिन इसके बावजूद एक जोश था। महसूस होता कि कुछ बहुत ज़िम्मेदारी का काम कर रहे हैं। उन दिनों ख़बरिया चैनल तो थे नहीं। सूचनाएं पाने के लिए सबकी नजरें रेडियो और अख़बारों पर रहतीं। रेडियो था सरकारी। उस पर बहुत संक्षिप्त ख़बर आती मेरठ के दंगे की। वह भी सरकारी नजरिये से। ले-देकर रह जाते अख़बार। दंगे

के दिनों में मेरठ में अख़बार ब्लैक में मिलते।

आज भी मुझे दुनिया के सबसे साहसी लोगों में मेरठ के वे हॉकर भी लगते हैं, जो कर्फ्यू में अपनी जान की परवाह किये बिना सुबह-सुबह साइकलों पर अख़बार लादकर निकल पड़ते। हर गली के नुक्कड़ पर लोगों की भीड़ जमा रहती। जिनके घर रोज़ के अख़बार बंधे हुए थे, उन्हें अख़बार पहले मिलता। बाकी लोग हॉकर के पीछे भागते। फिर उन अख़बारों का सामूहिक वाचन होता। जोर-जोर से ख़बरें पढ़ी जातीं। दूसरे मोहल्लों में पिछले दिन हुई वारदात का पता चलता। लोग चिल्ला-चिल्ला कर कहते –

'देखो, मैं बोल रहा था ना, रात को मोरीपाड़े पर हमला हुआ था।'

'और गुजरी बाज़ार की ओर से भी तो हल्ले की खबर आयी है छपके।'

'भुमिया के पुल पर तो चाकुओं से गुदी लाश मिली।'

'सुभाष नगर पर भी हो ही जाता हमला ... वक़्त पे पुलिस के पहुंचने से बच गये।'

'कोतवाली के सामने कचरे का ढेर जमा है चार दिन से। कर्फ्यू खुल नहीं रहा। जमादार लोग उठाने भी कैसे आयें?'

'यह तो पुलिस की ज़िम्मेदारी है। जब कर्फ्यू लगाया है, तो सड़कों पर भी तो उसी का राज हुआ। फिर वह सफ़ाई क्यों नहीं कराती?'

'हां भई, बदबू के मारे सिर फटा जा रहा है। कर्फ्यू हटे, तो यह गंदगी ही पहले हटवायें।'

इसी तरह की चर्चाएं कर्फ्यूग्रस्त इलाक़ों में होतीं। जब हमें लेने अख़बार की गाड़ी आती, तो लोग पहले अपने सामान की लिस्ट थमाते। फिर खबरें छापने को कहते। उनकी खबरें भी बहुत विविधता वाली होतीं –

'ये ज़रूर छापना कि तीन दिन से हमारे महल्ले में दूध नहीं आया है। छोटे बच्चों ने रो-रो कै बुरा हाल कर रक्खा है।'

'नुक्कड़ की दुकान वाले ने भी अंधकी मचा रक्खी है। दो रुपये का सामान आठ रुपये में दे रहा है। हम पूछें, उसकी खरीदी तो कर्फ्यू के पहले की है। फिर वह इतनी महंगाई क्यूं करे हुए है?'

'औरत के दिन पूरे हो गये हैं। जचगी कैसे होगी? ये मरे खाकी वाले तो दूसरे महल्ले से दाई को भी ना लाने देंगे।'

'लड़की को छूचक पहुंचाना है। बताओ कैसे पहुंचायें?'

'ख़ुद तो भूखे रह भी लें, पर बकरी कू तो घास चईयै। कईं ना मिल रई।'

'चौराहे के पीछे वाली चाय की दुकान में मुझे तो कुछ गड़बड़ लगै है। कल वहां दो लड़के कुछ सामान रखकै भाग गे। चैक करा लेना पुलिस से कि कुछ असलाह वगैरा तो नहीं है वहां।'

मेरठ में खूनी दंगों का इतिहास आज़ादी से पहले से शुरू हुआ था। तब इसकी वजह अंग्रजों की फूट डालकर राज करने की नीति मानी जाती थी। मगर आज़ादी के बाद भी मेरठ में सन् 1961, 1968, 1973, 1982, 1987, 1991 और 1993 में सांप्रदायिक दंगे हुए। इनमें से अधिकतर दंगों की वजह बेहद मामूली थी। लेकिन 1987 का दंगा सबसे अलग था।

सन् 1987 में अप्रैल से जून तक मेरठ सांप्रदायिक दंगे की चपेट में रहा। लंबे समय तक कर्फ्यू लगा रहा। ये अयोध्या विवाद पर परस्पर विरोधी दावों के कारण होने वाले पहले बड़े दंगे थे। तब तक यह विवाद धीमी आंच पर पक रहा था। इन दंगों से उसमें अचानक उबाल आ गया। मेरठ के इन दंगों के बाद ही देश के राजनीतिक परिदृश्य को पूरी तरह से बदल देने वाला अयोध्या विवाद नये युग में दाख़िल हुआ था। तब तक यह विवाद मंदिर-मस्जिद संघर्ष तक सीमित था। इसके बाद इसने एक राष्ट्रीय और राजनीतिक स्वरूप ले लिया। यह आक्रामक हिंदू राष्ट्रवादी आंदोलन के उभार का शुरुआती संकेत था।

सैयद शहाबुद्दीन ने 30 मार्च को दिल्ली में रैली बुलायी थी। इस रैली से लौटकर जब हज़ारों मुस्लिम मेरठ सहित आसपास के इलाक़ों में अपने घरों को लौटे, तो समुदाय के भीतर उनका स्वागत किया गया। मुस्लिमों द्वारा लगाए गये हर काले झंडे के जवाब में विश्व हिंदू परिषद के पास भगवा झंडा था। खुफ़िया विभाग ने चेताया कि भड़काने वाली घटनाएं संवेदनशील ज़िलों में सांप्रदायिक हिंसा को जन्म दे सकती हैं। इस रिपोर्ट में कहा गया था, 'इस सवाल (अयोध्या मुद्दे) पर मुस्लिमों में गुस्सा बढ़ रहा है। हिंदू भी कम आक्रामक नहीं हैं।'

पीएसी पर 1987 के दंगों के दौरान 22 मई को हाशिमपुरा में 42 मुस्लिमों और 23 मई को मलियाना गांव में 72 मुस्लिमों की हत्या का आरोप लगा था। हाशिमपुरा मामले में सन् 2018 में 16 पीएसी जवानों को उम्रकैद की सजा मिली, लेकिन मलियाना हत्याकांड का केस अब तक चल रहा है।

20 मई 1991 को मेरठ में लोकसभा चुनाव के मतदान से पहले जनता दल के उम्मीदवार हरीश पाल और भाजपा के उम्मीदवार अमर पाल सिंह के समर्थकों में हिंसक भिड़ंत हो गयी। यह दंगे में बदल गयी। बुढ़ाना गेट के पास निगार सिनेमाघर में फिल्म देख रहे 19 मुस्लिमों की हत्या कर दी गयी। जत्तीवाड़ा मोहल्ले के पास दर्जनों दुकानें जला दी गयीं। चुनाव स्थगित करना पड़ा। दो जनवरी 1998 को इस मामले में आरोपपत्न दाखिल किया गया। बाद में उत्तर प्रदेश की भाजपा सरकार ने जनहित और सांप्रदायिक सौहार्द का हवाला देते हुए केस वापस ले लिया।

सन् 1993 में बाबरी ढांचा गिराये जाने के बाद भी मेरठ में सांप्रदायिक तनाव हुआ। उसके बाद से शहर में कोई बड़ा दंगा नहीं हुआ। अगर कहीं कोई तनाव हुआ भी, तो प्रशासन और पुलिस ने स्थानीय स्तर पर उसे नियंत्नित कर लिया। मुजफ्फरनगर दंगों का भी मेरठ पर कोई असर नहीं हुआ। पहले अलीगढ़ या मुरादाबाद के सांप्रदायिक तनाव का असर भी मेरठ तक पहुंचा करता था।

लोग अब गर्व से कहते हैं कि मेरठ दंगों की दलदल से बाहर निकल आया है!

मज़दूर यूनियनें और भाईचारा

यह सन् 1984 की बात है। मित्नों का हमारा समूह साइकलों पर सवार होकर दूर तक घूमने के लिए निकल जाता था। एक बार हम दीवान रबड़ के कारखाने के सामने से जा रहे थे। कारखाने के गेट के बाहर मजदूरों की भारी भीड़ थी। उनके बीच में स्टूल पर खड़े एक सज्जन बहुत जोशीला भाषण दे रहे थे। हम वहां रुक गये। उन्होंने हवा में मुट्ठी तानकर कहा, 'फैक्ट्री मालिक का शोषण अब नहीं सहेंगे ... अपने पसीने की पूरी कीमत लेकर रहेंगे ... साथियो! चाहे जो हो जाए, अपनी एकता बनाए रखेंगे ... कल को दो रोटी खाने के लिए आज भूखे रह लेंगे ... लेकिन अपना हक लेकर रहेंगे ... संघर्ष की राह नहीं छोड़ेंगे ... मज़दूर एकता जिंदाबाद ... इंकलाब जिंदाबाद।'

भाषण पूरा होते ही सैकड़ों मजदूरों ने तालियां बजायीं और फिर सब वहीं धरने पर बैठ गये। यह उन दिनों का एक आम दृश्य था। मेरठ में सैकड़ों कारखाने थे। उन कारखानों में हज़ारों मज़दूर काम करते थे। करोड़ों रुपये का टर्नओवर था इन कारखानों का, लेकिन कई बार इनके मालिक अपने मज़दूरों की मांगें नहीं मानते और टकराव की नौबत आ जाती। कारखानों के मालिकों से मज़दूरों की नाराजगी वेतन वृद्धि या काम करने की जगह पर सुविधाओं की कमी को लेकर होती। उस ज़माने में ट्रेड यूनियनें बहुत सक्रिय थीं। उन्हें चलाने वाले नेता चौबीसों घंटे मजदूरों के हितों के लिए कुछ न कुछ सोचते या करते रहते।

कारखानों में काम करने वाले मज़दूर शहर में भी रहते थे और आसपास के गांवों से भी साइकलों पर सवार होकर काम करने आते थे। इनमें हर वर्ग, समुदाय, संप्रदाय और धर्म के लोग होते थे। इन ट्रेड यूनियनों की बदौलत मजदूरों का भाईचारा और आपसी सौहार्द शहर के लिए एक मिसाल था। ट्रेड यूनियनें मजदूरों और शोषितों-वंचितों को शिक्षित और जागरूक करने के कार्यक्रम भी चलाती थीं। उनके सचल पुस्तकालय हुआ करते थे। वे गरीबों की बस्तियों में जाकर वहां रहने वालों से बच्चों को स्कूल भेजने की मुहिम चलाते। उन्हें पढ़ने के लिए किताबें देते। कुछ दिन बाद उनसे वे किताबें वापस लेकर दूसरी बस्ती में भी यही करते। विकास की दौड़ में अब वह सब ख़त्म हो गया है।

मेरठ में रबड़, इंजीनियरिंग, केमिकल, ऑटोमोबाइल, ट्रांसफार्मर और कृषि उपकरणों के बहुत कारखाने थे। इन कारखानों के कर्मचारियों और सफ़ाई कर्मचारियों के बीच कई यूनियनें सक्रिय थीं। हर कारखाने में अलग यूनियन तो थी ही, इंटक और सीटू भी संगठन के स्तर पर बहुत सक्रिय थीं। जगवीर सिंह त्यागी, धर्मपाल सिंह, सतपाल और मुनेश त्यागी सीटू तथा राजवीर प्रसाद और दौलत राम इंटक के ट्रेड यूनियन नेता थे। उन्होंने उस दौर में अनेक आंदोलन करके हज़ारों मज़दूरों को उनका हक दिलाया था।

उन्हीं दिनों मज़दूर आंदोलनों के महत्त्व को देखते हुए मेरठ में 'दैनिक जागरण' ने कॉमरेड मुनेश त्यागी को ट्रेड यूनियन की रिपोर्टिंग के लिए स्ट्रिंगर रखा था। वह एक साथ तीन काम करते थे। ट्रेड यूनियन में सक्रिय थे, उसकी गतिविधियों की रिपोर्टिंग

करते थे और वकालत करते थे। हालांकि ट्रेड यूनियनों के अप्रासंगिक हो जाने पर स्ट्रिंगर के तौर पर उनका योगदान भी ख़त्म हो गया।

सन् 1984 में दीवान रबड़ का आंदोलन बहुत लंबा चला। कारखाना बंद हो गया। दीवान इंटरप्राइजेज से सन् 1989 में मजदूरों के हक में आख़िरी फैसला कराया गया था। उसके बाद आर्थिक सुधारों की आंधी में मज़दूर आंदोलनों का ताप घटता चला गया। कारखाना मालिकों का रवैया सख़्त होता गया। कितने ही कारखाने बंद हो गये। जो कारखाने चल रहे हैं, उनमें यूनियनें नहीं बचीं। चार दशक पहले जो मज़दूर संगठित हुआ करते थे और आवाज़ उठाकर अपना हक हासिल कर लेते थे, अब वे कारखाना मालिकों के रहमो-करम पर जिंदा हैं। ऐसे में दीवान रबड़ के कारखाने के गेट पर सन् 1984 में देखा आंदोलन अब गुज़रे जमाने की याद बनकर रह गया है।

मज़दूर आज भी हैं, लेकिन यूनियनें नहीं बचीं!

साइकलों का शहर

उत्तर भारत का प्रमुख शहर होने के कारण मेरठ शुरू से ही परिवहन के लिए बहुत सहज रहा है। मेरठ के सामरिक और व्यावसायिक महत्त्व को देखते हुए अंग्रेजों ने 19वीं शताब्दी में ही इसे रेलवे नेटवर्क से जोड़ दिया था। सन् 1867 में नॉर्थ वेस्टर्न रेलवे ने दिल्ली से अंबाला तक रेलवे लाइन बिछायी, तो वह मेरठ से होकर गुज़री। यहां उस लाइन पर दो स्टेशन बनाये गये – 1867 में मेरठ सिटी और 1869 में मेरठ कैंट। उसके दो साल बाद मेरठ से खुर्जा तक एक ब्रांच लाइन बिछायी गयी। सन् 1886 में केसरगंज की मंडी तक रेलवे लाइन ले जायी गयी। मालगाड़ी में लादकर यहां से दूर-दूर तक अनाज और अन्य कृषि उपज भेजी जाती थीं।

मेरठ से हर तरफ़ को बसें चलती हैं। रोडवेज बस अड्डा, रोडवेज वर्कशॉप और नयी तहसील नवाब खैरंदेश के परिवार की दी गयी जगहों पर बनायी गयी थीं। यह बस अड्डा अंग्रेजों ने मेरठ को दिल्ली और रुड़की से जोड़ने के लिए बनाया था।

भैंसाली मैदान के पास स्थित रोडवेज बस अड्डा आज भी मेरठ से बाहर आने-जाने वाली बसों के लिए सबसे बड़ा बस अड्डा है। इसके आसपास बाज़ार और रिहाइश होने के कारण यहां काफ़ी भीड़ रहती है। कई बार इस बस अड्डे को शहर से बाहर ले

जाने की योजनाएं बनीं, लेकिन जनता को होने वाली परेशानी को ध्यान में रखते हुए वे टाल दी गयीं। जो अख़बार या पत्रिकाएं शहर में कहीं नहीं मिलते थे, वे रोडवेज बस अड्डे के बुक स्टॉल पर ज़रूर मिल जाते थे।

शहर में प्राइवेट बसों के भी कई अड्डे हैं, जहां से मेरठ से बाहर जाने वाली प्राइवेट बसें चलती हैं। आम्रपाली सिनेमा के सामने गढ़ अड्डे से गढ़मुक्तेश्वर की ओर बसें जाती हैं। मवाना रोड पर मवाना अड्डे से सरधना और मवाना के लिए बस चलती हैं। बागपत अड्डा, अंबाला, रोहटा अड्डा और हापुड़ अड्डा भी शहर के बीच में हैं। पुराने हापुड़ अड्डे की जगह अब भगत सिंह कॉम्प्लेक्स बन गया है। हापुड़ अड्डा हापुड़ रोड पर उस जगह से करीब एक किलोमीटर आगे खिसका दिया गया है। बेगम पुल के पास अंबाला बस अड्डा मेट्रो के काम के कारण बंद है।

मेरठ से बाहर जाने के लिए ट्रेन और बस का ही साधन हुआ करता था। निजी वाहन बहुत कम लोगों के पास थे। टैक्सी का चलन ज़्यादा नहीं था। शहर से थोड़ी दूर स्थित आसपास के गांवों या कस्बों के लिए प्राइवेट जीप और टेंपो चलते थे। टेंपो सात सीटों के बड़े ऑटोरिक्शा जैसा होता है। टैंपो वाले 10-12 लोगों को बैठा लेते। प्राइवेट बस अड्डों या शहर के बाहरी चौराहों से आसपास के कस्बों तक मिनी बस भी जाती थीं। कंडक्टर 30 सीटों वाली मिनी बस में 50 तक सवारियां चढ़ा लेते थे।

शहर में सिटी बस चलती थी। बचपन में 50 पैसे के टिकट में इस सिटी बस में ख़ूब सफ़र किया। शहर का एकमात्र टैक्सी स्टैंड भैंसाली मैदान के पास था। अब तो शहर की तमाम बाहरी बस्तियों में जगह-जगह छोटे-छोटे टैक्सी स्टैंड बन गये हैं। शहर में आने-जाने का एकमात्र साधन साइकल रिक्शा हुआ करते थे। इसमें दो लोगों के बैठने की सीट होती थी, लेकिन रिक्शावाला तीन लोगों को सीट पर और दो या तीन बच्चों को सीट के पीछे लगे लकड़ी के तख्ते पर बैठा लेता। शहर में पालकियों का चलन आज़ादी के बाद ख़त्म हो चुका था, लेकिन मैंने बचपन में कुछ जमीदारों और रईसों के घर पुरानी पालकियां रखी देखी थीं। उन पालकियों को लेकर चलने वाले कहारों से भी मैं मिला था। वे या तो रिक्शा चलाने लगे थे या मशक से शहर की सड़कों पर छिड़काव करने लगे थे।

अब मेरठ को दिल्ली से रैपिड रेल से जोड़ा जा रहा है। यहां हवाई अड्डा भी बनाया

जा रहा है। परतापुर में डॉक्टर भीमराव आंबेडकर हवाई पट्टी उत्तर प्रदेश सरकार ने हवाई अड्डे के रूप में विकसित करने के लिए एयरपोर्ट अथॉरिटी ऑफ इंडिया को दे दी है। ईस्टर्न फ्रेट कॉरिडोर मेरठ के पास से होकर बन रहा है।

शहर में 1970 के दशक तक 30 रिक्शा स्टैंड और आठ तांगा स्टैंड थे। मैंने बचपन में तांगे में बहुत सवारी की है। अब तो तांगे चलने लगभग बंद हो चुके हैं। तब अपने वाहन के नाम पर ज़्यादातर लोगों के पास साइकल ही हुआ करती थी। दसवीं क्लास के बाद मुझे हरक्युलिस साइकल दिलवायी गयी, तो पूरा मोहल्ला उसे देखने आया था। हर पड़ोसी ने बुढ़ाना गेट या लिसाड़ी गेट तक उसका ट्रायल लिया था। साइकल मैकेनिक की दुकान हर मोहल्ले में हुआ करती थी। वहां पांच पैसे में पंक्चर लगता था और दो पैसे में हवा भरी जाती थी। जिसे दो पैसे बचाने होते, वह पम्प लेकर ख़ुद हवा भर लेता। साइकल मैकेनिक ऑलराउंडर होता था। वह साइकल की मरम्मत बहुत प्यार से करता। सबसे ज़्यादा मज़ा आता था उसे साइकल की ओवरहोलिंग करते देखने में। वह पूरी साइकल को खोलकर अच्छी तरह धोता, चमकाता, ख़राब पुर्जे बदलता और फिर साइकल असेंबल करके तेल और ग्रीस लगाता। साइकल तैयार होने पर वह बहुत स्टाइल से ख़ुद उस पर सवार होता और कभी तेज, कभी धीमी गति से चलाकर, ब्रेक चेक करके पूरी तरह संतुष्ट होने पर ही साइकल लौटाता। ओवरहोलिंग की मज़दूरी पांच रुपये होती थी।

पूरे मोहल्ले में महज दो-चार लोगों के पास स्कूटर या मोटरसाइकल होती थी। कार मालिक तो इक्का-दुक्का ही हुआ करते थे। शहर में ज़्यादातर कारें तब एंबेसडर थीं। किसी-किसी के पास फियेट कार होती थी। मेरठ में पहली मर्सिडीज मैंने डिफेंस कॉलोनी में देखी थी।

तब मेरठ को साइकलों का शहर कहा जाता था!

जासूसी उपन्यासों की दीवानगी

'मकड़ी की सुरंग' है भैया? पहला भाग तो पढ़ लिया। दूसरा चाहिए। आगे की कहानी जाने बिना नींद नहीं आती।

'लखनवी जासूस' वापस ले लो चाचा। 'काल कोठरी' या 'एक नवाब-पन्द्रह

चोर' हो, तो दे दो।

'दहकते शहर', 'आग के बेटे' और 'खूनी छलावा' निकालकै रखियो भाईजान। बाज़ार सै पलटते हुए ल्ले ल्लूंगा। नखलऊ जा रिया हूं दो दिन कू। आत्ती-जात्ती बेर पढ़ लूंगा टरेन मैं।'

मेरठ में ये संवाद बहुत आम हुआ करते थे। ये सी ग्रेड फिल्मों के नहीं, बल्कि मेरठ में छपने वाले जासूसी उपन्यासों के नाम थे। लोग इनके दीवाने थे। यह उन दिनों की बात है, जब 24 घंटे के सैटेलाइट टीवी चैनल नहीं थे, ओटीटी प्लैटफॉर्म नहीं थे और पूरी दुनिया को मुट्ठी में करके देने वाले मोबाइल फोन भी नहीं थे। तब मनोरंजन के बहुत कम साधन हुआ करते थे। ऐसे में जासूसी उपन्यासों के पाठकों की संख्या बहुत ज़्यादा थी। कहा जाता है कि वेद प्रकाश शर्मा के उपन्यास 'वर्दी वाला गुंडा' की 15 लाख प्रतियां छपी थीं। इसका पहला संस्करण ही आठ लाख प्रतियों का था। तब तेज़ गति से छापने वाले प्रिंटिंग प्रेस नहीं हुआ करते थे। इसीलिए ये उपन्यास कई दिन तक छपते रहते थे। इन्हें बाइंड करने के लिए दर्जनों बाइंडर बैठे रहते थे। इन उपन्यासों को पॉकेट बुक कहा जाता था, क्योंकि ये पैंट की जेब में आ जाते थे। इनके प्रकाशकों के नाम में पॉकेट बुक्स जुड़ा होता था।

ये उपन्यास ज़्यादा महंगे नहीं होते थे। किसी को रोज़ एक उपन्यास पढ़ने का शौक होता, तो उसे ज़रूर महंगे पड़ते थे। किफ़ायती रूप से उपन्यास पढ़ने का रास्ता भी लोगों ने निकाल लिया था। इन उपन्यासों के अनौपचारिक पुस्तकालय चला करते थे। ये पुस्तकालय शहर में ही नहीं, कस्बों और गांवों तक में थे। वहां पाठकों को किराये पर उपन्यास दिए जाते थे। अगर किसी उपन्यास की कीमत 10 रुपये होती, तो उसका किराया उसकी लोकप्रियता के अनुसार 50 पैसे से एक रुपये रोज़ तक लिया जाता। इस तरह एक उपन्यास ख़रीदकर पढ़ने की कीमत में 15-20 उपन्यास किराये पर लेकर पढ़े जा सकते थे।

इन उपन्यासों के राजेश, जगत, जगन, चक्रम, गोपाली, विलियम कृष्ण, विकास और विजय, रघुनाथ और थेरू विजय जैसे पात्र तब पाठकों में फिल्म कलाकारों जितने लोकप्रिय होते थे। राजेश और जगत की बहादुरी, फुर्ती, पैंतरेबाजी और हाजिरजवाबी को उनके पाठक धर्मेंद्र और अमिताभ बच्चन की फिल्मी अदाकारी से कम नहीं मानते

थे।

गुलशन नंदा और रानू के सामाजिक उपन्यासों का बड़ा बाज़ार पहले से था। तंत्र से मोहभंग के कारण मायूस हुई जनता के मन में जिस तरह अमिताभ बच्चन ने एंग्री यंग मैन की छवि फिल्मों के ज़रिये गढ़ी, उसी तरह जासूसी उपन्यास भी अपराधियों से लड़ते और उनका काम तमाम करते तिलिस्मी नायकों की कहानियों से पाठकों के मन में बस गये थे। यही इनकी लोकप्रियता और इनके लेखकों की कामयाबी का राज था।

वेदप्रकाश कंबोज और ओमप्रकाश शर्मा मेरठ में जासूसी उपन्यासों के पहले बड़े लेखक थे। ओमप्रकाश शर्मा ने जासूसी कथाओं में सबसे पहले एंटी हीरो के किरदार खड़े किये थे। बाद में अमिताभ बच्चन ने फिल्मी परदे पर इसी तरह के एंटी हीरो को साकार किया। पाठकों को कुछ बुराइयों वाले, लेकिन आदर्शवादी पात्र अपने जैसे ही लगते थे। इस तरह मेरठ के जासूसी उपन्यासों और अमिताभ बच्चन के एंग्री मैन का काल समांतर चलता है। विदेश में बड़े लेखक अंतरराष्ट्रीय घटनाओं पर आधारित थ्रिलर लिखते थे। जेम्स बॉन्ड इसका उदाहरण है। लेकिन मेरठ के जासूसी उपन्यासों में स्थानीय अपराध-कथाओं को आधार बनाया जाता था। उनमें देशप्रेम का भाव भी समाया होता।

पहले उपन्यास से 100 रुपये कमाने वाले वेदप्रकाश शर्मा ने 'वर्दी वाला गुंडा' से करोड़ों रुपये की कमाई की थी। उन्होंने 1987 में सुरेश जैन रितुराज के साथ मिलकर डीएन चौराहे पर अपना प्रकाशन 'तुलसी पॉकेट बुक्स' शुरू किया। उनके 176 में से 70 उपन्यास इसी ने छापे। स्वामीपाड़ा के छोटे से घर में रहने वाले वेदप्रकाश शर्मा ने बाद में शास्त्रीनगर में विशाल कोठी बनवायी। जिस तरह लोग मुंबई में अमिताभ बच्चन और शाहरुख खान के बंगले देखने जाते हैं, उसी तरह लोग मेरठ में वेदप्रकाश शर्मा की कोठी देखने आते थे। उनके उपन्यासों पर चार फिल्में 'सबसे बड़ा खिलाड़ी', 'इंटरनेशनल खिलाड़ी', 'अनाम' और 'बहू की आवाज़' बनी थीं। दिलीप कुमार की आख़िरी फिल्म 'किला' में वह स्टोरी कंसल्टेंट थे। बालाजी टेलीफिल्म्स का सीरियल 'केशव पंडित' उनके इसी नाम के उपन्यास पर आधारित है। वह बालाजी के सीरियलों में आइडिया भी देते थे।

मुख्यधारा के साहित्यकारों ने मेरठ से छपने वाले जासूसी उपन्यासों को लुगदी

साहित्य का नाम दिया। इससे इनके लेखक बहुत दुखी होते थे। उन्हें कभी मुख्यधारा के लेखक माना ही नहीं गया। समय के साथ-साथ पॉकेट बुक्स का यह कारोबार मंदा पड़ता चला गया। टीवी चैनलों और मोबाइल फोन पर सस्ते डेटा ने मनोरंजन के इतने साधन उपलब्ध करा दिये कि इन उपन्यासों के गिने-चुने पाठक रह गये। कुछ उम्रदराज लोगों को ही अब ये उपन्यास पढ़ने का शौक है। उनके लिए किसी नये जासूसी उपन्यास की हज़ार-दो हज़ार प्रतियां छाप दी जाती हैं, जो पहले कम से कम दो लाख तो छपती ही थीं।

सन् 1990 में राधा पॉकेट बुक्स ने सुरेंद्र मोहन पाठक का उपन्यास 'जहाज का पंछी' छापकर दो लाख बेचा था। अब ऐसी दीवानगी की कल्पना भी नहीं की जा सकती!

जन समस्याएं तब

1980 के दशक का मेरठ विकसित होता हुआ शहर था। यह शहर अपनी हदों से बाहर जाकर फैल रहा था। नयी बस्तियां बस रही थीं। आबादी बढ़ रही थी। फ़िज़ा में बदलाव आ रहे थे। आधुनिकता ने दस्तक देनी शुरू कर दी थी। इन हालात में शहर में जन समस्याओं की कमी नहीं थी।

घर का सपना

एक बड़ी समस्या थी तेज़ी से बढ़ती आबादी के लिए आवास की। पुराने शहर के मोहल्ले बहुत संकरे और भीड़ वाले थे। ज़्यादातर मकान पुराने थे। उन पर कितनी भी लिपाई-पुताई करा ली जाती, लेकिन वे थे तो पुराने मकान ही।

इसीलिए शहर के बाहर नयी बस्तियां बसनी शुरू हो गई थीं। उन दिनों आज की तरह बैंकों से होम लोन मिलना आसान नहीं था। इसीलिए ज़्यादातर लोग नया मकान खरीदने या प्लॉट ख़रीदकर उस पर मकान बनाने की हैसियत नहीं रखते थे। इसका फ़ायदा उठाकर बहुत सारी अवैध बस्तियां भी बनीं। नगरपालिका की मान्यता नहीं होने के कारण इनमें घर या प्लॉट सस्ते ज़रूर मिल जाते, लेकिन नागरिक सुविधाओं का अभाव होता। शहर के बाहर बनी सबसे बड़ी सरकारी बस्ती थी शास्त्री नगर। यह

गढ़ रोड से हापुड़ अड्डे तक फैली हुई थी। इसमें हज़ारों मकान बने और मकान बनाने के लिए हज़ारों प्लॉट भी बिके। तब अनुमान था कि इसमें करीब दो लाख लोगों की बसावट होगी। आज यह बसावट उससे भी ज़्यादा है। दूसरी बड़ी बस्ती बनी रुड़की रोड पर पल्लवपुरम। यहां भी हज़ारों मकान बने। दिल्ली रोड पर शताब्दी नगर बनना शुरू हो गया था, लेकिन वहां बसावट बहुत बाद में जाकर हुई। इन बड़ी सरकारी कॉलोनियों के अलावा बाकी जगह ज़्यादातर कॉलोनियां अवैध बन रही थीं।

अपने घर का सपना देखने वालों के लिए यह सबसे बड़ी समस्या थी!

पुरानी थी पाइपलाइन

मेरठ में पानी की आपूर्ति गंग नहर से होती थी। उससे पहले पूरे शहर में जगह-जगह हैंडपंप थे। हर पुराने मंदिर में कुआं और हैंडपंप हुआ करता था। जब गंग नहर के ज़रिये पाइपलाइन का पानी शहर में आ गया, तो हैंडपंप धीरे-धीरे कम होते चले गये। नहर से आने वाले पानी की पाइपलाइन में जब भी कोई गड़बड़ होती, तो शहर में पानी की आपूर्ति ठप हो जाती। नहर का पानी घर-घर तक पहुंचाने के लिए जगह-जगह टंकियां बनायी गयी थीं। उन टंकियों में एकत्र जल मोहल्ला-मोहल्ला बिछी पाइपलाइन के ज़रिये घर-घर पहुंचता था। शास्त्री नगर जैसी बड़ी कॉलोनी में केवल दो टंकियां थीं, जो इतनी बड़ी आबादी को पानी की आपूर्ति के लिए कम थीं।

शहर में पानी छोड़ने का समय निश्चित था। सुबह को छह बजे से दोपहर बारह बजे तक और शाम को तीन बजे से रात नौ बजे तक पानी आता। कोई तकनीकी समस्या होने पर यह समय और घटा दिया जाता था। जब निर्धारित समय पर भी पानी नहीं आता, तो लोग आसपास के हैंडपंप से पानी लाने के लिए दौड़ते। उन दिनों आज की तरह घर-घर पानी की टंकी लगवाने का रिवाज नहीं था। लोगों का मिज़ाज हमेशा ताज़ा पानी के इस्तेमाल का ही हुआ करता था। इसीलिए कोई ज़्यादा पानी भरकर भी नहीं रखता था। यही वजह है कि जिस दिन पानी नहीं आता, उस दिन हर घर में पानी का संकट हो जाता। हैंडपंप बहुत कम रह गये थे। नल में पानी न आने पर उनके सामने लोग पानी भरने के लिए लाइन लगा लेते। शहर में ज़्यादातर स्थानों पर पाइपलाइन पुरानी पड़ चुकी थी। आखिर अंग्रेजों के समय से तब तक उसे कभी बदला

ही नहीं गया था। इसीलिए उसके रखरखाव में कोई न कोई समस्या आती ही थी।

मिट्टी के गुबार

औद्योगिकीकरण के बाद सब कुछ पहले जैसा नहीं रह गया था। इसका असर मेरठ पर भी पड़ा। यहां जिस गति से औद्योगिक विकास हुआ, उसी गति से प्रदूषण की समस्या भी उभरी। बढ़ते यातायात और भारी वाहनों के आवागमन से इसमें और इज़ाफ़ा हुआ। शहर के प्रमुख उद्योग खादी उद्योग से तो प्रदूषण नहीं होता था, लेकिन ऑटोमोबाइल उद्योग प्रदूषण की एक बड़ी वजह बन चुका था। कारीगर जब ख़राब वाहनों को स्टार्ट करके चेक करते, तो दूर तक उनका धुआं फैल जाता। गनीमत यह थी कि शहर के अंदर कोई बड़ा कारखाना नहीं था, वरना हालत और ख़राब हो जाती।

प्रदूषण की सबसे बड़ी वजह यह थी कि सड़कों के किनारे खड़ंजा नहीं बना था। शहर की लगभग सभी प्रमुख सड़कों के दोनों ओर मिट्टी थी। जब भी कोई वाहन सड़क से उतरकर उस मिट्टी पर आ जाता, जो कि ज़्यादा ट्रैफिक के कारण अकसर होता ही था, तो करीब 100 मीटर तक धूल का गुबार लग जाता। इस धूल की वजह से कई बार दुर्घटनाएं तक हो जाती थीं। अकसर वाहन टकरा जाते और लोग चोट खा जाते। गढ़ रोड और दिल्ली रोड पर यह समस्या ज़्यादा थी।

अब शहर की आबादी बेतहाशा बढ़ चुकी है, शहर चारों ओर मीलों तक फैल गया है। नये कारखाने लगे हैं, उद्योग आये हैं। नये निर्माण होने के कारण पेड़ कटे हैं। हरियाली कम होने से अब प्रदूषण का असर ज़्यादा महसूस होता है।

कूड़े के ढेर

शहर में सफ़ाई कर्मचारियों की संख्या आबादी और बस्तियों के अनुपात में बहुत कम थी। जितनी तेज़ी से शहर का विकास हो रहा था और बसावट का दायरा बढ़ रहा था, उस अनुपात में सफ़ाई कर्मचारी नहीं बढ़ाये जा रहे थे। कई सफ़ाई कर्मचारी तो काम पर ही नहीं आते थे। गंदगी का आलम यह था कि घर से निकला कूड़ा-कचरा कोई भी, कहीं भी फेंक देता था। उसके लिए कोई तयशुदा स्थान नहीं था। कई बार मोहल्लों में कूड़ा इकट्ठा होकर उसका ढेर बन जाता और नगरपालिका के

कर्मचारी उठाने नहीं आते। तब मोहल्ले वालों को चंदा करके उस कूड़े को खत्ता रोड पर फिंकवाना पड़ता।

एक और समस्या यह थी कि सफ़ाई कर्मचारी बात-बात पर बार-बार हड़ताल कर देते। कभी-कभी तो यह हड़ताल एक हफ़्ते चलती और पूरे शहर में गंदगी के ढेर लग जाते। हड़ताल खुलने के बाद भी यह गंदगी धीरे-धीरे साफ़ होती। यह समस्या दंगे के बाद कर्फ्यू लगने पर और भी विकट हो जाती। गनीमत है कि तब संकरी गलियों में वहां के रहिवासी ख़ुद ही सफ़ाई में जुट जाते थे। कई मौकों पर नौजवान ठेले पर कचरा लादकर खत्ता रोड पर फेंक आते थे। हर मोहल्ले के युवकों को यह ज़िम्मेदारी निभानी पड़ती थी।

अब नगरपालिका की सुविधाएं तो बढ़ी हैं, लेकिन जनता में ज़रूरत पड़ने पर ख़ुद काम करने की वैसी भावना नहीं रही। इसीलिए गंदगी की समस्या ज्यों की त्यों है!

बिजली की आंख-मिचौली

शहर में पहले बिजली की आंख-मिचौली बहुत हुआ करती थी। अकसर बड़े या छोटे बिजलीघर में कोई तकनीकी गड़बड़ी हो जाती और घंटों तक बिजली गायब रहती। उन दिनों हेल्पलाइन या ऑनलाइन शिकायत की सुविधाएं नहीं थीं। बिजली जाते ही लोग पड़ोस के बिजलीघर की ओर दौड़ते और वहां शिकायत दर्ज कराते। गनीमत थी कि बिजली विभाग के कर्मचारी शिकायत दूर करने के लिए तुरंत जुट भी जाते थे। अगर गड़बड़ी बिजलीघर में हुई होती, तो वहां युद्धस्तर पर काम शुरू हो जाता। अगर मोहल्ले में खंभे या तार में कोई गड़बड़ी होती, तो वे अपनी बड़ी सीढ़ी लेकर तुरंत उसे ठीक करने के लिए रवाना भी हो जाते थे। जब लाइट जाती, तो बच्चे 'चली गयी … चली गयी … ' का शोर मचाते हुए खेलने के लिए घरों से बाहर की ओर भागते थे। वे अंधेरे में भी कुछ न कुछ खेल ही लेते थे। और कुछ नहीं, तो अंताक्षरी ही खेल लेते। लाइट आने पर 'आ गयी … आ गयी … ' चिल्लाते हुए घर की ओर भागते और जहां से पढ़ाई छूटी होती, वहीं से पढ़ना शुरू कर देते।

कभी सुबह-सुबह बिजली चली जाती, तो स्कूल और दफ़्तर के लिए तैयार हो रहे लोगों को परेशानी होती। परीक्षा के दिनों में रात को बिजली जाने पर बच्चों को

लालटेन या केरोसिन की ढिबरी में पढ़ना पड़ता। एक बड़ी समस्या बिजली की लोडिंग की थी। कई बार करंट बहुत तेज आ जाता और बल्ब फ्यूज हो जाते। बिजली विभाग कभी इसकी वजह नहीं बता पाता था। खंभों पर स्ट्रीट लाइट जलाने के लिए शाम को साइकल पर सवार होकर लाइनमैन मोहल्ले-मोहल्ले जाते थे। वे खंभे पर चढ़कर फ्यूज लगा देते और लाइट जल जाती। इसी तरह सुबह को आकर फ्यूज निकालकर खंभे पर ही रख देते। बिजली का बिल जमा करने के लिए लंबी लाइन लगती। हाथ में बिल और जेब में पैसे लेकर घंटों तक लाइन में खड़ा रहना पड़ता।

आज शहर में ज़्यादा बिजलीघर और ट्रांसफार्मर हैं। कर्मचारी भी ज़्यादा हैं। लेकिन बिजली जाने पर अब उतनी परेशानी नहीं होती। बहुत से घरों में इनवर्टर या जनरेटर जो आ गये हैं!

चिट्ठी आयी है ...

आजकल तो सोशल मीडिया के तमाम मंचों के ज़रिये लोग आपस में एक-दूसरे से जुड़े रहते हैं, लेकिन करीब चार दशक पहले ऐसा नहीं था। तब दूर-दूर तक संदेश भेजने का एकमात्र साधन डाक ही हुआ करती थी। टेलीफोन गिने-चुने लोगों के पास होता था। मोबाइल फोन का तो तब तक किसी ने नाम भी नहीं सुना था। ऐसे में दूसरे शहर में किसी को कोई संदेश भेजना होता, तो वह 15 पैसे के पोस्टकार्ड या 25 पैसे के अंतर्देशीय पत्र पर लिखकर भेजा जाता।

रोज़ दो बार डाक बांटने का नियम था। पिछले दिन आयी डाक सुबह को और दोपहर तक आयी हुई डाक शाम को घर-घर पहुंचायी जाती। हालांकि अधिकांश क्षेत्रों में डाकिया केवल शाम के समय आता था। सुबह को बहुत कम डाकिये डाक बांटने के लिए निकलते थे। इस वजह से ज़रूरी डाक सुबह को मिलने से लोग वंचित हो जाते। शाम को मिली डाक कई बार काम की नहीं रहती थी। अगर कोई डाकघर में जाकर डाकिये की शिकायत करता, तो फिर उसकी डाक अकसर गायब होने लगती। पूछताछ करने पर डाकिया कहता, 'बाबू जी, हमने तो आपकी डाक दरवज्जे या खिड़की में डाल दी थी। हवा से उड़कर नाली में चली गयी होगी। इसमें हमारा क्या कसूर?' कई बार तो डाक हफ़्तों बाद मिला करती थी।

लोगों को सबसे बड़ी परेशानी तब होती, जब उन्हें डाकखाने में मनचाही कीमत के डाक टिकट नहीं मिलते। तब उन्हें शहर के दूसरे डाकखानों की ख़ाक छाननी पड़ती। ऐसा तब होता, जब लिफाफे से भेजे जाने वाली चिट्ठी का वजन ज़्यादा होता और उस पर 10-15 पैसे का टिकट और लगाना होता। जब इतने पैसे का टिकट कहीं नहीं मिलता, तो मजबूरी में कई लोग बिना अतिरिक्त डाक टिकट लगाये ही चिट्ठी भेज देते। तब चिट्ठी पाने वाले को उस टिकट की कीमत और कुछ जुर्माना देकर वह चिट्ठी छुड़ानी पड़ती।

डाक के बिना दूर रह रहे अपनों से संपर्क नामुमकिन था। इसीलिए उन दिनों पंकज उधास की गजल 'चिट्ठी आयी है ... ' बहुत लोकप्रिय थी!

बैंक में कपिल का छक्का

मेरठ में जगह-जगह बैंक थे, लेकिन ज़्यादातर बैंकों के कर्मचारियों में सुस्ती नज़र आती थी। सुबह 10:30 बजे से पहले सभी कर्मचारी अपनी सीट पर कभी नज़र नहीं आते थे। सीट पर बैठते ही वे चाय मंगा लेते। पहले चाय पीते, फिर काम शुरू करते। लोग बैंक का काम कराने के लिए लाइन में लगे रहते और खिड़की के पीछे बैठे बाबू चाय की चुस्की ले रहे होते। किसी तरह 11 बजे काम शुरू होता। लाइन धीरे-धीरे आगे बढ़ती, लेकिन 12:30 बजते ही लंच के नाम पर खिड़की बंद कर दी जाती। लंच के बाद दो बजे काम शुरू होता। तब लोग कई मुश्किलों को पार करते हुए किसी तरह अपना काम करा पाते। बैंक ड्राफ्ट बनवाने में सबसे ज़्यादा मुश्किल आती। कुछ कर्मचारी फुर्ती से काम करने वाले भी थे, लेकिन अकसर बैंकों का पूरा माहौल बेहद सुस्ती वाला हुआ करता था।

ज़्यादातर बैंक कर्मचारियों को क्रिकेट के मैच की कमेंट्री सुनने का शौक होता। अपने काउंटर पर रखे छोटे से ट्रांजिस्टर से वे कमेंट्री सुनते रहते। अगर गावसकर या कपिल देव बढ़िया खेल रहे होते, तो उनका पूरा ध्यान ट्रांजिस्टर से आती जसदेव सिंह या रवि चतुर्वेदी की आवाज़ पर ही लगा रहता। अगर लाइन में लगा कोई शख़्स कहता कि भाई साहब मेरा चेक जमा कर दो, तो उसे लगभग डपटते हुए कहा जाता, 'कमाल करते हो भई! थोड़ा सबर करो। कपिल ने अभी कितना शानदार छक्का मारा

है! मजा ही किरकिरा कर दिया।'

आज की तरह ही तब भी गरीबों और किसानों को क़र्ज़ की अनेक योजनाएं सरकार की ओर से चलायी जाती थीं। ये क़र्ज़ बैंकों के माध्यम से दिये जाते थे, लेकिन इनके पाल लोगों को बहुत पापड़ बेलने पड़ते थे। फॉर्म मिलना ही आसान नहीं होता था। उसे भरना और उसके साथ दस्तावेज़ लगाना भी टेढ़ी खीर थी। इसके लिए अगर बैंक कर्मचारी की मदद की ज़रूरत पड़ जाती, तो उसकी ख़ूब मिन्नत करनी पड़ती। अगर कोई परिचित बैंक कर्मचारी होता, तो काम आसानी से हो जाता।

ये हालात बदले प्राइवेट बैंक आने के बाद। अब नयी तकनीक आ गयी है, लोग बैंक के काम में माहिर हो गये हैं और बैंक कर्मचारी भी ज़्यादा पेशेवर रुख से काम करते हैं।

यह सब पहले नहीं था!

राशन की लाइन

1980 के दशक में मेरठ में राशन की दुकानों का बहुत महत्त्व था। वहां से सस्ता अनाज, चीनी और केरोसिन लेने के लिए लोग राशन कार्ड लेकर लाइन में लगते थे। कई घंटे तक लाइन में खड़े रहना पड़ता। हर दो-तीन मोहल्लों के लिए राशन की एक दुकान हुआ करती। जब भी दुकान पर राशन आता, तो वहां बोर्ड पर उसकी सूचना लिख दी जाती। वह सूचना पढ़कर लोग तुरंत राशन कार्ड लेकर पहुंच जाते। दुकान के कर्मचारी सबके राशन कार्ड लेकर जमा कर लेते। फिर वे सबसे ऊपर का राशन कार्ड उठाकर नाम बोलते। जिसका राशन कार्ड होता, वह आगे आकर अपना राशन ले लेता। इसमें धांधली भी हुआ करती थी। राशन वाले अपने परिचितों के राशन कार्ड ऊपर लगा देते। तब भीड़ में शोर मच जाता, 'लाला, इतना जुलम ना करो। पैर बी दुख गए लाइन में खड़े-खड़े। नंबर ठीक से लगाओ।'

कई बार ऐसा होता कि कई घंटे लाइन में लगे रहने के बाद जब नंबर आता, तो पता चलता कि राशन तो ख़त्म हो गया। तब बचे लोगों को अपना राशन कार्ड लेकर ख़ाली हाथ लौटना पड़ता। अगली बार फिर राशन की लाइन में लगने के लिए। कुछ दिन बाद दोबारा राशन आता। लोग फिर लाइन में लगते। यह सिलसिला चलता रहता।

त्योहारों में किसी को चीनी मिल जाती, तो वह चैन की सांस लेता कि चलो चीनी तो मिल गयी। मगर फिर यह सोचकर परेशान होता कि अभी तो केरोसिन लेना बाकी है, पता नहीं कब आएगा! राशन की दुकान पर सामान कम तोलने की भी बहुत शिकायतें आती थीं। अकसर लोग आरोप लगाते कि राशन वाले कम तोलकर बहुत सारा सामान बचा लेते हैं और बाद में बाज़ार में ब्लैक में बेच देते हैं।

लोगों को नया राशन कार्ड बनवाने या पता बदलवाने में भी भारी परेशानी का सामना करना पड़ता। इसके लिए भी उन्हें लाइन में लगना पड़ता। कुछ लोग पीछे से आते और चुपके से अपना राशन कार्ड बनवाकर निकल जाते। राशन आने का समय भी कोई निश्चित नहीं होता था। कभी सुबह को राशन आता, तो कभी शाम को। आज भले ही केवल गरीब लोग ही राशन की दुकान से राशन लेते हैं, लेकिन उस जमाने में मध्य वर्ग के लोग भी राशन लिया करते थे।

तब एक-एक पैसे की कीमत हुआ करती थी!

मैं हूं ज़ीरो माइल

मैं हूं ज़ीरो माइल ... मेरठ का ज़ीरो माइल!

नहीं पहचाना आपने मुझे? देखा नहीं कभी? सुना भी नहीं कभी मेरे बारे में?

क्या कहूं? हम मील के पत्थरों का यही तो नसीब होता है। हम अनगिनत अनजान लोगों को उनके गंतव्य की दूरी बताते हैं। बरसों, दशकों, सदियों तक हर मौसम में बिना थके और बिना श्रेय के यों ही खड़े रहते हैं। न जाने कितनी तपिश, बारिश और ठंड सहते हैं, लेकिन आह तक नहीं भरते। वह सब सहकर भी खड़े रहना हमारा फ़र्ज़ ठहरा।

मैं भी 200 साल से ज़्यादा समय से यहां खड़ा हूं, लेकिन मेरठ के हज़ारों साल के इतिहास से वाक़िफ़ हूं। आपने मेरठ की जो कथा पढ़ी, मैं ही उसका साक्षी रहा हूं। जो कुछ मेरे सामने हुआ, वह मैंने ख़ुद देखा। जो कुछ मुझसे पहले हुआ, वह मुझे अपने आसपास की मिट्टी, हवा और पानी ने सुनाया, बताया। तो यह सारी कथा मेरी ही देखी-सुनी है।

अब आप मेरे बारे में भी जान लीजिये।

मेरठ में बेगम पुल के पास लाल कुर्ती बाज़ार में अंग्रेजों ने मुझे लगाया था। मैं बंगला नंबर 97 के पास खड़ा हूं। लगे हाथ यह भी बता दूं कि यह बंगला अंग्रेजों के ज़माने में डाक बंगला हुआ करता था। बाद में इसमें वॉलंटियर क्लब बना दिया गया। कैंट बोर्ड के हवाले से सन् 1810 के आसपास लगाया गया था मुझे और मैं आज भी सिर ताने खड़ा हूं। मेरी लाल लखौरी ईंटों के ऊपर का पलस्तर उखड़ ज़रूर गया है, लेकिन यह मत समझना कि मेरी मजबूती में कोई कमी आयी है।

मेरे ऊपर अंग्रेजी में लिखी इबारत आप भी पढ़ सकते हैं – 'मूल खंभा यहीं पर खड़ा है, जहां से मेरठ के माइलेज सन् 1857 में नापे गये थे। यहां से दिल्ली 40 मील, अलीगढ़ 80 मील, रुड़की 65 मील, मुजफ्फरनगर 33 मील और सहारनपुर 70 मील दूर है।'

मुझे बस यह सालता है कि मेरी सुध कोई नहीं लेता। मेरठ के ज़्यादातर लोगों को ही नहीं पता कि मैं यहां खड़ा हूं। मैं इतना मामूली भी नहीं कि नज़रों में न आऊं। मेरी ऊंचाई 15 फुट है। कैंट बोर्ड ने सन् 2002 में मेरी मरम्मत भी करायी, लेकिन अब मेरी ज़्यादा देखभाल किये जाने की ज़रूरत है। उमर जो हो चली है मेरी।

यह किताब पढ़कर आप मेरी सुध लेंगे ना!

संदर्भ

1. *Meerut Gazetteer*
2. *History and Culture of Western Uttar Pradesh* (2 Volumes) by Amit Pathak, Krishna Kant Sharma, Amit Rai Jain
3. *मेरठ इतिहास के दर्पण में*, महेन्द्र एस राणा
4. *मेरा मेरठ*, सहदेव कुमार
5. *दैनिक जागरण, अमर उजाला, इंडिया टुडे, न्यूज18, ज़ी न्यूज़*

भुवेन्द्र त्यागी हिंदी के चर्चित लेखक-अनुवादक और पत्रकार हैं। विभिन्न पत्र-पत्रिकाओं में उनके लेख और टिप्पणियां प्रकाशित होती रही हैं। उन्होंने अंग्रेजी की कई रचनाओं का हिंदी में और हिंदी की कई रचनाओं का अंग्रेजी में अनुवाद किया है, जिनमें प्रमुख हैं *Bahadur Can't Sleep*, *You Are Worth Millions Sir*, संस्कार, *वैदिक गणित* और एम. एफ. हुसेन। *दहशत के 60 घंटे* और *ये है मुंबई* उनकी लिखी किताबें हैं।